Ernst Weiß

Dämonenzug

Erzählungen

www.elv-verlag.de

Weiß, Ernst

Dämonenzug
Erzählungen

ISBN: 978-3-86267-127-4

Auflage: 1
Erscheinungsjahr: 2011
Erscheinungsort: Bremen, Deutschland

Europäischer Literaturverlag GmbH, Fahrenheitstr. 1, 28359 Bremen (www.elv-verlag.de).

Inhalt

Stern der Dämonen	5
Die Verdorrten	58
Franta Zlin (1919)	82
Marengo	102
Hodin	125

Stern der Dämonen

Erster Teil

1

Cyrill D. entstammte einer Familie von armen Bauern, die an der ungarischen Grenze des Landes Mähren zusammenwohnten. Da der kümmerliche Boden nicht alle erhalten konnte, wanderten viele nach Amerika aus, kamen aber in späterem Alter zurück und bebauten den Boden weiter. Es gab in der Familie viel fanatisch fromme Katholiken, Väter, die sich für ihre Kinder, Brüder, die sich für ihre Schwestern aufopferten, aber auch viel Habsucht, Geiz, Jähzorn und andere Leidenschaften, die sich oft erst in höherem Alter zeigten. So hatte Cyrills Vater mit sechzig Jahren seine dritte Frau geheiratet. Diese Frau, obwohl selbst kinderlos, machte den Kindern aus früheren Ehen das Leben so schwer, dass der älteste Bruder Cyrills, Johann, der künftige Erbe des Hauses und der Felder, sich als Ackerknecht verdingte. Cyrill ging in die Stadt, um als Lehrling bei einem Tapeziermeister, einem entfernten Verwandten der zweiten Frau einzutreten, Mathias, der jüngste, wurde vom Pfarrer des Ortes wegen seiner besonderen Begabung und seines Fleißes zum geistlichen Stande bestimmt. Die zwei jüngeren Brüder kamen gleichzeitig in die Stadt. Der älteste Bruder, schwächlich von Gesundheit und durch den Kummer gebrochen, starb bald darauf. Als der Vater Cyrills im Alter von weit über siebzig Jahren die Augen schloss, fiel der ganze Besitz der Witwe zu, welche die Kinder aus den andern Ehen durch List und Niedertracht sogar um ihren Pflichtanteil gebracht hatte. Aber sowohl Cyrill als Mathias waren damals schon viele Jahre von Hause fort und konnten sich nicht wehren.

Cyrill hatte, damals schon Gehilfe und künftiger Nachfolger des Tapezierermeisters, ein Mädchen aus einem Nachbarorte kennengelernt, Fanny, das als Dienstmädchen in derselben Stadt diente, in der er lebte. Auch sie war sehr fromm und verbrachte ihre freie Zeit gern in der Kirchs. Ihre einzige Liebe war Cyrill. Aber ihre Ehe war nicht glücklich.

Sie war um zwei Köpfe größer als er, sie erdrückte ihn beinahe mit ihrer animalischen Schönheit, mit ihren dunkel glänzenden Augen, mit ihren dicken, schweren Haaren, und doch hatte sie vor ihm, dem kleinen blonden Mann, tiefe Angst. Sie vergaß nicht, sie dachte immer daran, obwohl sie nie davon sprach: Nur aus Zwang, im letzten Augenblick hatte er sie zur Frau genommen, von Sorgen, gemeiner Not getrieben, wie sie selbst durch den ordinären Zwang des schweren Lebens zum Dienstboten getrieben war. Sie hatte an die Ehe wie an etwas Göttliches geglaubt, an die Trauung in der Kirche, die leere, einsame Kirche, die beiden goldenen Ringe, die hohe goldene Zeit.

Cyrills jüngerer Bruder hatte lange an der Universität studiert in der Hoffnung, es dann um so schneller zu hohen Würden zu bringen. Er hatte viel Geld gebraucht, für Bücher, für Wäsche, Kleidung, er trug einen Zylinderhut, während Cyrill, klein und abgeschabt, mit einer niedrigen, staubigen Sportmütze neben ihm einherlief. Beide waren schwächlich, aber der jüngere machte sich schwächer, als er war. Alle sollten ihm helfen. Er arbeitete viel, seine Studie über den Erzvater Moses im Evangelium Lukas erregte Aufsehen, doch davon konnte er nicht leben. Oft war er kränklich, Cyrill wollte ihm nicht zumuten, im Alumnat mit den anderen jungen Geistlichen zu wohnen, die Luft sollte dort erstickend sein, ohnehin hatte der arme Bruder Atembeschwerden und ebenso wie er selbst oft grauenhafte Träume.

Cyrill verdiente schon damals als Tapeziergehilfe etwas Geld, aber es war nicht genug. Die Eltern lebten nicht mehr. Cyrill lernte Fanny kennen; gequält von seinen Sorgen, erzählte er ihr von seinem Bruder. Fanny, das Dienstmädchen, hatte ein kleines Vermögen, sie war eine Waise, aber keine »ganz abgerissene Waise«, wie sie sagte; und da sie ihm das Geld immer wieder anbot, nahm er es schließlich mit abgewandten Augen. Daheim staunte er, es war viel. Der Bruder kam jetzt vorwärts, er bat, Cyrill solle nur nicht drängen. Bald feierte er das Primiziat. Er wurde einem Pfarrer zugeteilt. Bis zum Bischof, ja auch nur bis zum Vikar war es weit. Die Brüder sahen einander oft, alles Leid klagten sie einander. Cyrill hatte viel Mitleid. Wozu waren alle Mühen auf der Universität gut gewesen? Beide lächelten, aber Cyrill fühlte mit Freude das eine, dass der Bruder sich nicht überhebe, dass er nicht viel mehr sei als er selbst. Cyrill kehrte zurück. Er schämte sich, Fanny die Wahrheit zu gestehen: Statt ihr das Geld heimzubringen, hatte er dem armen Bruder auch noch den letzten Wochenlohn gegeben. Er war sonntags dort gewesen, nun hatte er nichts für die ganze Woche. Fanny sagte, er solle sich das nicht so zu Herzen nehmen, das Geld sei einmal dahin und verloren, es sei schon gut, ihre goldenen Pfennige hätte der liebe Gott zu sich genommen. Die selige Tante, von der sie geerbt waren, hätte sie ohnedies der Kirche weihen wollen. Sie selbst brauchte ja nichts, wozu denn auch? Sie pries lange ihre Herrschaft, das ruhige Leben, die viele gute Kost. Sie lachte jetzt über sich selbst, über ihre gar zu große Figur, vor der die Herrschaften erschraken, weil sie dachten, die Riesin würde zu viel essen, oder, wenn man sie allzu sehr plagte, jemand mit der Hand erdrücken. Sie erzählte unaufhörlich, so sehr war sie bezaubert von Cyrills zarter Figur, seinen tief liegenden Augen und ihrem Blau. Sie konnte sich von ihm nicht trennen, sich nicht sattsehen an ihm. Lange gingen sie vor ihrem Hause hin und her. Er war müde und hungrig. Ihre Herrschaft sei nicht zu Hause, meinte sie, er solle nur schnell mitkommen, am Gasherd werde sie ihm guten Kaffee kochen. Warum nicht auf dem Ofen, fragte er auf der Treppe. Die gnädige Frau sei so genau, sagte sie, sie käme zwar an Sonntagen erst spät in der Nacht, sie sitze bei Verwandten und spiele dort Karten, bis sie müde sei zum Umfallen, aber bevor sie sich niederlege, müsse sie erst den Ofen abfühlen, ob er nicht geheizt worden sei.

Cyrill ahnte etwas von Fannys Elend. Das Geld, angeblich von der Tante der Kirche bestimmt, hatte sie selbst bitter verdient. Er ließ nicht zu, dass sie vorher etwas koche, er drängte sie in ihr kleines Mägdezimmer, in dem auch die Badewanne stand. Taghell war es; die am Vormittag gebrauchte Brause tropfte schwer, jenseits der Mauer hörte er daheimgebliebene Mägde laut singen, dröhnender Lärm stürmte plötzlich von allen Seiten, dann Totenstille auf einen Schlag.

Nach einer Stunde ging er fort, ganz ohne Freude.

Drei Monate später sagte ihm Fanny, ganz ohne Erschütterung: »Ich bin doch in der Hoffnung.« Er wollte es nicht glauben. »Noch zwei Monate bleibe ich im Dienst«, sagte sie.

Gutmachen konnte man nichts mehr, aber jetzt musste sie ihr Geld haben. Nur so blieb ihr das Ärgste erspart: dass sie ins Findelhaus gehen musste. Wenn sie dort auch unentgeltlich verpflegt wurde, hatte doch ihre Heimatgemeinde die Kosten zu tragen. Auf immer war sie dann in ihrem Zuhause, bei ihren Geschwistern »verredet und verschändet«. Der Mann wusste, man hätte ihr ein uneheliches Kind verziehen, aber dass sie nicht einmal die zur Geburt nötigen Groschen haben sollte, das niemals. Wozu war sie Dienstmädchen, hatte »umsonst« Essen, Trinken, Kleider, Heizung? Bei dem letzten Gedanken wurde er von dummer Wut ergriffen. Er hätte nie mit ihr hinaufgehen sollen, was sollte das Gerede vom Gasherd? Sollte er das sein Leben lang büßen? Er musste Geld haben. Der Bruder war schon lange genug im Amt. Cyrill reiste zu ihm, deutete sein seine Notlage an, der Bruder tat, als verstünde er nicht. Cyrill wurde deutlicher, der Bruder sprach vom Beistand des Allmächtigen. Cyrill schrie endlich ganz roh, überschwemmt von plötzlichem Zorn: »Geborgtes Geld war es, nicht geschenktes. Bist du ein Bruder oder nicht?« Der Bruder sagte ihm, es sei alles gut, er werde das Geld aufbringen, er habe viel zu verkaufen, die Uhr, das goldene Kreuz, aber nur still, er solle nur ja nicht schreien. Der andere sagte, er lasse sich nicht das Maul verbieten, er wolle wissen, wann. »Bald bald!«, sagte der Bruder. »Was, bald?«, sagte Cyrill, »bald? Ja, wo ist denn dein Lohn hin?« Er wusste nicht, wie er die Einkünfte eines Geistlichen nennen sollte. »Du selbst brauchst nichts, hast nichts für Heizung zu bezahlen, das Essen hast du hier. Du isst ja ohnehin so wenig. Das Ornat hast du umsonst, sogar den Messwein!« Er versuchte zu lachen, obwohl er zitterte. »Sogar den Messwein?«, sagte der Bruder mit sonderbarem Lächeln. Dieses Lächeln empörte Cyrill, schon warf er sich auf den Bruder. »Das Kleid! Vergreif dich nicht am heiligen Kleid!«, sagte der Geistliche. Cyrill trat zurück und sah den Bruder an, der weiß war wie die Wand, vor der er stand. Er bat ihn um Verzeihung, halb verzweifelt kam er heim. Er ließ Fanny warten. Sie war schuld an allem. Mit Ekel erinnerte er sich ihres Zimmers, ihres harten, jungfräulichen Körpers, vor dem noch jeder andere gewichen war, ihres weiß lackierten Bettes, das sich in der hohen Zinkbadewanne gespiegelt hatte. Beinahe war ihr Zimmer ein Abort gewesen. Er weinte über den armen Bruder, den bleichen Schwächling, der sich pflegen musste und eben jetzt nicht »bluten« konnte. Sie schrieb ihm nicht. Am nächsten Tage sandte ihm der Bruder das Geld, auch er schrieb nicht ein Wort, auch er hatte es auf ihn abgesehen.

Cyrill ging seiner Arbeit nach, holte sich am Samstag seinen Lohn, am Sonntag betrank er sich schon vormittags, er wollte endlich seine Freiheit genießen. Er wollte für sich arbeiten, nicht für den Bastard, nicht für sie. Aber der Wein bekam ihm schlecht. Er schrie, man hatte ihm den Rachen verbrannt, man hätte ihm Vitriolschnaps statt Wein gegeben, vergifteten Sprit, in »doppelter Mischung«. Schon begann er Lieder zu singen, ohne dass er es wollte. Heulend entrollten seinem kleinen Munde Melodien von Kirchenliedern. Er sah alte Weiber, hoch im Staub, sie stießen diese Lieder vor sich her, und auf ihnen, wie auf wirklichen Stangen, sah er seinen Bruder vorangetragen, einen Laib ungebackenes Brot auf beiden Händen, rückwärts im Zuge verbarg sich Fanny, aus der hohlen Hand Tapezierernägel einem kleinen Kinde über den Kopf rollend; schon türmte sich der Staub zu ihrem weißen Dienstmädchenzimmer und drang ihm in die Kehle. Doch schrie er auf, als er mitten durch den Staub, wie in der Sonne feurig beleuchtet, Fanny wieder sah, wie sie mit weißem Hammer etwas niederschlug, das nur ihr Kind sein konnte, zerknittert wie ein Blatt Papier, unter der Badewanne verborgen.

Bei seinem Schrei erwachte er. Er begriff, dass er betrunken war. Zorn und Wut taten ihm wohl. Das war gut, dachte er. Nun war er nüchtern, aber noch nicht ganz.

Schmerzen fühlte er nicht, zum Spaß schlug er seinen Kopf gegen die Wand, wurde tückisch gegen die andern Gäste. Er wurde hinausgeworfen, kam sehr schwer heim, schlief sehr tief.

Abends erwachte er, zog ein weißes Hemd an und ging zu Fanny. Sie war zu Hause. Er warf sich ihr zu Füßen, statt sie zu küssen, da er fürchtete, sie könnte den Weingeruch aus seinem Munde spüren.

Sie war sehr verlegen und begann zu weinen. Er wollte sie trösten, er wollte sie in das kleine weiß lackierte Zimmer hineinschleppen, dorthin, wo sich das Bett in der Badewanne spiegelte. Aber sie ließ sich nicht zerren. Er trat beleidigt fort und wollte ihr schon mit giftigen Worten drohen, da erblickte er solches Grauen um ihren Mund, dass er ganz zu sich kam.

Nach vier Monaten wurden sie getraut, im dritten Monat der Ehe kam das erste Kind zur Welt und wurde auf den Namen der Mutter getauft.

2

Nach der Hochzeit zeigten sich sonderbare Eigenschaften an Cyrill; wie seinen Bruder plagten ihn schwere Träume. Während einer ganzen Nacht schrie er, warf sich schräg über die Kissen und lachte. Starrend blieben die weißen Reihen der Zähne geöffnet im matten Schwarz der endlosen Nacht. Seine Frau sah es mit Grauen. Am nächsten Tag erwachte er ohne jede Erinnerung und ging an die Arbeit.

Die Frau dachte daran, wieder eine Stelle als Dienstmädchen anzunehmen, damit es leichter für ihn würde, damit er aufatmen könne. Wohl liebte sie ihn, jetzt aber wäre es ihr genug gewesen, ihn einmal in der Woche zu sehen, beim freien Ausgang frei mit ihm zu sein, sonntags von drei nachmittags bis zwölf Uhr nachts. Aber sie konnte das Kind nicht allein lassen, das arme Kind musste gewartet werden. Der Mann trank nicht mehr; wenn sie Ausflüge machten, vertauschte er sein volles Bierglas mit ihrem leeren, denn er schämte sich seiner Schwäche. Viel Freude hatte er am Rauchen, selbst abends rauchte er noch im Bett. Die Frau, todmüde von der Arbeit des Tages, leergesaugt von dem ungewöhnlich starken, ewig hungrigen Kinde, wusste nicht, wie sie die Augen offen behalten sollte. Der Feuersgefahr wegen durfte sie nicht einschlafen. Endlich ließ er die Zigarre aus der Hand fallen. Sie aber, sich nochmals zusammenraffend vor dröhnender Müdigkeit, beugte sich mit schwer mütterlichem, weiß quellendem Leib aus dem Bett, raffte den Stummel auf, behielt ihn in der geballten Faust, bis sie ihn am Morgen auf einem frisch gehobelten Brett mit dem Zuckerhackmesser in kleine Stücke hackte für die Pfeife der Werkstatt. So ganz weich, so völlig willenlos gab sie ihm in allem nach, nie hörte er von ihr »ein anderes Wort«. Gerade das empörte ihn, er hätte sie zertreten mögen. Aber er konnte nichts tun als seine Wut in sich hineinschlingen, Schimpfworte gegen sie tückisch erfinden: »dreistöckiges Ludermensch, gefährliches Riesenaas«, nie aber wagte er, ihr diese Worte zu sagen. So viel Angst hatte er vor ihr, er dachte, sie, die Riesin, würde doch einmal nachts über ihn herfallen. Ihre Hände waren blutig gewesen bei der Geburt des Kindes. Mit dem Zuckermesser spielte sie gern, lauerte darauf, dass er aus Dummheit, zum Spaß seine Finger unter die Schneide bringe. In dieser Zeit wandte er sich an den jüngeren Bruder um Rat, aber der Geistliche antwortete nicht. Auch bei der Taufe des Kindes hatte er sich verleugnet, nur Geld geschickt. Alles, der heilige Bruder, der liebe heilige Herr in dem abgeschabten, schwarzen Gewand, durch das seine abgemagerten Hungerknochen im Traume deutlich zu sehen waren, das viele Geld, das sich im Traume vermehrte, dessen Scheine, wie Schienen der Länge nach aneinandergelegt, sich endlos zogen, von der Hütte des

Bruders bis an Fannys Haus, alles schlang das Riesenmensch ein. In dem lustlosen, ungeheuerlich weit geöffneten roten Eingeweideschlund versank alles ohne Rettung. Der kleine Mund des Kindes war gar kein Kindermund, sondern nur ein kleines Abbild des Mutterschlundes, des unersättlichen. Ihm selbst nahm es jeden Hunger, wenn er sehen musste, wie das Kind, ohne zu kauen, fast ohne zu atmen, mit geschlossenen Augen aus der Mutter ungeheure Massen von Lebensnahrung in sich hineingeiferte. Und während das Kind, wie gelähmt, mit lauem Atem, mit schlaff niedersinkenden Händchen wie tot zu schlafen begann, schien die Mutter statt entleert, nur noch doppelt gefüllt und von dem strotzenden Kind mit neuer Fülle und Gesundheit aufgeschwellt, sodass sie strahlte.

Durfte Cyrill nicht mit Geld knausern, durfte er, der halb vertrocknete, es nicht an Geld fehlen lassen für die zwei strotzenden Weiber, so hielt er mit Worten an sich, sparte sie sich am Munde ab, regte den Mund zu nicht mehr als achtzig Worten am Tag, und als das zu zählen zu schwer war, nur zu dreißig, die er bis zum Abend manchmal kaum erreichte. Er konnte darauf warten, dass Fanny ihm Vorwürfe mache, aber sie schwieg und fühlte nichts. Es gab Dinge, die ihm unerträglich waren, so der Geruch von Petroleum an den Händen oder Watte, die beim Zusammendrücken wie zusammengepresste Zähne knirschte. Ärger als alles aber war ihre Stimme, die ihm das Herz abpresste. Die Frau litt seit der Geburt des Kindes an Zahnschmerzen: er zupfte ihr die Watte schweigend aus den Ohren, drohte schweigend mit Schlägen. Aber das Kind, plötzlich erwachend, haschte mit teuflischem Lächeln aus zahnlosem Mund nach seiner Faust. Cyrill legte sich ins Bett, rauchte. Die Frau richtete die Petroleumlampe an ihrer Wand, knirschend rollte der Docht empor, denn nur im Hellen konnte sie die langen Stunden zu Ende wachen. Ihre Hände, die ihm vom Petroleum geradezu zu triefen schienen, in deren öligem Glanz sich das ganze Zimmer spiegelte, wischte sie an der Bettdecke ab. Wie die Bettdecke an dem Mann riss, erblasste er, stierte seine Frau an mit einem Blick, nicht gut, nicht böse, aber grauenhaft, wie damals, vier Monate vor der Hochzeit. Das Zimmer war zu klein für diesen Blick. Die Frau verkroch sich unter die Bettdecke, in ein kleines Bündel ihren ungeheuren Leib zusammenpressend.

Der Mann stand auf, kleidete sich wortlos an, ging fort. Als der Mann weg war, dachte die Frau: ich bin gerettet, es ist nichts geschehen. Sofort aber fühlte sie, es war das Fürchterlichste geschehen. Gekrümmt blieb sie unter ihrer Decke, ihr Atem, zwischen den schweren Brüsten gleitend, machte die Leinwand rascheln, die sich um ihre Hüften spannte. Unbewegt blieb sie so die ganze Nacht.

Cyrill ging in einen Schnapsladen. Oft schon war er vorbeigestrichen, hatte die Männer beneidet, die sich vor dem Schanktisch drängten. Ein magerer Glatzköpfiger, fast zum Umfallen rücklings über einen Stuhl gestreckt, von zwei schweren Flaschen die beiden Hände herabgezogen, sodass sie den Fußboden streiften, schien ihm besonders herrlich, noch herrlicher aber die Flasche in der linken Hand, von einer Gasflamme obenher mit öligem Licht beträufelt, ein matt geschliffenes, traubenartig gebauchtes Gefäß, die Glasgestalt eines dicken Mannes mit hohem Hut, dessen fetter Bauch bis oben zum kropfigen Halse mit rosarotem Schnaps gefüllt war.

Nun trat er ein. Die Verkäuferin, ein gut genährtes Judenmädchen, wunderte sich, sehr selten wurden solche Flaschen gekauft, und jener magere Säufer hatte sie am ersten April erhalten, ein Geschenk, das man ihm spaßeshalber mit Weinessig gefüllt hatte. Es gab aber noch ein Gegenstück dieser Flasche für Cyrill. Seine Hände schienen ihm warm angehaucht von der heiser glucksenden Flasche, als er sich vor dem Schnapsladen auf eine Bank setzte. Die Bank war verrufen, denn der Besitzer des Geschäftes hatte sie für seine Kunden aufstellen lassen, damit sie sich nicht in ihrer Trunkenheit vor der Schwelle umherschmieren sollten.

Wie vor Zeiten glaubte Cyrill auch jetzt, er sei innerlich angebrannt, man hatte auch ihm, als verspäteten Scherz, Säure in seinen Rausch gefüllt. Aber dann schmeckte es so mild, eigentlich gar nicht nach Schnaps, eher nach Zuckerzeug, wenigstens jetzt hatte er die Süßigkeit auf der Zunge, wenn auch scharfe Eisen unabwendbar hinterher drohten.

Wohl rollte er seine Zunge wie eine Blechröhre rund um den guten Schnaps, der nach guten Kinderjahren schmeckte, die Bitternis kam doch, jetzt schon, viel zu früh.

Ein betrunkener Bettler tappte heran mit schweren Füßen, mit ganz platten Füßen, auf denen hätte einer stehen können, aber daran dachte der Bettler gar nicht, sondern er wollte vielmehr seine ins Ungeheure verbreiterten Füße auf Cyrills Schenkel legen, um dann durch ganz müheloses Rücken nach der Seite auch Cyrills Körper und sein armes Herz und seine müden Augen und seinen schweren Hals und seine abgearbeiteten Hände flach zu drücken, denn nichts anderes war der von Kot ganz hell lackierte, aus einem Loch triefende Schuh des Bettlers als die Badewanne, in Fannys Dienstbotenzimmer stehend, unsichtbar in der Finsternis, die sich jetzt nachts auf die Reise machte. Alle Gewalt nützte nichts, mit schrecklicher Freundlichkeit, mit einem wie Schnaps süßlichen Grinsen trat der betrunkene Bettler immer wieder von Frischem an und drohte. Der Bettler versank unter die Erde, und doch schrie er zu ihm, leitete böse Drohungen durch den hohlen Laternenpfahl und schrie ohne Aufhören, wie Licht ohne Aufhören scheint.

Cyrill stand auf, tastete alles ab, die Augen vor Angst geschlossen, aber niemand war neben ihm, und plötzlich erkannte er sich selbst.

Ein Bahnhof war in der Nähe, Züge rollten ein, Dampfwolken wälzten sich gegen ihn. Nur durch die Zweige einer Platane, die neben der Bank stand, war er geschützt. War er geschätzt, so durfte er weinen. Durfte er weinen, so war er noch da. Mit Liebe streichelte er den dicken Bauch der Flasche, sie war ja so gut, sie war so gut rot, nur der Kopf war durchsichtig, der Kopf der Flasche war wie Bernstein, aber der übrige Leib war rot. Nun erkannte er es klar, das war ja der arme Bruder, nun hatte er es, es war der einzige Bruder, der den Zylinderhut des jungen Theologen trug, o so blass, so ohne Leben, ausgedürstet, am langen Kreuz verhungert, das Übrige war rot, weil er geblutet hatte, um Fanny, der heimtückischen Frau, alles Geld zu geben. Das Übrige war rot, weil er sich den roten Messwein abgespart hatte, um Fanny, das elende kleine Kind zu füttern und wider Willen groß zu machen, bis es, der Mutter gleich, mit riesenhaftem, bösem Leib die arme Welt in der Hand zerdrückte.

Er rief die anderen zu Zeugen an, den Bruder: Bruder Matthias; die Flasche: rote Flasche auf der Erde, halb bernsteingelb, halb weiß, ganz ausgeleert; die Frau: Frau Fanny; er selbst: Cyrill, Cyrill zuerst, Cyrill allein, alle mussten her, alle mussten Zeugenschaft geben.

Er stand auf, eine fürchterliche Last klammerte sich an seine Brust, das war seine Frau, die sich über ihn wälzte. Zwar konnte er sie nicht fassen, denn in einem Knäuel gewunden, von der rauen Bettdecke überall scheußlich umhaart, war sie nicht zu erkennen, und wenn er den Knäuel würgte, so erwürgte er nur ihr Fußgelenk oder des kleinen Kindes wütend zu Faustdicke angeschwollenen kleinen Finger, der ihn verhöhnte.

Aber plötzlich war alles vorüber: hier war der weite, winterliche Platz, die Wolken der Lokomotive, wie Milchglas ganz sein, die Schnapsbude geschlossen, der Bettler verschwunden, der Bruder gerettet. Die Pflastersteine glänzten, die ausgeflossene Schnapsflasche hatte alles überströmt, es hatte also sehr geregnet, er hatte also sehr viel geweint. Cyrill hatte ja so guten Willen. Wie hat Cyrill den Bruder gepflegt, als er krank war: »Cyrill, der einzige Bruder, mit bloßen Händen in der eiskalten Wasserleitung hat er mir stundenlang den Reis gewaschen, als ich am Magen so sehr litt. Ich werde es nie vergessen, dass Cyrill meinetwegen gehungert hat. Nicht ich, du bist der heilige Cyrill, den sie im Bette gekreuzigt haben, da du lang ausgestreckt liegst, während deine böse Frau sich quer über dich wälzt ...«

Cyrill stieg die Treppe hinauf und wieder herab, endlich hielt er vor seiner Tür, endlich sprach er im Zimmer mit der Frau zahllos viel Worte, so viel Worte, wie sonst in einem ganzen Tag, in einem halben Jahr.

Die Frau lächelte ihn sehr demütig an. Er überfiel sie mit Liebkosungen, zeigte beide Hände, er wolle sie mit Watte füllen, auch das Petroleum solle sie nur ausgießen, wie und wo sie nur könne, er brachte das Weihwasserkesselchen, auch dahinein, vielleicht auch in die Badewanne, auf einmal sei es zu viel, aber mit der Zeit? In die Kirche gehe er nie mehr. Er lebe nur für sie und das Kind. Er hätte sie ja noch für lange lieb, sie solle nur nicht weinen, wenn auch der Bruder ihretwegen zugrunde gegangen wäre, aber das hätte ja jeder vorausgewusst, er wäre so schwach gewesen, ich weiß selbst nicht wie, wir sind doch beide Menschen. Am Tags bin ich fleißig, aber nachts, ich weiß es nicht, warum bin ich ganz gestört? Aber du und ich, weil wir eins sind. Nein, nicht schlafen gehen. Es ist ein, Tag in der hohen Woche. Eine Woche ist im goldenen Jahr.

Ein verrufenes Jahr ist im ganzen Leben. »Du«, er atmete auf, sein Gesicht war verzückt, aber ganz fremd, »so war es schön, da muss es sein, wie es war, roter König vom Himmel, damals, wie es war.«

Die Frau glaubte, er würde umsinken, aber er keuchte sich nur höher auf, umschlang sie. Von Grauen gepackt, gegen ihren Willen nahm ihn die Frau in sich auf.

Am nächsten Tage erwachte er, wusste nichts von dieser Nacht. In dieser Nacht wurde Slawa gezeugt.

3

Während der Kinderjahre der zweiten Tochter, des guten Kindes, lebte der Vater auf. Mit diesem Kind zusammen zu sein tat ihm wohl. Slawas schmale Augensicheln entzückten ihn. Das Kind war so zart, wie eine Linie gezogen, wie eine dunkle Ader im hellen Holz. Die Haare wuchsen dicht auf dem Köpfchen, oft schwitzte das Kind, dann rollten sie sich zu vielen dunklen Locken, die wie aus Horn gedreht waren.

Was sie tat, erfüllte ihn mit viel Glück.

Er dankte ihr, er liebkoste sie, denn in seinen Augen war sie wie er.

Dass er nur dem jüngeren Kinde Gutes gönnte, machte die Mutter böse. War Cyrill böse, warum dann nicht gegen alle? Oft trat er zutraulich zu ihr, sie stieß ihn zurück, nachts kam sie auf den Gedanken, sich die Hände absichtlich mit Petroleum einzuölen, sie tat es nicht, aber sie fühlte, dass auch sie selbst bösen Hauch von ihm annehmen könnte, und fürchtete sehr, sie müsste später Slawa hassen.

Wieder in den Dienst zu gehen, daran dachte sie lange nicht mehr; wohl wäre sie dort gut aufgehoben gewesen, selbst bei der strengsten Hausfrau hatte sie ihren Anspruch auf Bett, Speise, Abendlampe, in kurzer Nacht tiefe Ruhe. Aber auch bei ihren Kindern ließ man sie leben, ihr Mann war Meister und Besitzer des Geschäfts, sorgte für die Zukunft ihrer Kinder und wenn ihr doch noch etwas die Brust bedrückte, so konnte sie sich in die Kirche retten; oft lag sie da, den großen Kopf über den Steinfußboden der Kirche geneigt, die getürmte Last des Körpers lastend auf dumpf schmerzenden Knien, atemlos, mit geballten Gedanken, wie in schwerster Arbeit stumm, stumm wie einst, da sie Nachmittage auf den Knien verbrachte, eine große Wohnung mit dichter Bürste zu reinigen. Wie als junges Mädchen weinte sie oft, die Kinder fragten neugierig: »Mutter, was singst du?« Ihr Weinen klang zwitschernd, ihre Stimme beim Sprechen war tief und gurgelte heiser.

Selig war oft der Vater mit Slawa zusammen. Wie gern nahm er sie zu seiner Tapeziererarbeit mit, in neue Räume; abendlich glosten in den Winkeln vergitterte Koksöfen mattrot, hier war er mehr zu Hause als zu Hause; auf seiner Leiter stehend, war er ins Riesenhafte vergrößert, und wenn ihm Slawa in weißem Kleidchen mit dünnen Armen wie vom Ende von Zweigen Zeitungen entgegenreichte zu seiner Arbeit, entschwand er ihr in die Höhe. In seinem Munde fühlte er wie etwas

Festes, wie eine verhärtete Knospe den Geschmack vieler Küsse, lautlos kam er herab, und mit dem rechten Arm unter ihren Kniekehlen hob er sie, eine weiß wehende Hülle um etwas Unsagbares, Herzklopfendes, Atembestürzendes über sich, damit sie auf der Leiter reiten konnte, er schloss die Augen vor der Wölbung ihrer Knie, die, rot angeleuchtet von dem Koksofen, schimmerten im nächtlichen Haus.

Ohne Worte lebten Slawa und Cyrill nebeneinander viele Jahre. Jedes Jahr, glaubte er, würde er jünger, würde er ähnlicher einem Cyrill, der die ganze Zeit hindurch gewandert war, jenseits von Fanny groß und Fanny klein, nahe jedoch dem Bruder, dem heiligen, dem armen, dem schwebenden außerhalb der Stadt. Das böse Knirschen gab es nicht mehr. Denn mit Freude hatte er es gesehen, wie Slawas, der geliebten, winzige Kinderschuhe knirschend in gefrorene Wasserlachen traten, in Verzückung hatte er sich vor sie gekniet, um in seinen Händen die von Kälte beschlagenen Füßchen zu wärmen. Jedes Jahr freute er sich darauf, den ganzen Herbst. Einmal hatte ihn ihr Fuß aus Versehen getreten; als er ihn aber nochmals ergriff und mit seinen Augen ganz an ihren Augen hing, den sichelförmigen, da stieß sie ihn, nun nicht mehr aus Versehen, mit ganzer Gewalt auf die Brust, ihr Fuß entschlüpfte schlangengleich aus seiner Hand, etwas entschwebte, das nie wiederkam. Er strafte sie, seitdem wich sie ihm aus, er bot ihr Spielzeug, brachte ihr Blumen, sprach sie an und bat. Sie nahm nichts aus seiner Hand, er musste alles auf einen Stuhl legen, von dort holte sie es sich lautlos spät nachts, wenn er im Einschlafen war.

Noch schwebte sie in der Mitte, noch schien sie ihm erreichbar, eine nahe Wiederkehr des wandernden Cyrill, ein glückliches Anstreifen des »zweiten« Cyrill des Bruders Kirchengeruch, den er immer noch wusste.

Am Morgen nach den im Schlafe fortgewehten Blumen aber fühlte er, der Bruder war vorbei, er selbst war vorbei für den Bruder, der Heilige hatte ihn ausgeschüttet wie ein Waschbecken mit gebrauchtem Wasser, mit grauem schmutzigen Wasser, und seine eigenen Schläfen waren grau wie Sand.

4

Die Frau war immer noch schön, sie war wie ein Haus, ganz aus unzerstörbarem Stein, aber sie fühlte sich jetzt schwer, oft nahm sie den Mann, mit zwei Händen umspannte sie ganz den weichen Raum zwischen seiner verengten Brust und den mageren Hüften, die ihr ganz verdorrt schienen. Sie nahm ihn an sich, da Beklemmungen, drohende Ahnungen in ihr waren. Als aber der Mann sich von ihr löste, löste sich nichts in ihr. Den Nachbarsfrauen klagte sie über Schmerzen in der »Herzbrust«, der linken, aber niemand verstand sie recht, sie glaubte, man lache heimlich hinter ihrem breiten Rücken.

Das ältere Kind Fanny war ihr einziges, der Liebling, das warme Herz. Während Slawa oft in einem dunklen Winkel um sich selbst kreisend tanzte, und hohes Lachen mühelos aus ihr brach, ein Lachen im Triller ohne Ende, drückte sich die Mutter mit dem älteren Kinde zusammen in den Rahmen des geöffneten Fensters. Damit niemand es höre, weinte sie das Kind an in dem engen Raum, dem erhitzten Fensterraum hinter den herabgelassenen Rollläden. In den langen Locken der Tochter ihre Hände zu verstecken, ihr Gesicht zu baden, das war ihr nie erfüllter Traum, da während einer schweren Erkrankung der böse Arzt und der bösere Vater dem Kind die Hände gehalten hatten, während sie selbst, die böseste Mutter, das reiche Haar dem wehrlosen Kinde fortgeschnitten hatte.

Jetzt war des armen Kindes sehr großer Kopf nur knollig bewachsen mit Büscheln fahlen Haares, aber noch konnte sich alles wenden, alles glücklich gerettet werden. Sie selbst war ja schon gerettet, da es ihr gegeben war von Gott, das geliebte Kind auf die Welt zu bringen; empfangen war es in einer heiligen Minute, an einem herrlichen Sonntag. Der böse Mann war damals nur durch besondere Gnade, durch auserlesenen Befehl zu ihr getreten, sonst aber kam er aus seiner Verfluchung nicht heraus. Es war nur Schein, dass er fleißig sich mit Arbeit abrackerte von früh bis abends, nur Schein, dass er, dem früher schon der kleinste, unschuldigste Tropfen das Böse herausgelockt hatte aus seiner zum Tode verurteilten Seele, nun alle Arten von Schnaps und sogar die stärksten Grade des schmutzigen Fusels in sich hineinsaufen konnte, ohne zu wanken. Erzählte man sich nicht, dass der scheinheilige süße Erdbeerlikör aus menschlichem Unrat hergestellt sei? Solchen Likör hatte sich der »Meister«, so nannte sie mit giftiger Zunge ihren Mann seit einer ihr selbst nicht mehr absehbaren Zeit, mit französischem Kognak gemischt, und er hatte die fuchsrot schimmernde »Abortlauge« in einem Zuge vor ihren Augen ausgetrunken, ihr zum Hohn, den armen Kindern zum Verderben, da die Flasche, aus der er trank, eine Glasgestalt eines fetten Mannes mit über dem Geschlecht gekreuzten Händen, doch nur aus der Fabrik des Teufels stammen konnte, der tausend solcher Cyrills, hunderttausend solcher Meister in der Arbeit hatte und sie durch Millionen solcher Flaschen verführte.

Während sie mit einem Atemstoß aus seufzender Brust die Rollläden vor sich bewegte, und heißer Hauch von den Brettchen der Rollläden auf sie zurückspiegelte, erkannte sie plötzlich mit eisigem Schauer das Unentrinnbare, sank in die Knie, und sie, die ungeheure Frau, erreichte an Höhe nur ihr Kind, neben dem sie wie hingeschüttet lehnte. Der Meister hatte, sie konnte es nicht vergessen –, Fanny, das arme Kind nach der ersten Krankheit nochmals wie mit Gewalt in eine neue Krankheit wie unter Wasser getaucht. Sah sie nicht, wie er mit viereckig gespitztem, kleinem, dunkelrotem Munde das Thermometer anblies, das sie aus der Achselhöhle der armen Fanny genommen hatte und das sofort die höchste Fieberhöhe zeigte, für die auf dem Thermometer überhaupt noch Platz war?

Nur des Meisters böser Wille zwang sie, gegen Slawa böse zu sein. Deshalb wich nie der Schmerz von ihrer schweren linken Brust, der Herzbrust, mit der sie das jüngere Kind gesäugt hatte. Schon damals, gleich nach der Geburt, hatte sie dem armen Wurm nur die unfruchtbare linke Brust dargeboten, vielleicht in der Hoffnung, an dieser Brust, an diesem verdorrten Stein würde auch das Kind verdorren, das nicht Fanny hieß.

Ihre Brust schmerzte, und nun erkannte sie es ganz glühend, es war die linke Brust, die an des Meisters Seite gelegen hatte Nacht für Nacht. An der rechten Seite war Segen, da war die Sonne, links war der giftige Mond. Lange hatte Fanny im kleinen Gitterbette an ihrer rechten Seite im Schlaf geträumt, immer, auch jetzt noch musste sie zu ihrer rechten Seite ruhen, und da sie für das Gitterbettchen schon zu groß war, hatte sie nun das Bett der Mutter inne, während diese auf dem kalten Steinfußboden schlief.

Oft legte in schlaflosen Nächten die Mutter ihre linke Hand unter des Kindes Bett hin, fasste die Gurten in die Faust, spielte dann mit dem Fingernagel an den Sprungfedern, alles sehr leise. Mochte das Kind manchmal grüne Gesichtsfarbe haben, schwammige Lippen, ganz ohne Kraft zum Küssen, schmierig wie zerkochter Reis, – sie hielt doch ihre Hand, tief und völlig alles aufsaugend in ihrer Liebe, unter des Kindes Leib, wenn dieses schlief, und schützte es vor des Meisters bösem Hauch, in dessen Nähe nur eine Slawa leben konnte.

Sie wusste wohl, auch dieses Kind musste dem Meister abgenommen werden, es sollte auf der andern Seite des Kinderbettes auf der Erde schlafen, sie, die Mutter, musste gerecht sein gegen beide Kinder, beiden immer das gleiche schenken, denn beide mussten weiterleben über ihren Tod.

Fanny regte sich neben ihr. Beide standen auf, und bis abends sechs Uhr fühlte sie, ganz hingenommen von der Mühe ihrer schweren Arbeit, keinen Schmerz mehr in ihrer Brust.

5

Als es dämmerte, legte die Frau den Fußboden mit alten Fetzen aus, öffnete das Ofenrohr und holte eine Handvoll Ruß als Arznei für ihre wunde Brust heraus, wie es eine Nachbarin ihr geraten hatte. Wie einst, krümmte sie ihren ungeheuren Körper in ein verschlungenes Bündel und verbarg sich in der Ecke. Erhitzte Luft stand wie ein Brett in der Stube. Der Ruß war gute Arznei. Jetzt war Gott nahe, vielleicht kam er ganz über sie wie manchmal in der Kirche, wochentags, abends, wenn der Messner schon umherging und mit den Schlüsseln drohte. Da in der letzten Minute, wenn sie sich erhoben hatte, aber noch nicht stand, im letzten Augenblick, als sie stand, aber noch nicht ging, da hatte sie Unbeschreibliches, eine herrliche Hand im Herzen gefühlt. Jetzt hielt sie den Atem an, aber nur vor Schmerz. Jetzt sagte sie auch: »O Gott!« aber das war nicht das richtige »O Gott«, sie riss sich auf vom Winkel, und drehte mit verzweifelt gekrümmtem Fuß – denn selbst in den Fuß, den armen, hatte wie ein Blitz ein Flammenbrand von Schmerzen geschlagen – sie schleuderte die Fetzen aus ihrer Nähe fort, dann aber wirbelte sie das Lumpenlager ganz und gar mit hohen Sprüngen durch die dämmerige, menschenleere Küche. Sie schrie, sie heulte umher, ergriffen von Schrecken vor sich selbst. Das Gebetbuch der Tochter riss sie heraus aus dem Kasten, das gute goldene Buch, gebunden in Elfenbein, mit Gold beschlagen. Es war kühl, so weich an ihrer harten Brust, und jedes Blatt so weiß, so offen für sie, wartete auf sie. Die trockenen Blätter mit dem Duft von Kirche lagen auf ihrem kalten, schwarzen Schweiß.

Die ersten zwei Blätter bedeuteten: sie hatte viel schon gelitten, sich viel geplagt, die Ehe war böser Dienst, acht Paar Schuhe hatte sie täglich mit ihrer ausgedörrten Zunge bespien, damit sie glänzten, war das nicht jedes Mal wie eine Träne, hundert im Monat, tausend im

Jahr? Der Staub, mühsam aus Kleidern, Möbeln, Teppichen herausgebürstet mit der Reißbürste, wie trockene Hagelkörner ihr die arme Brust zerfetzend, war das nicht jedes Mal soviel wie eine weite Prozession?

Das dritte Blatt bedeutete: allen das Böse verzeihen.

Das nächste Blatt: dem Mann alles verzeihen. Er war bei »allen« nicht dabei.

Sie ging in sein Zimmer, dort war alles noch von ihm und seinem bösen Geist verräuchert, aber auch hier musste Kirche sein. Als Dienstbote war sie oft auf den Boden gestiegen, um dort zu beten, um durch das Bodenfenster in der schwarzen Nacht den lieben Gott anzusehen.

Das letzte Blatt: sie gab sich ganz in Gottes Gnade, ohne Wort.

Sie legte sich in das Bett des Mannes und schlief.

Abends weckte sie der Meister. Der Schlaf war schmerzlos, aber das Erwachen war furchtbar, mitten in Schmerzen der Hölle. Hohe Kissen hatte sie vor der Brust, hohe Kissen hinter ihr, alles schwarz von Ruß, alles nass, mit Schweiß getränkt.

»Aufstehen!« Er wollte sie wachrütteln, fasste ihre rechte Hand. Die Hand bloß wollte er nehmen, der ganze Mensch rührte sich, wie ein großes Stück Stein. Die Augen waren offen und böse, fürchterlich.

Rechts und links fielen Kissen von ihr nieder, ein gelbes Elfenbeinbuch war eingepresst in ihren schwarz gefärbten starken Leib, glitt heraus, und eine niedrige Grube in ihrer Hand glimmerte matt.

»Das hilft dir nicht!«

Sie packte ihn bei den Händen, plötzlich überragte sie ihn gewaltig. Ströme von feuchter Glut flossen zwischen ihm und ihr. Noch größer wurde sie, als sie ihn freiließ und nur, wie zum Hohn, ihn unter den Schultern angriff, aber auch so entrann er ihr nicht.

»Du bist verrufen, Cyrill, was dir kommt, kommt dir zum Fluch! Stehe nur auf, knie nicht vor mir, rühre dich fort! Achtzehn Jahre habe ich geschwiegen. Einmal bin ich auf den Knien vor dich hingekrochen, aber aus Liebe nicht, aus Angst. Du weißt es selbst, du bist verflucht! Das weißt du selbst, dass du den ganzen Lohn noch nicht dahin hast. Du musst dich noch bergreifen! Aber lieber will *ich* es sein. Einmal hast du dich vergriffen, deshalb bin ich gepeinigt für alle Lebenszeit, aber die armen Kinder sind *meine* armen Kinder. Du bist vielleicht nicht bei Verstand, der Böse haut dich nur so vor sich hin, wie einen Dreschflegel haut er dich her vor sich! Auch ich habe gefehlt, ich habe Sünde begangen, siehst du hier die Brust? Die hat geschlagen, deshalb wird sie geschlagen.«

Ihre Stimme wurde milder, sie beugte sich vor gegen ihn. Er wich zurück, höhnisches Lachen knirschte er durch den dicht geschlossenen Mund. Sie schwankte ihm nach, und, ihre Hände aufstützend auf seine entschwindenden Schatten, sank sie auf die Knie, nur mit ihrem Blick hielt sie ihn, der, eine dürre Handwerkergestalt mit dem Sonntagshut zwischen den Fingern, sich an den Türrahmen drückte.

»Ich bin stark und werde mich vielleicht doch noch retten, du aber, du Stiller, der kein Wort redet, du aber, den Gott bis jetzt verschont hat, du bist im Vorhinein mit Feuer verbrannt, du wirst ihr nicht entrinnen, und sie wird dir nicht entgehen!«

Bittere Galle füllte ihren Mund, und wenn sie die Flüssigkeit auf ihre gebeugten Schenkel ausfließen ließ wie kaltes Eis, so füllte sich ihr Mund mit neuer Qual. Denn die wilde Hand der höllischen Schmerzensglut stand mitten in ihrem Herzen mit fürchterlich kantigen Knöcheln, und wie ein gefangenes Tier wühlte in ihr der Schmerz.

Der Mann war entwichen. Sie öffnete sich die Tür mit ausgestrecktem Arm wie vor einem fremden Menschen; durch die dunkle Küche lief sie, fasste in jede Hand einen von den schmutzigen Fetzen, rieb auf dem kurzen Wege zum Vorplatz sich die Brust mit Speichel und Tränen vom Ruße frei.

Durch das Fenster im Treppenhaus lugte sie, und unten im Hofe, wie in einem Paradies, saß ihr Mann mit dem Hausbesorger Voyta, seinem alten Freund, zündete eben einen roten Lampion an, den letzten in einem ganzen Kranz. Fanny, die eben heimkehrte, brachte sie in die Wohnung zurück.

Die letzte Verzweiflung, das vollständig Unrettbare war ihr ein Trost, und sie lächelte, als sie mit Fanny zurückging in die Küche, wo sie gemeinsam die Fetzen aufsammelten und die Küche von Grund aus wuschen.

6

Der Arzt im Hospital fühlte am nächsten Tage leicht zu ihr hin, dann sagte er: »Sie bleibt hier.« Die Krankenschwester stand hinter der Frau und sagte ihr ins Ohr: »Unser Herr lässt keinen leiden!« Aber mit ganz anderem, drohendem Gesicht, drängte sie sich später an die Frau heran und verlangte ihre Kleider und die Wäsche, die sie aufbewahren wollte; bis ins innerste Blut schämte sich die Mutter, vor der geliebten Tochter sich zu entkleiden, und doch, ihr den Kopf wegzuwenden von sich, das gnädige Bild des geliebten Menschen auch auf einen Augenblick nur zu meiden, konnte sie sich nicht entschließen. Lange hielt sie ihr Hemd schwebend in der Hand, bevor sie es der Tochter übergab, damit nicht vielleicht durch die Ansteckung des Hemdes der böse Fluch höllischer Schmerzen sich über das Kind ergieße, und als sie, der riesige Mensch, ganz nackt sich reckte in dem Winkel der kleinen Krankenstube, rieselte an ihr, ein beklemmendes Glück, Kindheit herab. In Betäubung versank sie, ewig ihres Kindes Nähe in beseligtem Gefühl, selbst ein Kind, grabend und feiernd auf heimatlichen Feldern, in heimatlichem Herbsteswind, der ihre Brust schon von unten her umkühlte.

Nie Ärzte ließen die Unheilbare nie mehr zurückkehren zu sich selbst, in Schmerzlosigkeit dämmerte sie lange, aber sie weinte doch.

Hörte sie die anderen Insassen des großen Saales nebenan in vollständigem Chore den guten Arzt am Morgen begrüßen, so konnte sie nicht mitrufen. Schon bei Lebzeiten wurde ihre Stimme ein dünner Span, von einem großen Holzklotz nur noch eine dünne Faser.

Zum Essen ließ man sie aufwachen, sie sah so herrliche Speisen, schwere Suppen mit eingekochten Pilzen, aber sie sah die Speisen nur, befühlte nur das weiße Brot, in ihrem Munde wurde alles Erde. Und wenn sie das Fleisch, das schon von der Schwester fein geschnitten war, in ihrer schwachen Wut von sich fortschleuderte, zerbröckelte es an dem weißen Mantel der Schwester ohne Spuren, krümelte wie Rieselsand an einer weißsteinernen Mauer herab, und sie erkannte, dass sie jetzt verloren war.

In ihrer Benommenheit dachte sie, das geliebte Kind sei immer noch bei ihr. Jemand bückte sich neben ihrem Bett, jemand fuhr mit der Hand unter ihr Kreuz, Vielleicht war es Fanny, die gleiche Liebe an ihr vergalt. Aber als sie mit nun hochgeschwollenen Händen dem Mädchen unter die weiß gestärkte, zart gekrauste Haube tastete, da waren es zwar immer noch Fannys kurz geschnittene Locken, aber sie wuchsen nicht mehr in Büscheln, es war eine geistliche Schwester, und erst jetzt erkannte sie, dass sie allein geblieben war.

Der Mann trat zu ihr, sie merkte es in der Nacht, er schob sich durch den Vorsaal durch, sie sah seine blauen Augen, wenn auch nur mit Mühe, in seinem ganz blau gewordenen Gesicht, sie merkte, dass er es erst bei allen anderen Weibern versuchte, über jede sich hinwälzte und sehr schnell wieder von jeder sich erhob und dabei, daran erkannte sie ihn ganz sicher, eine riesige Menge höhnischen Speichels hinter seinen roten Lippen gurgelte, bis er zu ihr kam, aber auch sie verließ er, und wie er sich von ihr abhob, blieb er mit dem Fuße hängen an dem Loch in ihrer Brust. Sein ungestilltes Geschlecht vor den entsetzten Augen, musste sie sehen, wie er der geliebten Tochter mit bösem Willen entgegenstrebte.

Aber die Tochter erhob sich über die Gestalten der beiden Eltern. Es war ein unendliches Gefühl für die Mutter, der Tochter Fußsohle, weiß wie eine Krume frisch gebackenen Brotes, auf ihrem Scheitel zu fühlen und die herabgekrümmten Zehen auf ihren Augenbrauen, während die Nägel, für sich belebt, wie kleine Wesen ein jeder, mit langsamem Wachsen, wie eine Blume wächst, sich verfingen in ihren Augenwimpern und sie niederdrückten zu tiefem Schlaf, während die Mutter an der immer mehr lastenden Schwere, an immer mehr sich füllendem Himmel erkannte, dass die ganze Gestalt der Tochter nun auf ihr, einem lebendigen Altare, thronte in Unschuld.

Am nächsten Morgen kam Slawa. Als sie die Mutter, in fürchterlicher Vernichtung entstellt, vor sich sah, jammerte sie auf, und grauenhaft zerriss ihr Schrei die Stille der leise atmenden Kranken.

Blassviolette Blüten von Kartoffelstauden zu pflücken, ging die Mutter auf heimatlichen Feldern im Spätabendwind in immer mehr sich weitenden Kreisen, und die Blumen sammelten sich zu ungeheurer Zahl.

Von ferne her gerufen, ging sie in immer engeren Windungen wieder zurück den Weg in Frühmorgenstille; eine Blüte nach der anderen entschwand ihr, aber mit den letzten, die aufgeblüht waren zu gewaltigen Blumen, konnte sie ihr Kind Fanny krönen und die erwachenden Augen ihm schützen vor der grellen Sonne.

Zweiter Teil

1

Fanny, die ältere Tochter, kam schon drei Tage nach dem Begräbnis der Mutter zu den Barmherzigen Schwestern ins Kloster. Slawa und Cyrill blieben allein. Unbegreiflich war ihm, wie alles in ihm wuchs. Erst dachte er, das schwarze Trauergewand, das neu gekaufte, zwänge ihn so zusammen, treibe alles Blut, die ganze gute Natur nach innen; aber auch nachts, wenn es abgelegt war, auch im Werktagskittel fühlte er sich schwerer an Gewicht, im innersten Lebensstrom heißer, wie wenn er über sich selbst gestiegen wäre, seitdem die riesenhafte Frau ihn nicht mehr überragte.

Die Tochter sollte nicht mehr mit ihm im gleichen Zimmer schlafen. Er gab ihr den Raum, wo Fanny geruht hatte und ihr zu Füßen die Mutter. Auch er hatte versorgende Güte. Deshalb wollte er vor allem erst jedes Pünktchen Ruß von den Dielen entfernen, neu die Wände mit den feinsten Seidentapeten tapezieren, damit endlich der Totenrauch der früheren Zeit vergehe. Er wollte jeden Tag nach Feierabend diese Arbeit schaffen, bis dahin nur musste das Kind bei ihm, dem guten Vater, verweilen.

In der dritten Nacht erwachte er von sehr heftiger Angst: ob nicht das arme gute Kind in der heißen Sommersglut sich aufgedeckt habe, das arme schöne Kind nackt daliegen müsse in der schweren, bleiigen Nacht?

Schwerer Geruch lag in der Luft, wie von Erde nach Gewitterregen. Die Hände beide über sie decken, sie schützen vor dem Nachtregen, der stundenlang schon, das merkte er jetzt, wie kochendes, sprudelndes Wasser aus dem offenen Fenster herüberprasselte, über die schlafende Slawa hin, die kindhaft schlafende, die nicht sah, dass er sie sah. Sie schlief so fest nach den vielen Tränen der letzten Zeit, dass er nahe an sie heranschleichen konnte. Aber er konnte auch aufstampfen, und sie merkte es nicht. Einen Fuß mit der Ferse auf das gefederte Sofa legen, ihn aufpressen in den Raum zwischen dem Leinentuch und dem Lederpolster; es war ihm unheimliche Seligkeit, jetzt den lauen Untergrund niederzudrücken, niederzudrücken das lebende Grab, das sie mit herrlicher Wärme erwärmte! Wie er die Federn des Diwans nachließ, wie ganz lebendig kam ihm ihr Gesicht mit den sichelförmigen Augen entgegen! Flach hielt er seine Hand ihr über die Augengruben, damit sie alles verdeckte. Nur ihre reinen Augen durfte er sehen.

Wie eine Tote schlief sie, und in wild überquellender Erinnerung erstand vor ihm zum zweiten Mal die Mutter, die er am letzten Tag nur an der Hand gepackt hatte. Aber nur wie ein Stück Stein, wie ein Block Holz war sie gefolgt, die bei lebendigem Leib schon erstarrte.

Er aber und Slawa, das einzige Kind, waren am anderen Ufer, freuten sich beide auf »die umgekehrte Zeit«. Unüberwindbar strebte die unzerstörbare Natur in ihm, jünger zu werden mit jedem Tag und entgegenzuwandern der ins sommerliche Alter aufblühenden Tochter. Schon öffnete sie sich, die es in heißer Sommernacht nicht mehr hielt, und wenn sie auch zu schlafen schien, nur scheinbar lastete sie wie eine Tote in der Grube der alten Sofapolster, in Wirklichkeit aber war sie schon ganz in ihm und ganz war er in ihr.

Er liebte, das war gut.

Beugte er aber seine abwehrend auseinandergefalteten Hände über die hornförmige Biegung ihrer Hüfte, so schlug es ihn schon aus der Ferne zurück, mit grauenhaftem Schmerz, mit segensreichem Schmerz, mit gottesgnädigem Schmerz, da Hitzesströme ihrem weißen Fleisch entquollen, auf drei Meter Entfernung, mitten in der Nacht, dem schweren Regen zum Trotz, der, erkaltend zum Morgen, durch das offene Fenster herprasselte.

Noch war er in Versuchung, um nur das geliebte Mädchen vor Erkältung zu schützen, zum bloßen Schein, aber jedem Gutdenkenden durchaus verzeihlich, ja sogar großen Lobes wert, sich über sie zu werfen und dann, als ein guter Mann und ein nie zu verführender Vater, ja als ein zu jeder Unzucht leider völlig unfähiger Greis dieser Versuchung standzuhalten, aber das Wort der Mutter, das ihm keine Freude verhieß, und die Gestalt der Mutter, die alles schon vorher gewusst und verflucht hatte, machte ihn völlig starr.

Damit in seiner Gattin totem Munde diese Vorhersagung sich in plumpe Lüge verwandle, wenn schon jenes unselige »ich bin doch in Hoffnung« vor soviel Jahren ihn ins Unglück gestürzt hatte, ermannte er sich zu dem stärksten Widerstand gegen sich selbst. Ohne Worte, mit wütendem Gebell, das wie dickes Metall ganz grell paukte, weckte er Slawa, rettete sie in höchster Wut. Mit roher Gewalt stieß er die vor dem Gebell hell Aufschreiende, noch tief Schlaftrunkene in die

Küche, die von der Mutter noch mit Ruß getränkt und mit Fluch verpestet war.

Ihm war zum Lachen, ganz in gutem Rausch war er jetzt, mitten am Wege zur umgekehrten Zeit. Laut schrie er seinen Gesang zum offenen Fenster hinaus in die Dämmerung, lange Zeit. Völlig in Sicherheit, wie nach vollbrachter Tat, warf er das Federbett der Tochter sich über die Arme, trug in den leichten, lau erwärmten Kissen Slawas beseligende Last.

Wie Zweige streiften die Zipfel seine Knie, so schleuderte er alles der Tochter hin. Die Verführte, Genossene warf er hin zu Füßen der Unberührten.

Slawas Worte, ein so eisiger Klang, machten ihn schaudern. Das war nicht sie, sondern seine kalte Frau, Fanny, trotz aller Tode seine ewige Frau.

»Sich selbst zur Buße« verließ er sein eigenes Bett und legte sich, nun ganz bloß und klein wie ein mageres Kind, auf Slawas verlassene Lagerstatt, Slawas Bruder gleich, dem nie geborenen. So wärmte er sich an ihrer Wärme, die sehr schnell verging.

2

Cyrill träumte nun wachend, die Geliebte (namenlos jetzt und weder Tochter noch Frau) gehe wartend auf und ab vor den Fenstern, nicht in der Küche, nicht in der vergangenen Zeit, sondern im Regen, in der umgekehrten Zeit, und das erst sei seine wahre Jugend, da käme erst seine echte Manneskraft.

Es wartete in diesem Traum die Geliebte – ganz Gesicht und dann nur ganz Auge – auf ihn. Er näherte sich der flachen Sichel dieser Augen, um sie in »neuer Manier« wie ein Engel zu lieben, um von diesen Augen verzehrt zu werden ohne Zähne, ohne Bisse, ohne Zunge, ohne Schlund, und, nicht wie ein Mann, sondern wie eine nackte, geschälte Frucht einzufließen in sie als reine Süßigkeit.

Dann dachte er daran, Slawa, die sehr Geliebte, freizugeben, sie irgendwo, fern von sich selbst, anzusiedeln, beim geliebten Bruder sie in völliger Reinheit einzubetten, sie blau zu kleiden, da der Geistliche ihm in dieser Traumstunde in blauer Verbrämung von den Fingernägeln bis zu dem kahlen, mild beleuchteten Scheitel erschien.

Er selbst wollte, eben mithilfe der ihm geschenkten Frist, im ganzen Reichtum der umgekehrten Zeit in eine große Stadt wandern, neue Arbeit mit seinem Freund Voyta beginnen, eine »neue Flamme« besitzen, damit die neue Liebe nichts von dem schmutzigen Blut der alten Fanny hätte.

Aber schon am nächsten Abend, als er von Slawa die schweren und sehr langen Rollen der neuen Tapete heraufgereicht haben wollte, erblickte er in ihnen das schweinische Zeugnis der teuflischen Unzucht, die sich nach dem Fluche seiner hassenden Frau über die rußbeschmierten Wände ziehen sollten, ohne dass Besserung möglich war. Die Mutter war über ihm, als Cyrill von hoher Tapeziererleiter herab, dicht verengt, in jungfräulich kleinen Kreis gebannt, der Tochter ganze Gestalt erfasste.

»Keine Angst, keine Angst!«, flüsterte er auf sie hinab. Aber als er sich zu ihr beugte, fielen seine eigenen Haare, die silbergrauen, ihm von oben über die Augen, der fürchterliche Geruch seines ergreisenden Leibes durchdrang ihn und Angst vor baldigem Tod.

Nochmals stieg er die Sprossen empor, schwankte rittlings auf seiner Leiter wüst in der Irre umher, sodass Slawa fliehen musste. Ihr hold gerötetes Gesicht entblühte dem schwarz gekräuselten Flor wie hold geröteter Schoß schwarzer Dunkelheit.

Dass alles über Cyrill stürzen sollte, dass er wie ein Hammer niederkrachen sollte, das war seine ganze Glut, deshalb jagte er, der plötzlich Gealterte, in jugendlich weiten Schritten auf den ohnmächtigen Stelzen immer wilder umher, und, indem er einen leise sausenden Pfiff ausstieß, drehte er sich und die Leiter in rasendem Wirbel um sich selbst, atemlos; alles ringsum durch immer gefährlicheren Schwung zusammenhaltend, hungerte er danach, dass das Letzte sich erfülle, und sei es im Tod. Er stürzte. Aber nur Schmerzen musste er leiden, da die Tochter, die Hand zum Schutze emporgereckt, den Vater wider Willen in das weiche Fleisch unter dem Kinn getroffen hatte.

Ihr Weinen, ihr Bitten hörte er nicht. Es war ihm eine fremde Stimme, ein ganz unbekanntes Gesicht.

Er sank über die Sprossen der hingestürzten Leiter, bereit zum Vergehen. Aber er stand doch bald auf, und, aus einem halben Rausch erwacht, wollte er sich retten zu seinem alten Freund. Vorher aber ging er in sein Zimmer, sich zu waschen.

3

Slawa, seit dem Tode der Mutter ganz verstört, hatte große Angst vor dem Vater.

Sie floh in die Waschküche. In ein rotes Tischtuch zusammengeknotet, trug sie die schmutzige Wäsche, auch ihre eigenen Betttücher, die, von dem unheimlichen Vater auf der Erde umhergewälzt, fast schwarz geworden waren.

Die selten benutzte unterirdische Waschküche war unversperrt. Ein altes Fahrrad lag auf seinen zwei Rädern, schlaffe Gummireifen atmeten dumpfe Luft aus in schwüler Nacht, und wenn Slawa unermüdlich die Pedale drehte, mit der Hand die scharfen Zacken fassend, sauste kühler Wind rasend über ihr glühendes Gesicht.

Es regte sich etwas in einem Winkel. Den Vater glaubte sie aus der Ferne schleichen zu hören, aber es waren nur die Pferde des Spediteurs, die im Stall nebenan scharrten. Weich rieben sie sich hinter der Wand, unterirdisch wieherte es, und lauer Luftzug, Pferdedüngergeruch kam durch die grob mit Kalk beworfenen Mauern des Gewölbes.

Voytas, des alten Hausbesorgers nie gefütterter großer Hund, räudig, mit bläulichen, blanken Löchern im Fell, die wie gegerbtes Leder glänzten, näherte sich ihr. Seine ausgefressenen, an den Rändern eingerollten, trotzdem aber schleppenden Ohren legte er vor ihr, der strahlend Schönen, auf den Boden nieder, der Atem aus seinen entzündeten Nüstern stieg in schnell gestoßenen Strömen auf zu Slawa, die auf dem Wäschebündel tief atmend ruhte.

Des alten Vaters beängstigender Atem schien ihr da zwischen den zwei flachen Ohren des demütigen, aber doch aus halb geschlossenen Augen tückisch funkelnden Tieres aufzusteigen. Sie ängstigte sich, bei dem Hunde zu bleiben, aber er folgte ihr, wie gegen seinen Willen, mit widerspenstig nach rückwärts gestrecktem Kopf, als wäre in der blanken, von Räude körnig zerfressenen Biegung seines Halses eine zähe Kette zu ihr hingespannt.

Mit seufzenden Atemzügen leckte das Tier die Tropfen, als das Mädchen in der übersprudelnden Wasserleitung die Wäsche tränkte. Es suchte die Kühlung.

Aber als Slawa im Waschofen ein Feuer angelegt hatte, das die ganze Nacht hindurch brennen sollte, drängte das Tier seine eilig federnden Flanken der schnell erhitzten Ofenwand an. Es suchte die Hitze.

Slawa wollte fliehen, das Wasser für sich allein wärmen lassen, die gebrauchte Wäsche in der Wohnung oben einweichen, aber dann musste sie zurück über den kleinen Hofplatz, und dort saß schon der Vater, in Ermüdung zusammengesunken, als hätte er sich seit einem Tage nicht von dort weggerührt, eng an den alten Voyta gedrückt, im Scheine einer Petroleumlampe ohne Schirm. Halb nur gedeckt durch Efeupflanzen, spielte er vorsichtig eine Karte aus seiner mit Karten ganz gefüllten Hand aus, legte dann die Karten auf den Tisch, hob mit beiden Händen, ungeschickt wie ein kleines Kind, eine Weinflasche und goss Voyta Wein ins Glas, flüsterte ihm etwas zu, wobei aus der Flasche immer noch weiter Wein floss und auf das Pflaster des Hofes plätscherte.

An ihrem eigenen Vater traute sich Slawa, vor einer Woche noch ein Kind, nicht mehr vorbei. Deshalb kehrte sie in die Waschküche zurück, wo das Wasser im Kupferkessel schon flaumig siedete, streute eine Handvoll Soda, als wäre es Erde auf das Grab der Mutter, nun über die Wäsche, die unter dem weißen Geriesel sofort Wolken dunklen Schmutzes in Schwaden entließ.

Sie fühlte Hunger. Draußen regnete es, es gab wieder ein Gewitter zur Nacht wie am gestrigen Tag. Der Hofraum war jetzt leer, als wäre nie ein Vater da gewesen; die Efeupflanze war ganz in den Winkel gerückt, an die Mauer verkrochen. Oben war die Wohnung ganz verlassen, alle Schränke verschlossen, nichts war für den Hunger zu finden, auch kein wärmendes Umschlagetuch für Slawas Schultern, wenn sie nun doch noch wieder in die Waschküche musste. Bei Voyta, dem Hausbesorger, war noch Licht, aber dieser öffnete nicht; deutlich erkannte Slawa ihres Vaters blaues Auge, das sie aus dem Guckloch anstarrte, ohne dass sie auch nur das kleinste Stückchen Stirn mit den alten queren Falten sah, die sie so oft hatte ausstreichen müssen, dem Vater auf dem Schoße sitzend, während er mit haariger, kalter Faust ihre Hand umspannte und ihre Finger an der eigenen Stirn entlang führte. Und während sie noch von diesem Unbegreiflichen sich erholte, tastete wieder der räudige Hund mit seiner ganzen tierischen Wärme an ihr hinauf, zweibeinig, mächtig in die Höhe gereckt, rieb er bellend wie aus Freude seine fiebernden Flanken und den wie Leder knirschenden Leib an ihrer schwellenden Gestalt, die aufschauerte ins innerste Blut, sich aber nicht zu rühren wagte, gefangen von dem Blick des stummen Vaters, der hinter dem Guckloch, durch Glas geschieden, in sie hineinstarrte, und der Geruch des armen Hundes stand um sie.

Sie schlich mit dem unentrinnbaren Hunde in die Waschküche zurück, trieb die Holzscheite und Kohlentrümmer mehr auseinander, damit sie den ganzen Kessel von unten umstellten, der in seiner niedrigen Wölbung, in seinem matten Schwarz, in der aushauchenden Hitze sie an des Vaters stürzende Gestalt erinnerte. So war er, in eine heiße, schwarze Kugel geballt, heute Abend vor ihre Füße hingeschleudert.

Wohl wäre sie gern aus dem unheimlichen Heimathause fort, da aber die Mutter ihr nie Freundinnen erlaubt hatte, wusste sie nicht, wohin sie zum Übernachten gehen sollte. Deshalb zog sie den Riegel in der Waschküche vor, kauerte sich, plötzlich nun doch sehr fröstelnd, an den warmen Stein des Ofens, schlug die Röcke bis über den bloßen Hals, nm sich selbst anzuatmen und mehr Wärme zu haben.

Mitten in der Nacht glaubte sie den Vater flüstern zu hören, aber nur die Wäsche zischte leise beim Sieden und stieß Blasen aus.

Am frühen Morgen glaubte sie den Vater hereinschielen zu sehen bei der Fensterluke, aber Sterne schimmerten, silberne Flimmer, in Vierecke geteilt durch das Gegitter des kümmerlichen Efeuspaliers.

Noch einmal, schon bei Tageslicht, erwachte sie mit lautem Schrei, nun war der Vater über ihr, stürzte nochmals von der Leiter, aber jetzt ihr mitten ins Gesicht, mit Gewalt zog er die Säume des Rockes vom Hals herab auf die Höhe der Brust, aber nur der Hund war es, der im Erwachen sich voll Liebkosungen auf sie gestürzt hatte, und seine ausgebleckte Zunge schien ihr, der jämmerlich Zitternden, nichts anderes zu sein als ein drittes, von Rande ausgefressenes Ohr, ein am Rande eingerolltes Stück vertrockneten Leders, mit dem er ihr fürchterlich drohte, während er sie liebkoste.

Es war Tag, sie ging mit der nassen Wäsche in die Wohnung. Der Vater war fort, die Schränke verschlossen, sie übertäubte den Hunger durch viel Arbeit, Wringen und Plätten bis über die Mittagszeit.

Gegen zwei Uhr schellte es. Sie dachte, es wäre der Vater, obwohl er sonst um diese Zeit nie die Arbeit verließ.

Trotz ihrer Angst zog sie den Riegel zurück. Ein sehr dicker kleiner Mann in schwarzer Kleidung, mit bittendem Gesicht, eine bauchige Tasche in der Hand, stand draußen. Als er zu sprechen sich nicht traute, sagte sie, während sie mit der linken Hand ihre aufgegangenen schönen dunklen Haare sammelte: »Wir haben nichts.« Er lachte nur. Slawa hatte sofort Vertrauen zu ihm. Es war kein Bettler, er war Pächter eines »geistlichen Grundgutes«, er wollte den Vater sprechen.

Als er sich schon verabschiedet hatte, ließ Slawa nach einem zarten Zögern ihre schweren Haare wieder los, lief dem Herrn nach und bat ihn um ganz wenig Geld, das ihr Vater sicher zurückzahlen würde. Der Herr lachte noch immer, gab ihr Geld, für das sie sich sofort Nahrungsmittel kaufte.

4

Als Cyrill abends von seiner Arbeit heimkehrte vor seiner geschlossenen Tür lauschend, Slawa ein lang gezogenes, schmachtendes Lied singen hörte, hielt es ihn nicht mehr. Die Türklinke, die im hellen, schräg durchs Treppenfenster rinnenden Licht weiß strahlend erschien, drückte er nieder, als wäre es seiner Slawa weiß strahlender Schenkel, der weich gekantete Bug der Klinke erschien ihm wie Slawas Knie, in erregter Bewegung an sich gezogen, und in unerhörter Beseligung fühlte er das kindliche, runde Knie zwischen seinen Fingern vorsprießen, er hatte es schon mit der Rechten von obenher umfasst, zwischen seinen Händen zitterte es in Erwartung.

Aber kurz vor ihrem Tod, im allergefährlichsten Augenblick hatte seine verhasste Frau den schrecklichen Schein ihres fahlen Gesichtes in ungeheurer Drohung zu ihm in den Hof hinabgefunkelt, als er unten saß, bei dem guten Freunde Voyta, ohne Dach, nur halb geschützt von den schwankenden Lampions.

Noch einmal flüchtete er hin zu Voytas Gelass, war aber sicher, dass ihm die Tat bevorstehe, ihm nie mehr entgehen könne, ob er wolle oder nicht, wenn er sie nur erlebe. Den Rest seines Lebens, den er vor dem Todesfall der Frau auf Jahrzehnte geschätzt, in der letzten Nacht aber, in der »umgekehrten Zeit« noch als unabsehbar empfunden hatte, – nun gab er ihn, das war der ungeheure Lohn für eine noch von keinem Menschen erlebte, ihm aber beschiedene Freude, für ein paar Tage, oder, wenn es heut Nacht ihm beschieden war, für diese drei bis vier Stunden hin.

Bei Voyta war Besuch, ein schwindsüchtiger »Herr vom Gericht«, der bei Voyta immer seine Versatzscheine loswerden wollte. Er hatte eine schöne, noch minderjährige Braut. Oft erzählte er prahlend mit stockendem Atem, mit singenden Tönen von ihrer südlichen Schönheit, von ihren berauschenden Liebkosungen. Nun wollte er von Voyta, dem Witwer, der doch für sich nichts mehr brauchte, für »billigstes Geld« ein Kaffeegeschirr, um es seiner Braut zum Geschenk zu bringen.

»Du kennst sie?«, fragte Voyta seinen Freund Cyrill flüsternd, und ohne eine Antwort abzuwarten, machte er mit den Händen eine Bewegung, als ob er ein schwerbusiges Weib von vorn betaste und zusammendrücke, und je mehr sich Voytas Hände näherten, desto teuflischer schielte sein Blick, das musste auch Cyrill sehen, der den alten Voyta bis jetzt wie einen Bruder geliebt hatte! Voytas Mund, dem er selbst die falsche Zahnreihe entnommen hatte, öffnete sich, wie es Cyrill schien, wider den Willen des Greises, vielleicht auf des Bösen Gebot, und entblößte einen fürchterlichen Schlund.

Das Zimmer, früher von Voytas armer Frau, seinen sieben Kindern aus beiden Ehen und ihm selbst bewohnt, war jetzt so dumpfig, obwohl der Witwer allein darin hauste, finster war es im hellen Sommerabend, brennend trocken, obwohl von dem eben begossenen Efeu vor dem Fenster noch Tropfen rieselten. Cyrill ließ Voyta und seinen Freund beisammen. Die beiden hatten sich ohnedies, als wären sie miteinander allein, zum Fenster hinausgebeugt. Trotzdem war das Zimmer verengt, das nun ganz finster, wie unter der Erde dalag, bloß durch das Guckloch vom Vorraum aus mit stabförmigem Lichtstrahl beleuchtet. Von hier musste man entfliehen.

Cyrill wanderte sehr schnell von dem Hause fort, an seiner Werkstatt vorüber, und während er mit dem Spazierstock über die herabgelassenen Rollläden einer ihm ganz fremden Geschäftsgegend rollend hinstrich, schien es ihm plötzlich als höchster Wunsch, die Tochter doch nicht zu verderben, schuldlos zu bleiben, seine Frau zu betrügen um ihren Fluch!

Da der Gerichtsbeamte in seinen hohlen Wangen alle Anzeichen der Auszehrung trug und da, nach den Versatzzetteln zu schließen, seine Geldverhältnisse sehr elend sein mussten, wollte Cyrill sich lieber an seine Braut, die üppige Baruschka, heranmachen, sie an Slawas Statt zu sich nehmen. Slawa aber sollte Fanny werden. Die Hälfte der jungen Fanny war sie ohnehin, da zur Hälfte und ihnen beiden zum Verderben, ihnen beiden zum fast schon vollendeten Untergang, der Mutter verfluchtes Blut in ihr kreiste.

Mochte sie nur ihn fliehen, nicht nur in die Waschküche, selbst ins Kloster durfte sie ruhig wandern, sich verkriechen in die Einöde am anderen Ende der Welt; er aber, der ewig Unzerstörbare, wollte sie alle überleben. Alles Glück erwartete ihn vielleicht bei Baruschka, der jungfräulichen, die er nicht einmal mit einem Traum berührt hatte.

Gottvater war ihm wohlgesinnt, auch der Erzvater Moses, vom Bruder unter die Heiligen des Jesustestamentes aufgenommen, war ihm wohlgesinnt. Als herrliches Zeichen sah er in nächster Nähe ein hohes Hotel vor sich. Es stand fast außerhalb der Stadt wie in einem Dorf.

Es hieß Hotel Lombardia. Der Portier und der Zimmerkellner hatten sich ein abgehobeltes, aber sehr schmutziges Tischchen quer vor den Eingang geschoben, den Eintritt und das Verlassen des Hotels überwachend, und spielten Mühle. Ihre Knie berührten sich, ihre Köpfe, kahl und ebenfalls sehr schmutzig, lehnten aneinander, bloß ihre Fingernägel waren sauber, glitzerten auf dem spiegelnden Brett, auf dem sie die Züge der Mühle verschoben. Ein eng aneinandergeleimtes Paar, das, wie Cyrill dachte, auch nachts beisammenklebte. Er wurde von ihnen begrüßt, erhielt sofort einen großen Schlüssel mit noch größerem, gezacktem Ziffernschild, dessen spitzige Zacken die Gäste in der Tasche belästigen, an die Rückgabe mahnen sollten.

Als die Kellner schon aufstanden, aber, immer noch gefesselt von ihrem Spiel, wie sich gattende Fliegen aneinanderhingen, schoss eine sehr lang gestreckte, fuchsige Katze mit runden, leuchtenden Augen zwischen ihren Füßen hervor.

Cyrill begab sich ohne Verzug auf sein Zimmer, dachte hier sehr ruhig zu schlafen. Am Morgen wollte er Slawa einen Zettel schicken, sie solle fort von ihm, dem Vater, sie solle zur Schwester in das Kloster am anderen Ende der Welt.

Er fühlte sich sehr jung, eigentlich viel zu schade für dieses verrufene Hotel. Das Zimmer war in sehr schlechtem Zustande. Kaum konnte er einen Augenblick ruhen, da meldete es sich schon unter seinem Nacken, der, feucht von Schweiß, auf dem schon gebrauchten Kissen lag. Er stand auf, es war noch sehr hell, fast wie in der Morgensonne.

Unter seinem Nacken erblickte er eine Spinne. Doch nicht eine lebende Spinne war es, sondern nur dunkle Haare von seinem Kopf, in der Mitte zu einem Knäuel verstrickt.

War das ein Zeichen seiner immer noch schwarzen Haare, seiner nie vergehenden Manneskraft?

Freilich, ganz sicher war nichts, selbst der Boden, worauf er stand, schien abschüssig. Er nahm die Wasserkaraffe, die der frühere Bewohner des Zimmers zum Scherz mit Seifenwasser gefüllt hatte, goss sie auf den Fußboden aus, der wie ein Höllenschlund »abgründig« war, denn nach der linken, der bösen Seite, entrieselte das Wasser.

Plötzlich war es, als hätte das Wasser, in die linke Ecke vergleitend, auch alles Licht mit sich genommen. Das freie Feld vor dem Fenster war vom Sturm wie an allen vier Kanten aufgehoben. Er musste ins Bett, da es ihn aber vor Schwäche nicht mehr ins Bett trug, lagerte er sich auf den feuchten Fußboden.

Gegen seinen Willen, um nicht hängen zu bleiben an dem rissigen Fußboden, breitete er seine Hände unter den Kopf, sodass er von eigener Hand die Lehre erhielt, sein Schädel sei kahl bis in den Nacken, und nie mehr würden glückliche Spinnen ihm entsprießen.

Cyrill dachte an seinen Bruder, den heiligen, an dessen kahlen Scheitel, den blau verbrämten.

Plötzlich hob ihn im Schlafe eine hold vertraute Gestalt, aber den Namen wollte er nicht wissen. Cyrill schwebte über seiner eigenen Verkörperung, nach allen Seiten wie ein Vogel mit langem Hals seinen Kopf wendend, langsam beugte er seinen Mund, der voll von Küssen war, aber immer tiefer unter ihn sank der ersehnte Gegenmund, schon erblickte er auf tintenfarbigem Fußboden: sich allein.

Da ihm für alles je und je Geliebte jetzt nur ein Name kam, sagte er: »Dein einziger Bruder bist du, Cyrill.«

5

Am nächsten Tage wagte Cyrill sich nicht in die Werkstatt, auch von seinem Hause hielt er sich fern. Er war am ganzen Körper kalt, so tief in ihm wütete die »rauschende Hitze«.

Heute Nacht musste es kommen, die große Hochzeit, der »goldene Tag« im Leben.

Tagsüber war Cyrill nirgends zu finden, er musste sich reinmachen, sich von seiner Frau Krankheitsruß und Totenrauch säubern, deshalb war sein erster Weg ins Bad. Im Charlottenbad verbrachte er den ganzen Tag. Er ließ die Leute pochen, ihn ergötzte das aufgeregte Klingeln, spät abends erst schlich er fort.

Man entließ ihn durch einen schmalen, sehr dunstigen Ausgang, da das Hauptportal längst geschlossen war. Dicke Heizschlangen mit Krusten von Staub, glühend, geschwollen von heiser glucksendem Wasser, wanden sich am niedrigen, wie zum Einsturz errichteten Gemäuer: Das war das frühere Leben, die Nacht am Bahnhofsplatz, das Zimmer der Frau, der Dienstbotenraum, wo alles Unheil neben der Badewanne in schwül tropfender Glut, aus überfüllten Adern entstanden war.

Jetzt aber war er ins Freie gerettet, war wie ein Flieger gelandet in dem schönen Park hinter dem Theater, dessen prunkvoller Balkon, ganz verlassen, als hohe Balustrade schimmerte, von elektrischen Kandelabern umflammt. Zwischen den Baumstämmen, in einer Wolke von Akazien, eilten zwei schöne Damen mit wehenden Schleiern zum bestellten Fest.

So kam er in seinem Hause an. Slawas verweintes, hochgeschwollenes Gesicht war das Erste, was er sah. Er fühlte Mitleid mit ihr, es wurde ihm schwer, sie an Baruschkas statt zu nehmen, ja selbst die beiden Damen im feuchten, dufterfüllten Park schienen ihm jetzt unvergleichlich.

Das ihm dargebotene Essen verschmähte er. Und um das arme Kind zu trösten, zog er es durch das dunkle Zimmer ans Fenster, hockte mit ihm in dem schmalen Raum vor den Rollläden, die trotz des späten Abends noch starke Hitze ausströmten. Da wurde sein Atem ruhiger, und er entschlief auf Augenblicke traumlos.

Slawa hatte ihn viermal in der Werkstatt gesucht, um ihm die Botschaft auszurichten, die der junge Mensch vom Lande, des Bruders geheimer Sendbote, überbracht hatte: Der Geistliche war zum Bischof ernannt worden. Er hatte sich gelobt, seinen Bruder Cyrill wiederzusehen, ihm zu danken, aber erst im bischöflichen Ornat.

Aber das Schweigen des Vaters war so unheimlich, dass sie kaum etwas zu sagen wagte. Er schlief nicht mehr; wachend, aber unbeweglich lehnte er mit dem Rücken an das Fensterbrett. Sie wollte ihm entkommen, mit beiden Armen umfasste sie ihre Bettstücke, wollte hinab zur Waschküche. Das war jetzt ihr Zufluchtsort, bis der herzensgute, immer lustige Gutspächter kam, der ihr heute Morgen baldige Hochzeit versprochen hatte. Er hieß Ferda.

Aber es gelang ihr nicht, zu entkommen.

»Slawa!«, rief ihr Vater.

Sie musste nun doch zu ihm; sie ließ ein Bettzeug nach dem anderen hinter sich gleiten, sie betete, er möge nichts von ihrer Absicht merken, nicht aufgereizt werden zur Wut.

Dass das, was da hündisch am Fenster hockte, kein Vater war, wusste sie seit heute.

Schon kam er in katzenhaft lautloser Flucht hinter ihr her. Mit vorgeschobenem Kopf, nur durch die Kraft seines dunklen, bohrenden Körpers schob er die vielen Polster vor sich her, und schon hob er Slawa mühelos auf den geballten Haufen, kauerte hinter ihrem Kopf und floh vor ihrem suchenden Blick und ihrem Flehen. Gekommen war er um acht Uhr abends, jetzt war es tiefe Nacht, und er sprach noch nicht.

Endlich tastete er doch nach ihr, aber nicht nach ihren Haaren. Zart streichelte er ihr die Haut hinter den Ohren, sehr vorsichtig drehte er ihr Gesicht dem seinen zu. Sie musste ihren Körper wenden. Nun auf dem Leibe liegend, atmete sie ihn aus größter Nähe an, zitterte vor ihm, wie gefangen.

»Weine nicht! Slawa, weine nicht!«, sagte er. »Bei Cyrill bist du. Kennst du mich nicht?

Ich werde es dir offenbaren. Zur Strafe bin ich dein Vater.

Slawinka, schläfst du? Höre mich! Ich liebe dich nicht wie mein Kind.

Wie wenn der liebe Gott dich mir in die offene Hand heruntergeregnet hätte, so liebe ich dich.

Wäre es Sünde?

Slawinka wird mir an der Brust liegen, nichts sagen, nichts tun, das ist ihre Hochzeitsnacht!«

Er fasste seine eigene linke Hand, an der noch die zwei Eheringe glänzten, schwer ließ er sie wieder fallen. »Ist das Cyrill? Warum hast du nicht gewartet, auf die da gewartet?! Dein Leben, dein ganzes Leben! Hilf mir nicht, Slawinka, was ist zu helfen?«

Mit verzückter Hand schwebte er über die liegende Erscheinung, die wachend in tiefster Ruhe ausgebreitet war vor ihm.

Aber nicht Beseligung, sondern Winter, Wind und Frost ging aus von ihr und Tod.

Er schlich in die Küche, suchte nach Waffen. Bloß das große eiserne Messer zum Zerhacken der Zuckerhüte sah er.

Viereckig, zehn Pfund schwer, bewegte es sich an einem Strick in leiser Drehung um sich selbst und schaukelte aus eigener Kraft in seine Hand.

»Das ist für mich, das ist für dich, für uns beide. Dass Blut wird fließen müssen, das hat deine Mutter gewusst! Nimm es in die Hand, Cyrill!«

In seiner schaudernden Hand hielt er das viereckige Eisen lange, fühlte es schwingen auch bei geschlossenen Augen. In ermüdeter Hand, wie einen Dreschflegel auf heimatlicher Tenne einst, vor der kommenden Nacht.

Er fühlte Müdigkeit wie nach gestorbenem Tod.

In Trauer hielt er, wie man einen kleinen Sarg hält, das viereckig schwere Messer auf beiden Unterarmen.

Er bat Slawa nicht mehr, versuchte sie nicht.

»Das ist Cyrills Begräbnis«, sagte er, ruhend in trauriger Verzückung, wie aus Wolken.

»Ich bin noch so jung«, sagte sie, ganz entrückt aus sich selbst.

6

Voyta wusste alles. Slawa, mit einem »neuen Bräutigam« hinter dem Rücken des Vaters verbunden, vielleicht von ihm schon um ihren »Schatz« gebracht, wollte nicht im Guten gehorchen? Da kannte er, Voyta, gar viele Mittel und Wege, – vielleicht als Letztes, als letzten Versuch im guten müsste man sie in das Hausmeistergelass herunterlocken, ihr daselbst etwas Berauschendes zu trinken geben, am besten nicht Wein, sondern mit etwas Gutem, etwas Süßem vermischt. Er habe noch Marmelade von seiner Frau her. Sie sei zwar etwas gegoren, aber gerade das sei fein, da die Kleine dann den Weingeist nicht gleich herausschmecke, und wenn sie erst gekostet hatte, ein ganz klein wenig gekostet hätte, dann schlucke sie alles in sich hinein, denn Süßes lieben die Mädchen, dann wollte sie es jeden Tag, und mehr als einem lieb ist, einem einzigen.

Aber dann wird ja dazu immer der alte Voyta da sein, eine kleine Belohnung, vielleicht heute schon?

Es kommt nichts davon hinaus in die Welt, alles bleibt zwischen uns, in der kleinen Familie, im anständigen Haus. Die Kleine trägt nichts aus dem Haus, denn es wäre ihre eigene Schande. Oder Ehre und Schönheitspreis?

Voytas Augen glitzerten in äußerster Niedertracht, er hatte seine falsche obere Zahnreihe nach unten fallen lassen, sodass er auf einen Augenblick wie ein Drache mit zwei Reihen kalkweißer Zähne erschien. Doch bald brachte er alles in Ordnung, schnitt mit einem kleinen weißen Kämmchen eine Stange nach Rosen duftender Pomade entzwei und mit dem gründlich gefetteten Kamm bürstete er den Schnurrbart in die Höhe.

»Keine Angst, keine Angst«, flüsterte er jedes Mal, wenn er mit seinem Kämmchen durch das dürre Gestrüpp seines Bartes glitt. »Ich nehme alles auf mich, ich lasse meinen Freund nicht im Stich. Wenn die vom Gericht mich fassen, und leicht werden sie mich wahrscheinlich nicht fassen, denn ich kenne die Herren vom Gericht, nicht von oben kenne ich sie, sondern von unten her, so«, er machte eine schamlose Gebärde, »aber wenn sie mich auch fassen, ich werde mich nicht fürchten, denn, Gott zum Lohn und Dank, ich bin schon alt, und ob sie mir den Kopf abhacken, oder ob er mir von selbst abfault, wie meinem lieben Hunde da«, das Tier stand hinter ihm, schmiegte sich aber vor seinem Blick wie ein Blatt auf den Boden und atmete kaum, »Das sollte einen Voyta schrecken? Oder dich, Cyrill?« Zum ersten Male sagte er zu Cyrill du. »Halt! Bist du mein Herzensbruder? Meinem Herzensbruder tu ich alles zuliebe.«

Er nahm Cyrills Gesicht in unnatürlicher Zärtlichkeit zwischen seine bitter riechenden, sehr warmen Hände. »Nun, Cyrill, nun?«

»Sie kommt nicht herunter«, flüsterte Cyrill, »sie wird nicht.«

»Wird nicht? Halt! Auf den Augenblick! Auf dem Kopfe gegangen, die Treppen herab, und wie der Wind! Du machst den Bräutigam, ich rufe es ihr hinauf, halt! Da kommt sie im Augenblick!« Hinter Cyrills Schulter wisperte Voyta, und der Rosenduft seiner Bartpomade berührte Cyrill zauberhaft.

»Aber dann – wo?«

»Das lass meine Sorge sein. Aber Weine muss ich haben. Gute! Starke! Ungarische!« Und als drei Flaschen dastanden: »Halt! Noch zwei, noch drei, auf Vorrat! Es wird uns allen schmecken. Auf Vorrat!«

Cyrill brachte alles. »Recht so, gut so. Ich habe es jetzt auch schon heraus, so muss es gehen. Warte, eine kleine weiche Matratze müssen wir noch haben, die werden wir auf den kleinen Platz vor der Bodentür niederlegen, jetzt abends darf kein Mensch auf den Speicher, dort ist es ganz finster, bis dorthin geht sie dir ruhig mit, dort sind keine Winkel zum Verstecken, und die Eisentür ist ganz nah. Warte, du musst nur darauf achten, dass sie keinen Laut von sich gibt, darauf musst du achten, und wenn es vorbei ist, dann komme ich! Dann ich, der Herzensbruder! Denn das tue ich für dich! Warte dort, wo es ganz dunkel ist, da kann es niemand wissen, wer es war, ein Landstreicher oder Einbrecher, der da eingebrochen hat, oder meinetwegen ich, aber auf dich wird niemand raten, wer sollte auf dich raten, da es nicht in deiner Wohnung ist?

Nur trinken muss sie, trinken wie ein Rauchfangkehrer oder eine Rauchfangkehrerin, damit sie am nächsten Tag nichts mehr weiß. Dann geht sie in einem Jahr oder wann es der Vater der Tochter erlaubt, zur Hochzeit mit ihrem Ferda, und niemand weiß etwas. Das kenne ich schon, mein Cyrill, bin nicht umsonst alt geworden und grau.« Mit feurigen Zinken fuhr ihm das Kämmchen durch den Schnurrbart und zischte. Wohl sah Cyrill in Voyta den Bösen in unverhüllter Gestalt, das war jedem ohne Mühe erkennbar, aber er ließ alles geschehen, wunderte sich bloß, dass Slawa sofort kam, und dass sie ohne viel Gerede an Ferdas Besuch glaubte und, mit beseligtem Blick durch das Guckfenster starrend, sich ohne Widerstand von dem geschickten Voyta den Mund mit dielen Löffeln schwer weingetränkter Marmelade anfüllen ließ. Dass sie von dem höllischen Trunk süß rosenfarbene Wangen und Hals bekam, das erkannte der Vater als letzte Wohltat, als letzten Gang des »Zaubermahles«, das Voyta ihm und der armen Slawa darbot.

Noch rührender, noch aufreizender zur Lust wurde ihr armes Gesicht, als Voyta das Licht ausgedreht hatte. Cyrill wagte nicht, das Kind zu berühren, das, leise schon berauscht, ohne Atemholen fast, sanfte Melodien vor sich hersummte und sich willenlos die Treppe hinaufführen ließ.

Als sie das richtige Stockwerk streiften, zuckte zwar Slawa hin zu der gewohnten Tür. Aber der Vater wurde von Voyta, der auf Filzschuhen hinterherschlich, weitergestoßen, seine Hand fing den Stoß auf und fand sich mit einem Male an Slawas Nacken.

Slawa überbog in unschuldiger Wollust ihren Kopf, presste ihres Vaters Hand in zart schaudernder Glut zwischen ihren kühlen Nacken und die schwer gebauschten Haare, die Augen geschlossen, den Mund wie eine kleine Mauer aufragend, duftend nach Marmelade und Wein, wartete sie auf einen ersten Kuss, unterbrach auf kurze Atempausen den Gesang, der ihrer Brust willenlos entströmte.

Schon glitt sie auf die Matratze, die vor die Bodentür gewälzt war, schon empfing Cyrill von Voyta den letzten Gnadenstoß, der ihn auf die Knie warf, vor sie, die schlafend Bewusstlose.

»In einer halben Stunde«, zischte Voyta, »halt! Stunde! Stunde!« Er schlich zurück.

Mit verkrampften Augen entflammte sich Cyrill in der Dunkelheit. Aber zu seinem Entsetzen erhob sich die massige, schwere, fahle Gestalt seiner Frau vor ihm, die nackte Riesin. Während langer tatenloser Minuten mühte sich Cyrill, das Bild seiner toten, aber noch immer auflebenden Frau zu zerstören, ihre verhasste Liebesgier in dem teuer erkauften Augenblick abzuweisen. Slawa, eines Fingers Länge von ihm entfernt, war nicht in seiner Nähe, war nicht auf der Welt für ihn, und schon war »die Stunde« abgelaufen, zu Ende war das Zaubermahl vor dem ersten Bissen, denn es schellte viele Male unten im Hausflur.

Cyrill kämpfte noch gegen seine tote Frau, in wilder Beschwörung wollte er sie bannen, und es gelang, und Slawa erwachte nicht.

Aber jetzt rief unten eine Stimme, als wäre es der von seiner Frau zugesandte Fluch: »Cyrill!« Jetzt war Slawa nicht mehr zu halten, sie hatte den Ruf gehört, sie war erwacht.

»Cyrill? Hier ist keiner.« Voyta zischte es durch das ganze Haus. Das spitze Licht seiner Laterne drang durch das Treppengeländer hinauf zu Slawa und Cyrill. Slawa hockte halb aufgerichtet auf ihrer Matratze und starrte ihren Vater an, der sich vergeblich unter einem aufgehobenen Zipfel des Polsterzeugs zu verbergen suchte. Das Licht flammte in heller Glut von unten durch das Treppenhaus.

»Keiner? Aber, ich ...«

»Nun, Sie? Kommen Sie morgen!«, sagte Voyta.

Unter Lachen antwortete Ferdas Stimme unten: »Gern – morgen!«

»Meinetwegen, du ...!«, schrie Voyta und schlug das Haustor zu.

Slawa fragte nicht.

»Hier ist ... es kühler ... nicht so wie unten ... im Zimmer«, stammelte der Vater.

Slawa fragte nicht.

Der Vater stieß das Mädchen fort, wütete, dass alles vergebens war und er vergebens Voyta eingeweiht, vergebens ihm einen Teil der sündhaften, verfluchten Wollust versprochen hatte. Und nicht ohne Grund hatte Voyta so viel vom Gericht gesprochen und sich der Bekanntschaft mit den Herren dort gerühmt.

Voyta, ebenfalls in toller Wut, hörte ihn die Tür zuschlagen, bald darauf schlich sich das Mädchen mit ihrer Matratze an seiner Pforte vorbei, sie begab sich in die Waschküche, ihren Zufluchtsort, wo sie den Rest der Nacht verbrachte.

Schlaflos aus Zorn und Tücke, machte sich der Hausmeister noch in später Nachtstunde von seinem warmen Bett los, stieg zu Cyrill hinauf, weckte ihn: »Was haben Sie getan? Jetzt kommen die vom Gericht!«

Cyrill, halb nackt, frierend, lauschte im Dunkeln hinter der Tür, sagte aber nichts.

Drohend schrie Voyta, sodass alle Mieter in den oberen Stockwerken ihn hören konnten: »Sie werden kommen, mit Handschellen werden sie ganz sicher kommen!«

7

Da Cyrill das Mädchen »nach Recht und Gesetz« auch nicht mit dem Finger berührt hatte, eine Untersuchung vor Gericht bei ihm nichts Schweres ergeben konnte, verbrachte er die Nacht in ruhigem Schlaf.

Morgens, in halbem Erwachen, war ihm zwar, als ob Frau Fanny in der Küche herumwirtschafte, er erschrak, als wäre er selbst gestorben: Denn jenseits des Todes wartete sie, *sie* war das richtige Gericht, die furchtbarste Macht, drei Richter in einen riesengroßen Leichnam getürmt, schwarz im Talare, gefärbt mit dem Ruße ihrer Krankheit.

Aus dem ersten Leben gab es noch Rettung, da die Friedhofserde über ihren wachsamen Augen meterhoch lag, aber aus dem zweiten Leben gab es keine Flucht und keine Rettung. Aber noch hatte er sich an Recht und Gesetz gehalten, die Sünde nicht begangen.

Schon öffnete sich in voller Sonne die Tür, Slawa trat ein, vielleicht ohne Erinnerung an die letzte Nacht, wenn sie auch noch verstört war. Ringe liefen blauschwarz unter den sichelförmig zauberhaften Augen, schmutzig war der schmale, jungfräuliche Nacken, ihre schönen, schweren, weichen, schwarzen Haare waren zerrauft und mit grauen Fäden struppig durchwachsen von der unordentlichen Lagerstatt.

Aber sie sagte nichts, willig brachte sie das Frühstück, das zwar nicht sehr einladend war und nur zu sehr nach verbrannter Milch schmeckte, aber es war doch nicht das Gericht, das, Voytas Drohung folgend, sofort mit Handfesseln gekommen war. Er redete versöhnt mit der Tochter und versprach, zu Mittag zurück zu sein.

In seiner Werkstätte war er froher Laune, sonnte sich lange im warmen Schatten, nahm dann dem Gesellen Hammer und Lederflecke aus der Hand und arbeitete an einem Lehnstuhl bis gegen Mittag, dann stieß ihn, der, ganz in seine Mühe versunken, dem Bilde der allzu sehr geliebten Tochter fast entronnen war, der Lehrjunge scheu an: »Vom Gericht ein Herr.«

Starr vor Angst erhob sich Cyrill: So war der Fluch der verfluchten Frau doch in die Wirklichkeit hineingeflucht!

Noch wollte er Zeit gewinnen, die gestrige Untat ableugnen, es war der Tochter doch nichts geschehen! Er rollte den Lehnstuhl in einen dunklen Winkel, er wollte doch das hohe Gericht nicht in »dieser Misswirtschaft, dem liederlichen Hauswesen« empfangen. Sofort aber drängte sich der Bote vom Gericht, der schwindsüchtige, abgemergelte Beamte herein, trotz der Hitze bis hoch zum Halse in eine dicke, blaue Tuchuniform gekleidet, ohne Ketten und Handschellen, bloß einen gelben Brief in der Hand.

Cyrill las die Überschrift: »Vormundschaftsgericht. An Herrn Cyrill D. hier.« Öffnen wollte er den Brief nicht. »Es ist richtig«, flüsterte er.

»Unterschreiben! Sie müssen unterschreiben!«, sagte der Bote und hielt ihm ein Buch hin.

»Bald! Später!«, sagte Cyrill.

»Was, später? Allsogleich!«, sagte der Beamte, einen gespitzten Bleistift zwischen den blassroten Lippen befeuchtend. Deutlich ergoss sich Schnapsduft aus seinem Munde, vermischt mit dem Obstgeruch der Schwindsüchtigen.

Es erschien Cyrill, der unter dem Gefühl seiner Schuld in Schweiß ausgebrochen war, als einzige Rettung, den Empfang dieses Galgenschreibens hinauszuschieben und möglichst spät die Unterschrift zu leisten. Er lud daher den Beamten zu einem Gläschen ein, das dieser, am Ende seiner Botengänge, nicht ablehnte.

Auf dem Wege zu dem Schnapsladen vor dem Bahnhof überlegte Cyrill, ob es nicht möglich wäre, dem keineswegs listigen Beamten, den er für das ganze Gericht nahm, Irrsinn vorzutäuschen, sich dadurch für den Augenblick der Vorladung zu entziehen, damit er später, unter dem Dache dieses falschen Irrsinns, straflos seine Sünde »genießen könnte, der Alten zum Hohn«.

Der Beamte hatte zwar Gewissensbisse. Er trank ordentlich, war indes nicht zum Sprechen zu bewegen. Doch war er nach der zweiten Flasche süßen Likörs schon so im »Schwung«, dass er Cyrill einen offenen Kuss auf die Wange drückte. Nun war der Augenblick da, nun durfte der Beamte keinen Tropfen mehr bekommen, denn er sollte ja »Protokoll führen und berichten bei den anderen Herren«.

Deshalb musste ihm als tiefes Geheimnis, damit er es den »Brüdern dort« nur ja recht genau wiedererzähle, der Bericht über die Zeugenschaften übergeben werden.

Cyrill stellte sich hinein ins Gericht: der gelbe Galgenbrief, breitbeinig auf die Tischplatte hingefaltet, das war der Vorsitzende. Die Anklage lag da.

Die Zeugenschaften lagen gegenüber, der große Schlüssel, mitgenommen aus dem verrufenen Hotel, mit fünffachem Schild, fünf Zacken, die Cyrill schützten und schirmten.

Erste Zacke, erstes Schild, erste Zeugenschaft: Fanny, die Erstgeborene.

»War ich, Wahrheit musst du sagen, Dir jederzeit allenorts ein guter Vater?«

»Du warst, Wahrheit muss sein, immer ein guter Vater.«

Zweite Zacke, zweites Schild, zweite Zeugenschaft: Fanny, Cyrills Gattin, tot, aber lebendig. »War ich, Wahrheit musst du sagen, jederzeit allenorts ein guter Mann?«

»Warst, Wahrheit muss sein, ein guter Mann.«

Dritte Zacke, drittes Schild, dritte Zeugenschaft, die heilige: Matthias, Bruder des Cyrill, Erzbischof und Gottespriester.

»War ich, Wahrheit wirst du sagen, immerzeit allenorts ein guter Bruder, bis zum letzten Blut?«

»Bis zum letzten Blut, ein Bruder!«

Vierte Zacke, viertes Schild, vierte Zeugenschaft: Cyrill selbst.

»Hast du die Sünde genossen?«

»Nein.«

»Kannst du schwören und beeiden?«

»Ja.«

»Bei dem Leben deiner Tochter?«

»Bei dem Liebsten, was ich habe.«

In heiseren Gesängen hatte Cyrill dies vor sich hergesungen. Der Beamte, sichtlich von Müdigkeit belastet, von Husten gereizt, verstand ihn nicht. Er hielt sich nur mit Mühe aufrecht. Cyrill musste eilen.

»Slawa, meine letzte Tochter, du mein einziges Kind, gibst du mir schuld? Lässt du mich frei? Bin ich schuldig an dir, ich, Cyrill, meiner Liebe wegen?« Den Beamten bedrängte fürchterlicher Husten. »Warte«, flüsterte Cyrill, »warte, gleich spricht sie mich frei. Glaubst du es? Ich bin es nicht, ein Verbrecher bin ich nicht. Ich schwöre«, er reckte sich, empor, »verbrennen will ich in der ewigen Glut, ewig in die Hölle hinunterkriechen zu meiner Frau, der verfluchten, aufgehen zu nichts, wie der Lumpen Papier da«, er hatte den Galgenbrief an einem Zündhölzchen entflammt, »in mir ist keine Sünde. Ich habe sie nur geliebt. Das ist die fünfte Zeugenschaft«, indem er den gezackten Schlüssel in einen Winkel warf, »die letzte!«

Der Beamte krächzte in endlosem Husten.

Ohne Barmherzigkeit schleuderte Cyrill die Flasche vom fuselgenetzten Tisch: »Die letzte!«

Die Verkäuferin erwachte durch das Klirren zu mürrischem Brummen, der Beamte, grün vor Schwäche und Rauchvergiftung, klammerte sich vergebens an Cyrill, der jetzt frei war: Das Gericht war geschlossen, der Galgenbrief aufgegangen in Feuer und in Flammen.

Cyrill ging; der Beamte, schwer über den Tisch gebeugt, gab rotes Blut und roten Schnaps in endlosem Stöhnen von sich.

Es war hellster Sommerabend. Alles im Freien flimmerte wie Glas.

8

In großer Beglückung, freigesprochen vom offenen Gericht wanderte Cyrill auf der Straße, die von aber Tausenden Menschen wimmelte. Auch der Park war dicht besetzt, doch fand er eine kleine Bank leer, mitten unter Bäumen. Er rüttelte an einem harten, heißen Stamme. Wolken von hitzegetränkten, scharf duftenden Blättern und Blütentrümmern sanken über ihn herab, der bald in Schlaf verdämmerte.

Er erwachte spät am Abend. Frei wie ein Bräutigam, von Freude wie eine Saite gespannt, eilte er durch die Straßen und Alleen, Haustor und Treppe, »seiner Slawa« entgegen. Er stieß an die Tür: »Ich bin es, ich.«

»Vater?«

»Kein Vater, Cyrill. Ich!«

Sie ließ ihn ein, fragte ihn, ob sie Abendbrot richten sollte, aber er schüttelte den Kopf und huschte an ihr nahe vorbei in die Küche.

Als Slawa mit zitternden Händen sich mühte, Licht zu entzünden, stand der Alte, als ob er aus der Höhle im Ofen hervorgekrochen wäre, lautlos vor ihr, einen Laib Brot trug er wie ein Kind auf den Armen, ihm zur Seite schaukelte an dünnem Strick das schwere, viereckige Zuckerhackmesser.

»Mit einem solchen Messer kann ich dir nicht Brot schneiden.« Hilflos in ihrem verstörten Lächeln, wehrte sie den immer wieder Vordrängenden ab.

Er ließ sich zurückdrängen, schlich fort, wie um ein anderes Messer zu bringen. So groß war das Mitleid Slawas mit dem Hunger des Vaters, dass sie auch jetzt nicht das Zimmer vor ihm versperrte.

Schon kam er wieder, schleppte die ganze Tischlade, vollführte mit den metallenen Geräten einen fürchterlichen Lärm, ähnlich dem Gebell, mit dem er sie vor wenigen Tagen aufgeschreckt hatte aus herrlicher unbewusster Jugend.

Noch gab sie sich nicht verloren. Da schleuderte er die schwere Tischlade mit den rollend niedersausenden Geräten hinter sich und sprang vor Slawa hin. Mitten durch den Tumult tönte die Schelle am Haustor. Aber kaum hatte sich Slawa in halber Wendung zur freien Tür gedrängt, da stolperte sie über das ihr in Tücke vorgehaltene Bein des Alten.

Schütternd dröhnte sie hin auf den Estrich. Kaum dass die schwere Haarkrone, die sie dem Geliebten, Ferda, zu Ehren in besonders dichten Knoten geflochten, sie vor tödlicher Verwundung schützte.

Der Vater hatte sich schon über sie geworfen und stillte seines ganzen Lebens gedrängte Wollust in weinendem Krampf.

Dieses Weinen empfing die grauenhaft erwachende Tochter als erstes. Dann erschienen graue Haare auf dürrer Haut vor ihren Augen, schimmernd im eben aufsteigenden Mond, der durch das Fenster brach. Dann fühlte sie in unbeschreiblichem Aufzucken höllische Schmerzen glühend in ihren Gliedern. Sie sank in Ohnmacht zurück.

Wie ein Tier erlitt sie die entmenschte Liebe des Vaters.

Als Slawa die Augen öffnete, lächelte ihr der Vater lüstern entgegen. Vergebens wehrte sie sich gegen ihn. Er hielt sie nur immer fester umklammert. Sie konnte sich nicht anders helfen. Sie ergriff das Messer, das neben ihr lag, fasste die stumpfe Schneide in ihre Hände. Den schweren, kantigen Griff stieß sie dem Vater dumpf pochend ans Herz.

Er sank zurück, entrollte der Umarmung. In seine Kleider wie eine Puppe gewickelt, lag er auf dem Rücken, kaum noch röchelnd.

Ein Augenblick nur war vergangen, die Glocke im Hausflur klirrte noch nach. Slawa aber, aufgekniet, fasste noch einmal, stieß ihm den eisernen Griff auf die Brust. Ein dumpfer Schlag auf die gespannte Wand – und Stille. Kein Atem, kein Sprechen. Sie beugte sich über den Vater, sah ihm ins Auge. Es war offen. Der ganze Mond, die weiße Kugel, rund, silbern, mit vielen kleinen Ringen: ihres Vaters Auge gebrochen.

Des Vaters Auge vergoldet: Kerzenlicht links, Kerzenlicht rechts. Menschen ringsum.

9

Noch lebte der Alte.

Es erhob sich seine Seele über seinen liegenden Körper, der im Mondlicht gleißte.

Er sah sich selbst, den Scheitel wallend umwachsen von schwarzem Gelock, urkräftig mit Millionen schwarzer Haare, ungebleicht war seine Kraft. Seine Haare wurden ein ehern glitzernder Heiligenschein, er selbst war der Erzvater Moses, den sein Bruder in die christliche Kirche hineingeführt hatte.

Hilfe erkannte er sich zur Rechten: des mächtigen Erzvaters eherne Stärke.

Hilfe stand ihm zur Linken: des geliebten Bruders blau verbrämte Gestalt, sein silbern in Milde leuchtendes Gesicht, Matthias, ihm demütig beigesellt wie ein Geselle, ihm, dem Älteren zu Füßen, ihm zu Füßen ausatmend den Duft alter heimatlicher Behausung, Kindheitsglück der Brüder Bett an Bett, Nacht für Nacht. Silbern wie heiliges Wasser murmelte die Stimme des Bruders die heiligen Litaneien, Beruhigung sprach das liebe Bruderherz und schönen Traum.

Von dienenden Kerzenträgern umgeben, war der Bischof zu Cyrill gekommen. Den Sterbeablass zu geben, kniete er jetzt neben ihm.

Über dem Sterbenden, in ihrer Glieder sternartiger Verzweigung, stieg auf und senkte sich, ganz Auge wie einst und ganz Geschlecht: seines Lebens letzte freudige Gestalt, Slawa.

Die Tochter, in ihrer Schändung sprachlos aus Scham, gemieden von Ferda, tückisch umzüngelt von Voyta, floh auf die Straße. Aber Voyta holte sie ein, er krallte sich an sie, brachte sie zurück ins Angesicht des Vaters.

Jetzt erst sahen alle Cyrills Brust gerötet von dem mörderischen Schlag.

So sehr auch der Bischof für seine Nichte Fürsprache einlegte und alles nur als Katastrophe, Gottes Schickung und Ratschluss deuten wollte, Voyta bestand auf Gericht und Kriminal. Sein bester Freund sei tot, seine einzige Stütze im Alter ermordet.

Am gleichen Abend, bevor die Polizei gekommen war, stellte sich Slawa aus freiem Willen dem Gericht.

Sie hatte keine Träne geweint.

Dritter Teil

1

Slawa, die Neunzehnjährige, lebte wegen Verdachts des Mordes am eigenen Vater im Untersuchungsgefängnis, gesperrt in eine Einzelzelle.

Während der ersten drei Tage und Nächte war es ihr schwer, dies zu glauben. Nachts umdröhnten Träume die des Träumens Ungewöhnte. An Arbeit war sie gewöhnt, Ruhe schreckte sie auf.

Nacht für Nacht erschien der Vater im Traum, lieber die Wendeltreppe des Gefängnisses näher kreisend, stieg er zur Zelle, viele Male wurde er vertrieben, aber nicht ganz tödlich getroffen. Mit den Knöcheln der Faust, waffenlos nur presste sie ihn von sich, wollte sich und ihn bewahren vor der gefährlichen Waffe. Sie war jung, überkräftig, Waffen nahm sie nicht aus eigenem Willen, hatte sie sie aber in der Hand, dann war Gefahr.

Aber nichts schreckte ihn. In unbeschwichtigter Wut erschien er ihr von Neuem.

Sie wollte gern sich alle Strafe gefallen lassen, aber nur endlich von ihm befreit sein. Er hatte keine Gnade, kein Erbarmen: schaurig bedrohte er sie in dem Traumgesicht der letzten Nacht.

Was konnte sie tun, als schweigen, wenn sie auch wusste, nur Schreien, Rufen könne sie retten.

Drohte er wiederzukommen, dumpf aus der Tiefe murmelnd, machte sich Slawa mit Gewalt wach. Licht, Helle hatte ihr sehr wohlgetan.

Licht war nachts in der Zelle verboten. Nur ein kleines Viereck, von der Öffnung in der Tür, war beleuchtet auf dem Estrich, kaum so groß wie ein Mädchentaschentuch. Dieses Licht aufzufangen, musste sie aufstehen und musste, obgleich frierend, sich gerade in der Mitte der totenstillen Zelle hinstellen und starren.

In der dritten Nacht, der ärgsten, tat sie das fünfmal, dann verschwand das böse Gesicht und kam in der nächsten Nacht nicht wieder.

Das war ihre erste Freude.

Nun suchte sie sich Arbeit. In der Zelle schien es nur auf den ersten Blick sauber. Sie bat daher die Gefängniswärterin um einen Kübel mit warmem Seifenwasser, den sie erst am nächsten Morgen brachte, da sie die Erlaubnis des Oberbeamten haben musste.

Von acht bis elf wusch sie, nachdem sie mit großem Eifer das Pflaster ausgemessen und sich das bisschen Arbeit eingeteilt hatte, dann bekam sie ihre Mahlzeit. Für den Nachmittag behielt sie den Blechlöffel, ihr einziges Essgerät, zurück, um mit dem Stiel desselben die Ecken des kleinen Raumes, die hölzernen Randleisten zu säubern: das Zimmer blieb feucht, dunstig, aber diese Arbeit, diese Reinheit, diese Ruhe waren ihre zweite Freude.

Am vierten Tage kam sie zu dem Untersuchungsrichter, um verhört zu werden. Man hatte bei Gericht vorerst an einen bloßen Unglücksfall gedacht, da für ein so fürchterliches Verbrechen keiner der gewöhnlichen Beweggründe zu finden war. Auch traute man dem schönen, jungen Mädchen einen gemeinen Mord nicht zu. Aber die Beschauung der Leiche ergab stumpfe Gewalt, Tod durch fremde Hand.

Während Slawa auf die Fragen nach Namen, Alter und Stand, Geburtsort, Vorstrafen und Schulbildung antwortete, beschloss sie in ihrem Gefühl der Schuldlosigkeit, von dem tierischen Angriff des Vaters nichts zu sagen. Sie dachte, die Tat sei dann beinahe ausgelöscht. Sie hätte auch niemals vor den fremden Menschen die Worte für das gefunden, was der Vater mit ihr getan hatte.

Sie war sehr befreit, als der Richter nach ihrem langen Schweigen über die Gründe der Ermordung hinwegging.

Dieses Verschweigen war ihr drittes Glück.

Damit war das Fürchterlichste überwunden. Sie kam auf Antrag ihres Offizialverteidigers zur Untersuchung ihres Geisteszustandes in das Inquisitenspital. Hier musste sie zwar anfangs zu Bett liegen. Da aber die Wärterin ihre Hilfe gern annahm, stand sie schon nachmittags auf, machte sich ans Fußbodenwischen, was bei dem glatten, warmen Asphalt sehr leicht vor sich ging. Sie durfte Geschirr reinigen, Kranke mit feuchtem Umschlag und lauem Fußbad pflegen. Zur Nacht durfte sie baden, das tat ihr sehr wohl. Als sie aus dem Wasser herauskam, dachte sie: »Jetzt ist der lange Todestag vorüber.« Die letzten Tage, von dem Tod der geliebten Mutter bis zum Mord und dann die Nacht und das Gefängnis und die Träume und das Stillestehen auf der eiskalten Fußbodenplatte, alles war der *Todestag*.

Der Professor für Geisteskranke fragte sie aus, sagte ihr, sie solle irgendetwas schreiben.

Sie schrieb: Slawa.

»Weiter!«, sagte er.

Sie schrieb: Cyrill.

»Weiter!«, sagte er.

Sie schrieb: Hilfe.

Der Professor konnte alles lesen, aber er verstand die Worte nicht. Er sagte: »Ich verstehe nicht, dass ich das nicht verstehe. Aber geistig krank ist sie nicht.«

Der Gefängnisgeistliche kam. Slawa erschrak vor ihm, denn sie dachte, er käme nur vor dem Todesurteil. Aber der Gedanke an ihre »drei Glücke« brachte ihr im gleichen Augenblick Frieden. Als der Priester sie fragte: »Wollen Sie beichten, mein Kind?«, sagte sie: »Beichten? Jetzt? Ich?«

Sie nahm das Abendmahl in Erinnerung an die arme Mutter, und wenn sie weinte, weinte sie um ihre Mutter.

Die Wärterin bat, man möge Slawa noch bei ihr lassen, obwohl ihre geistige Gesundheit offenbar war und sie nicht in das Spital gehörte.

Alle Richter des Hauses bis zum Präsidenten beobachteten sie, teils offen, teils insgeheim, man stellte ihr Fallen, ließ zum Schein das Spitalstor offen, um zu versuchen, ob sie fliehen würde.

Ihr Verteidiger, ein junger Advokat, der sehr klug war, alle Menschen durchschaute und alle ohne Ausnahme verachtete, warnte seine Klientin vor diesen plumpen Fallstricken und beschwerte sich höherenorts über diese »Kunststückchen«. Aber das Gericht wies ihn an seine Pflicht und seine Befugnis, Slawa beruhigte ihn: »Ich fürchte mich nicht.«

Er sah sie, das Bild blühendster Schönheit auch jetzt in ihrem Elend, lange an, sprach aber weder Hoffnungsworte noch Befürchtung aus.

Slawa war unberührt von Tod wie von Zeugung.

Schreckensblass wurde die vielerfahrene Arrestantenwärterin, als sie Slawa eines Abends im Herbst, kurz vor der Verhandlung, in einem Winkel des von kranken, bösen Menschen erfüllten und vergifteten Raumes kreisend um sich selbst tanzen sah und lachen hörte. Triller ohne Ende brachen aus ihr, der Mörderin.

2

An einem Montag, Anfang Oktober, führte man Slawa zur Hauptverhandlung vor das Schwurgericht.

»Bekennen Sie sich schuldig?«

»– –«

»Sie müssen antworten.«

»Ich bin nicht schuldig.«

»Dass Ihr Vater keines natürlichen Todes gestorben ist, das wissen Sie. Erzählen Sie uns den Hergang!«

Slawa schwieg, obgleich ihr der Vorsitzende Vertrauen einflößte. Es waren aber viele Menschen im überfüllten Saale, auch Frauen, vor denen sie sich besonders schämte.

»Geben Sie zu, dass Ihr Vater durch Schläge oder Hiebe mit diesem Zuckerhackmesser da ums Leben gekommen ist?«

»Ja. Ich gebe das zu.«

»Sie sagen das so ruhig. Sie haben doch nur einen Vater gehabt. Nach dem Hinscheiden Ihrer Mutter und dem Abgang Ihrer Schwester ins Kloster waren Sie ja vollständig auf ihn angewiesen. Jetzt sind Sie ganz verlassen. Das kann Ihnen doch unmöglich gleichgültig sein. Selbst das wildeste Tier ist nicht wild seinen Eltern gegenüber. Sie müssen diese furchtbare Tat aufklären. Ist ein Streit vorausgegangen? Eine Aufregung? Hat man Sie irgendwie zum Zorn gereizt? Sie sollen öfters außer dem Hause, oder wenigstens außerhalb der Wohnung, genächtigt haben. In der Waschküche? Im Bodenraum? Sie verbargen sich, fast scheint es so, vor Ihrem Vater. Hatten Sie Angst vor Strafe? Hatten Sie vielleicht einen verbotenen Verkehr?«

Slawa antwortete nicht.

»Haben Sie mit Vorsatz gehandelt? Das heißt, haben Sie die Absicht gehabt, ihn zu töten?«

»Ja. Er ist gleich gestorben.«

»Ja, gewiss, Sie haben ihn getötet, aber das lag vielleicht vorerst gar nicht in Ihrer Absicht?« Der Vorsitzende sagte zum Verteidiger: »Haben Sie die Angeklagte dahin aufgeklärt, dass sie uns antworten muss, in ihrem eigenen Interesse, und dass sich das Delikt als Mord darstellt, begangen an Verwandten der aufsteigenden Linie, und dass es im Falle der Verurteilung nur durch die Todesstrafe zu ahnden ist?«

»Sie wurde aufgeklärt.«

»Ich bitte also die Angeklagte, uns den Hergang einfach zu erzählen ... Nun, da sie verstockt schweigt, werden wir die Zeugen rufen. Die Schwester, Fanny. Wollen Sie aussagen?«

Die Schwester, wachsbleichen Gesichts, war mit der Priorin des Klosters erschienen.

»Darf ich aussagen?«, fragte sie die Priorin.

»Wie Sie wollen, mein Kind.«

»Ich will aussagen«, sagte Fanny.

»Dann werden wir Sie vereidigen. Legen Sie die Finger an das Kreuz, sprechen Sie die Schwurformel nach ... Können Sie etwas über das Benehmen der Schwester dem Vater gegenüber und umgekehrt aussagen?«

»Der Vater hat an der Slawa immer sehr gehangen.«

»Gab es manchmal dennoch Streit?«

»Streit nicht. Aber ...«

»Aber?«

»Einmal hat die Slawa den Vater mit dem schmutzigen Absatz des Stiefels auf die Brust geschlagen.«

»Wann war das?«

»Das ist schon eine Zeit lang her.«

»Nun, Jahre oder Monate?«

»Jahre.«

»Noch zu Lebzeiten der Mutter?«

»Ja.«

»Wissen Sie die Ursache? Gab es sonst Zwistigkeiten in dem Hause? Etwa zwischen Vater und Mutter?«

»Streitigkeiten gab es nicht. Nur viel früher, weil der Vater stark getrunken hat. Später hat er nicht mehr so viel getrunken.«

»Wissen Sie, warum Slawa den Vater auf die Brust geschlagen oder getreten hat? Vielleicht nur, da sie ein Kind war, aus Spaß?«

»Nein, im Ernst. Denn er ging so verstört umher, und die Mutter hat ihm Umschläge gemacht. Doch hat er ihr Blumen gekauft.«

»Wem? Der Mutter?«

»Nein.« Mit gesenktem Blick: »Ihr.«

»Haben Sie noch etwas zu sagen? Können Sie sich einen Grund für diese Handlung vorstellen?«

»Ja! Aus Niedertracht!« Die Priorin packte sie beschwichtigend am schwarzen Ordenskleid.

»Und haben Sie sonst noch Züge von Bosheit an Ihrer Schwester bemerkt? Sie müssen nicht aussagen, wenn es ...«

Die Schwester: »Höhnisch hat sie gelacht, als unsere Mutter schwer krank war, wie eine Besessene in der Ecke getanzt und sich herumgedreht –, die Mutter hat sehr leiden müssen. Sie hat sich auch bitter beklagt. Ich bin gleich von zu Hause fortgegangen, als die Mutter nicht mehr zurückkam. Ich bin jetzt im Kloster, ich weiß sonst nichts.«

»Damit ist die allerdings sehr bezeichnende Aussage abgeschlossen. – Der Bruder des Getöteten oder, wie wir schon sagen dürfen, Ermordeten, der Herr Bischof, hat seine Aussage kommissarisch zu Protokoll gegeben, es geht daraus nur hervor, dass er den Bruder nicht mehr bei Bewusstsein angetroffen hat. Er schildert ihn als sanft, schwächlich von Kräften, fleißig, gutmütig, er hat von ihm in jungen Jahren Geldbeträge, für den Geber sicher ein Opfer, erhalten. Er stellt ihm menschlich ein ehrendes Zeugnis aus.«

Die Vernehmung der Gesellen ergab nichts, sie sagten, der »selige Cyrill« habe am letzten Tage fleißig gearbeitet. Dann sei ein Gerichtsbote gekommen vom Vormundschaftsgericht, mit diesem sei er fortgegangen. Der Gerichtsbote lag an Lungenblutung krank und konnte nicht vernommen werden. Als letzter Zeuge kam Voyta.

»Was haben Sie zu sagen?«

»Sie ist nach ihrer Schlechtigkeit gleich davongelaufen, auf der Straße habe ich sie abgefangen.«

»Der Polizei hat sie sich aber freiwillig gestellt.«

»Sie hat sich aus dem Schubfach in der Küchenkommode eigens das Messer ausgesucht. Das Schubfach lag auf dem Boden, Messer und Gabeln durcheinander ...«

»Wissen Sie noch etwas?«

»Ich weiß nichts, glaube aber manches.«

»Wissen Sie etwa von Bekanntschaften?«

»Nein, nur von Ferda.«

Ferda wurde vorgerufen, er hatte nichts zu sagen, als dass er die Angeklagte habe heiraten wollen, davon aber abgekommen sei. Man lachte. Er trat ab.

»Aber sie hat doch gestohlen!«, zischte Voyta aus zahnlosem Munde, denn sein falsches Gebiss hatte er in der Aufregung zu Hause gelassen.

Bewegung ergriff den Saal.

Bloß der Verteidiger, tief und wie ohne Gedanken versunken in den Anblick Slawas, zeigte keine Erregung.

»Gestohlen bei Tag! Gestohlen bei Nacht! Schlafen? Bei Cyrill darf eine Diebin, eine diebische, nicht schlafen! Deshalb heraus mit der Diebin! Hinauf zum Dachboden, oder in die Waschküche mit der Diebin, dort soll sie schlafen, wo die Katzen schlafen.«

»Was sagen Sie dazu, Angeklagte?«

»Gar nichts sagt sie, denn das war der Grund von ihrer Schlechtigkeit! Schon einmal hat er sie ertappt, da ist sie mit der linken Hand, der diebischen, ihm in die Hosentasche bei Nacht, aber er hat sie noch erwischt und davongejagt! Rachsüchtig war sie, das reine Gift! Schon einmal hat sie ihn umbringen wollen, blutig geschlagen war er, der Arme, in dem weichen Fleisch unter dem Kinn, und nur sie hat ihn geschlagen!« Slawa, von der giftigen Bosheit Voytas umzischt, weinte wie ein großes Tier. Laute, lange Schreie stieß sie aus, Tochter ihrer Mutter.

Was Cyrill in schlafloser Nacht ihr, der vor ihm Hingegossenen, nicht hatte offenbaren können, nun war es offenbar, nun musste sie es begreifen: Schaudern vor der Welt!

Mit seinem Bleistift klopfte der Verteidiger auf seinen Tisch: »Bleiben Sie ruhig, Slawa, Sie sind nicht schuldig. Seien Sie ruhig, Voyta; Ruhe!«

»Das Verhör ist noch nicht abgeschlossen, ich bitte, Herr Verteidiger ...«

»Herr Präsident!« Und als einen Augenblick lang völlige Stille war, sagte er, wie hinter dem Rücken der immer noch schönheitstrahlenden Slawa: »Sehen Sie nicht, dass die Person von dem Vater schwanger ist? Vatermord? Nein! Notwehr! Ein fürchterliches Schicksal.«

Schütternd brach sie zusammen. Auf der Kante ihrer Bank schlug sie ihre mädchenhafte Stirn blutig.

3

Am nächsten Tage wurde Slawa aus der Haft entlassen. Sie kehrte, nicht mehr in die väterliche Wohnung zurück, denn dort hatte sich Voyta bereits angesiedelt, hatte von allen Einrichtungsgegenständen Besitz ergriffen, war mit Baruschka, der Braut des sterbenskranken Gerichtsbeamten, bereits in der Kirche zweimal aufgeboten und sollte in wenigen Wochen heiraten.

Nicht Slawa allein fühlte sich gerettet, sondern auch der Anwalt, bis zu diesem Tag Anwalt jeder Tücke, Schutz und Schild jeglicher Gemeinheit, die, bereichert am Verbrechen, sich hinter seinen Advokatenkniffen nachher decken wollte.

Er brachte sie noch am gleichen Tage zu seiner Mutter aufs Land.

Ein steinalte, schwarz vertrocknete Greisin empfing Slawa, die immer noch sommerlich Strahlende. Das Haus war ärmlich, da der Sohn die Alte nicht durch das böse Geld zu Geiz und Härte und Speichelleckerei verderben wollte.

Das einzige bewohnbare Zimmer war mehr eine Tenne als ein Gemach, gestampfter Lehm der kalte, staubige, höckerige Fußboden. Wusch sich Slawa am ersten Morgen in einem Becken, das auf strohgeflochtenem Stühlchen, dem Herde benachbart, stand, so verrann das verspritzte Wasser in lehmige Gruben. Und wenn sie vormittags beim Kochen an den Herd trat, versank ihr Fuß in dem aufgeweichten Lehm. Deshalb wusch sie sich am nächsten Tage vor dem Hause am Brunnen, am dritten Morgen aber, so wie es die alte Frau und die Stallmagd taten, im Stalle, denn da lag von der schweren Kuh trotz der dünnen Wände etwas dunstige Wärme verbreitet.

Slawa ging der Magd bei jeder Arbeit an die Hand. So lebte sie. An den Vater, den geschlagenen, den toten, an Fanny, die wachsgesichtige, an Voyta, den verderbten, höllischen Geist dachte sie ohne Groll.

Ihre Mutter schien ihr manchmal dazustehen, mit ihr zu sprechen, hinter ihr zu gehen, ihr bei der Arbeit, bei dem Weg über den Brückensteg nachzukommen, sie glaubte oft, die Mutter hätte sich nachts beim Schlafen hinter sie im Bette längs gelegt und etwas gekrümmt, damit sie, die allzu Große, doch mit ihrem Hals den Kopf, mit ihren Zehen, sanft abgeschrägt, die Ferse der Tochter die ganze Nacht hindurch berühren könne. So lebte Slawa jetzt in ihrer Seele immer mit ihrer Mutter.

Slawa scheute vor keiner Arbeit zurück, sie zog neben dem trägen Rinde am Geschirr, legte sich mit aller Kraft in die Lederlaschen, beide zogen an, gelenkt von der Stallmagd, eine Furche schreitend nach der anderen. Die Stallmagd erzählte dies, zum Spott über die Dummheit Slawas, aber die Alte nahm für Slawa Partei, entließ die fremde Magd und nahm an ihrer Statt Slawa an und gab ihr deren Lohn.

Sie teilte mit Slawa alle Arbeit. Trotz harter Mühe und trotz des schwerer werdenden Leibes atmete Slawa in Ruhe, sie war getröstet.

Sie wusste nicht, ob sie den Anwalt liebe, aber sie versprach ihm, als er warb, ihn zu heiraten. Die Alte, wortkarg und mit oft zum Fürchten bitterem Blick, war gegen Slawa so wie am ersten Tag, nicht milder, nicht böser. Der Sohn bezwang sie durch Ruhe.

Er war im Herbst geboren, der Winter war seine eigentliche Zeit. An gute Menschen hatte er nie glauben können, das warf er seiner Mutter vor. Menschen ohne Niedertracht hatte er nie gesehen.

Dass Slawa, eine Vatermörderin, die Mutter eines im Voraus verfluchten Kindes, in Freude leben konnte, war für ihn das erste Wunder. Noch während der letzten Eisenbahnfahrt in seine Heimat hatte er an Slawa gezweifelt. Er hatte nur als Lüge und Verlockung, um ihn zu belügen und ihn zu verlocken, ihren Frieden, ihre Freude gesehen. Als er aber heimkam, unerwartet, und im Zwitterlicht des Abends Slawa sah: vor dem flackernden Herde hingestreckt, beide Hände voll von Gerstenkörnern für trippelnde Hühner, den hohen Leib, von Lumpen befreit, angestrahlt vom Herdfeuer, angestrahlt auch ihr blühendes Gesicht, – ihre ganze Gestalt umfriedet, – da fühlte er zum ersten Mal eine friedensvolle Gottheit als Gegner alles Bösen. Er wusste, es war möglich, trotz *allem* in Glück zu leben.

Einige Wochen nachher entband Slawa. Die alte Frau war in Eile fort nach dem nächsten Dorf zu der einzigen Hebamme der Gegend. Der Anwalt, der auf Bitten Slawas die unterbrochene Berufstätigkeit in der Stadt wieder aufgenommen hatte, war nicht erreichbar, Slawa ganz allein.

Unter zerfleischenden Krämpfen wälzte sie sich erst im krachenden Bette, dann auf dem stummen, erdigen Boden, die Beine angestemmt gegen die warme Ofenbank in kühler Vorfrühlingsnacht. Tag, Dämmerung, Dunkelheit, Schrei und Schweigen. Blut rann von ihr in heißem Strom.

Sie glaubte, das letzte Leben ginge von ihr. Beide Hände hielt sie vor den untenher wie eine Wunde aufgerissenen Leib.

Da wuchs, und mit jedem krampfhaften Schmerz wuchs näher und wirklicher ein heißes, leicht geranktes, wie von Tränen feuchtes Fleisch ihr in die aufgehaltenen Hände.

Sie fühlte Knochen, wie Scherben beweglich, aber durch lebenden Atem gespannt. Sie fühlte die Einbuchtung schmaler, sichelförmiger Augen ins Innere eines Köpfchens, um ihren Finger geschmiegt spürte sie einen kleinen saugenden Mund.

Noch ein Atemzug seufzte aus ihrer schmerzgequälten Brust, und nun hielt sie, unter den zarten Schultern ihres Kindes Rippen umfassend, das neue Leben wonnevoll in ihrer mütterlichen Hand. Atemlos blieb sie, in den umarmenden Händen ihr Kind, das sich mit winzigen, krallenden Füßen anstemmte gegen ihren blutbefleckten Schoß.

Noch schwieg es vor seinem ersten Schrei, aber es atmete schnell aus und ein in weichem Schwingen, und so stand Slawa, ihrer Mutter Tochter, gesegnet still für die Zeit, sie ruhte im Wirbel jagender Dämonen, rettete sich vor aller Gewalt.

Die Schlafende betreuten die Alte und das dienende Weib. Das Neugeborene war ein schöner Knabe. Slawa nährte ihn aus ihrer Fülle. Mit diesem Kinde auf dem Arm ging sie zur Hochzeit. Das Kind wurde getauft auf den Namen des Vaters: Cyrill.

Es war Segen und Sommer über Cyrill und über den anderen Kindern dieser Mutter.

Die Verdorrten

1

Edgar und Esther kannten einander viele Jahre, bevor sie einander liebten. Sie änderte sich in diesen Jahren nicht sehr: groß, blond, die Haare schwer um den schmalen Kopf, die blauen Augen schief gestellt, ihr Mund groß oder klein, weich oder hart, kindlich oder verbittert, wie sie eben lebte; an farblosen Regentagen war er anders als an starken, sonnigen.

Er liebte an ihr den schmalen gotischen Bogen ihres Kinnes. Ihr Gesicht konnte er dann zwischen zwei Finger nehmen, leise hin- und herbewegen, und es strömte wie Licht ohne Grenzen. Für Augenblicke war sie das, wovon er träumte: ein Wesen ohne Wissen, umgeben von ewiger Sommerzeit, schwimmend in Duft wie in einer eigenen Welt! Ein Stern, allem Bekannten unbekannt, entfernt von den Tieren, von den Pflanzen, eine starke Gewalt, beide Hände voll von Wollust, etwas Tiefes zum Hineinversinken, dem Schlafe gleich und dem Tod, dem ersehnten, dem gefürchteten.

Das war sie nicht. Sie war ein Mensch aus bürgerlichen Kreisen, ein Herz, noch unberührt, in ihrer Blüte ein junges Mädchen. In ihrer Blöße eine zitternde Braut: das hatte Esther zu geben, das gab sie ihm.

2

Er wollte sie besitzen, immer zu ihr zurückkehren können. Aber auf die Dauer konnte er mit ihr nicht leben. Er konnte überhaupt nicht dauernd mit Menschen Wand an Wand, Mund an Mund, Brust an Brust leben. Es beengte ihn bis zur Angst des Erstickens: er haßte, er verfluchte alles, was zu nahe um ihn lebte, die schmierige Einrichtung seines kleinen chemischen Laboratoriums, die roten Samtmöbel seines möblierten Zimmers, und ebenso die Geliebte, den Hauch ihres

Atems, den etwas vergilbten Einsatz ihres Hemdes, ihr Haar, das er am Tage nachher in seinem Kamm fand oder auf dem Grunde seines Waschbeckens, alles reizte ihn zum Erbrechen, als ziehe es sich durch seinen Hals die Kehle herab. Wie als Kind trieb er sich viel auf steinigen Bergen herum, sprach zu sich, sang stundenlang zu dem Takte seiner Schritte, zu dem Stampfen der Lokomotive, wenn er reiste, zu dem Surren der Zentrifuge in seinem chemischen Laboratorium, während er arbeitete oder umherging.

Er liebte die Freiheit über alles. Aber er liebte auch die Menschen, und zwischen beiden schwankte er. War er verreist, dachte er an Esther in allerinnigster Sehnsucht. Wieder sah er – und die Wehmut jugendlicher Tage kam nie mehr – die rauchige Halle des Fernbahnhofes, das Eisen und gebräunte Glas, die erstickende Schwüle des Wartesaales. In Wehmut presste sich der kleine Hügel von Esthers unbewehrter Brust an seine Schulter beim Abschied, feucht und schwer umhauchte der sich verdichtende Nebel des Novemberabends ihr sanft fallendes Haar, rührend rauschte es an seinen Lippen vorbei wie eine demütige Liebkosung. Wenn sie gerade verschwinden wollte, fühlte er sie ganz: die holden Brüste, die schräg gleitende Falte von der Schulter abwärts, ihre schmalen, keuschen Hüften, ihren kleinen Fuß, den er oft wie ein Stück warmes Elfenbein zwischen seinen Händen gerollt hatte. Und ihr Duft, unvergesslich war Esthers Duft zu Anfang ihrer Liebeszeit, scharf und sommerlich zugleich, ein fremdes Aroma, das sie mit ihrer Unschuld dahingab.

So erlebte er, dass nicht nur das Sterbliche am Menschen verwesen konnte, sondern auch das Unsterbliche, die glühende Flamme, der Duft von Seele zu Seele, die letzte, die einzige Wirklichkeit, die, über zwei Säulen wie ein Pfeilerbogen gespannt, unerschütterlich schien für den Blick, aber es nicht war für die Zeit!

An manchen Tagen versagte alles Wollen bei beiden, das Letzte kam nicht, war nicht zu erreichen, mit den Spitzen der Zähne nicht zu erraffen.

Schon vorher hatte er sie nackt gesehen, in der schwankenden Kühle ihre Gestalt am weißen Kachelofen, schon früher hatte er ihre Hände in den seinen gehalten, während sie langsam erkalteten in der beginnenden Glut ihrer Begierde. Er wusste um ihr Zittern. Wie ein Mond wuchs der lichte Stern ihrer Augen. Etwas schräg schimmerten ihre dunkleren Wimpern in dem weißwolkigen Gesicht, und überall war Licht.

Eine unendliche Vereinigung, den gleichmelodisch schwebenden Tanz zweier Sterngebilde, eine Ehe der Ehen, das ersehnte er. Aber Esther war nur das verführte Kind, der geschlagene Feind, sie war jetzt ärmer als der Bettler, in dessen Hut er sein Almosen hatte fallen lassen. Sie waren beide jung, und das war ihr letzter Besitz, denn er schien unerschöpflich. Gesundheit lebten sie wie Unsterblichkeit.

Der Sommer war schön, herrlich war es, auf der Terrasse des Restaurants nachts zu sitzen, ohne Bewusstsein der Zeit, hinter den verstaubten Oleanderbüschen versteckt; die Nacht schwebte um sie, sie saßen noch, als das Licht verlöscht war, und im Dunkel, im Schweigen glaubte der Mann zu fühlen, wie die starren Spitzen ihrer Brüste durch den weißen Schleierstoff ihres Kleides stachen, das wie bei einem Kinde hochgeschlossen sich kräuselte um ihren wild pochenden, immer näher sich drängenden, duftenden Hals.

Das herrlichste war für ihn jetzt nicht mehr das Alleinsein mit ihr im dunklen Zimmer, im Widerschein des dunkelpurpurnen Teppichs, sondern im Freien mit ihr zu leben. Nie hatte er Tage, Nächte empfunden wie jetzt. Der Mai, der Juni, immer wolkenlos, wolkenlos, weit ging er mit ihr, ohne zu reden, in der Nacht schimmerte ihr weißes Kleid, ihr bloßer Nacken, wie zart stieg alles an ihr empor! Sie gingen schnell, sie liefen, die goldene Kette um ihren Hals klirrte, aus ihrer noch von der Nachmittagshitze erregten Brust schwamm Duft, bitter und süß; es duftete ihr feuchter Mund nach Niewiederkehr; ganz war sie umwölkt von dem quellenden Safte vieler gepflückter Pflanzen.

Nie fühlte er Müdigkeit, alle Glut entzitterte ihm zu unbeschreiblichem Entzücken, er liebte sie wie ein hochgeschwungener Ton von der tiefsten Tiefe her, beide schwebten wie ein unhörbar hohes, durchdringendes Zittern im Unsagbaren. Sie waren mit der höchsten Höhe ihrer Liebe am Ende der erreichbaren Welt.

Sein Schweigen nachher war eins mit dem Schweigen des Waldes, ihr Zittern, so mädchenhaft, eins mit dem Zittern der windgestreiften Birke. Immer neu, immer jungfräulich erwachte unter Bäumen der nächste Tag den Liebenden.

Als sie nach einer Reise wiederkehrte, war es nicht mehr die gleiche Luft, die gleiche Zeit.

Ihn hatte diese Zeit des Fernseins um Jahre jünger gemacht, er hatte Esther ersehnt, anders als sie ihn verlassen hatte, leidenschaftlicher, dunkler, mit entflammenden Gebärden, wild alles emporreißend zu dem Außerirdischen. Er ersehnte nicht einen nackten Körper, sondern eine nackte Seele. Sie aber war verwandelt in das Mädchen von einst, geschlossen, stark im Schweigen. Jungfrau war sie nicht mehr, sondern es sprach aus ihr weich die Seele einer Mutter, eine mütterliche Zärtlichkeit.

Sie war nicht mehr Esther, er war Edgar nicht mehr. Sie lebten hintereinander, stets auf der Flucht einer vor dem anderen, stets beisammen im unselig verzauberten Kreis. Er entstammte als einziges Kind einer unglücklichen Ehe, er fürchtete sich, sich zu binden, und doch graute es ihm davor, allein zu sein. Soviel sie zusammen waren, soviel sie einander sagten, sie wurden einander fremd, und seine Treue zu ihr schien ihm Untreue zu sein gegen sich selbst.

Nur noch für kurze Zeit, dachte er, müsse er zu der alten Geliebten zurückkehren, dann erst würde eine neue Zeit beginnen, um so viel herrlicher als das Jetzt, als Esther in ihren schönsten Sommertagen herrlicher gewesen war als die einsame Zeit vorher.

Aber war es noch Esther? Nur eine Woche hatte er sie gemieden, nun erkannte er sie kaum mehr wieder. Sie wurde die gewesene Geliebte. Sie war jetzt nichts als die Vernunft, sie war nun der tägliche Tag, die logische Entzauberung, die kalte Wirklichkeit. Ihre Haare waren noch lastend und blond, aber Esther selbst, in ihrem innersten Wesen, schien ihm völlig ergraut.

3

Lange schon fühlten sie beide, dass sie einander nicht mit der Liebe von einst liebten, aber sie wussten zu viel voneinander, sie waren einander gewohnt.

Seine chemische Fabrik, die er jetzt in einem Vorort betrieb, ging schlecht. Es kam eine gute Gelegenheit, sie zu verkaufen, und er hatte Aussicht, in dem nun in eine Aktiengesellschaft umgewandelten Unternehmen eine fast leitende Stellung zu erhalten. Aber wenn dies ein glücklicher Zufall war, so bewährte sich das Glück auf der Börse, wo er zu spielen begonnen hatte, nicht so sehr, früher hatte er das Geld nie geschätzt, jetzt spielte er des Gewinnes wegen, aber auch aus Unruhe, aus Angst, aus Leidenschaft. Er verlor die Hälfte seines Vermögens an drei aufeinanderfolgenden schrecklichen Tagen. Der vollständige Verlust ließ sich nur abwenden, weil er mit dem seine Geschäfte führenden Bankier seit Kindeszeiten befreundet war und der Bankier keine weitere Deckung verlangte. So war es möglich, dass die Verpflichtungen bei einer Besserung der Verhältnisse doch noch ohne großen Schaden abgewickelt werden konnten. Auf alle Fälle hatte er ja noch seine fast leitende Stellung in der Fabrik; es war wenigstens sicheres, wenn auch fremdes Brot und manchmal bitter für ihn. Es waren jetzt wieder kleine Verhältnisse, in denen er lebte.

Die alte Geliebte blieb ihm auch jetzt treu. Sie hatte nie an besondere Glücksfälle geglaubt, sie war die Wirklichkeit, die Vernunft. Immer blieb die Sorge bei ihr, die Angst bewachte jede Umarmung. Das Keuscheste wurde schamlos, wenn sie, die Geliebte des Verarmten, daran dachte, dass sie ein Kind bekommen könnte. Sie sprach von Ehe, aber er schwieg. Nun sprach sie nie mehr davon.

Sie suchte und fand einen Gelderwerb. Leicht war es ihr nicht, die an fremde Türen zu klopfen nicht gewohnt war, aber es war leichter, als Edgar zur Last zu fallen. Sie blieben beisammen. Das Böse der bösen Tage trieb ihn zu ihr und sie zu ihm.

Verzweiflung kam nach Jahren, Hoffnungslosigkeit nach lange geduldig getragenen Enttäuschungen. Er verzweifelte an ihr, sie am Leben.

Aber nach erbitterten Faustkämpfen mit Worten, nach Hieben mit alten Beschuldigungen, nach Vorwürfen längst verjährter Sünden gab es Umarmungen; es rauschten wortlose, unbeschreibliche Nächte vorbei.

Aber auch er erwachte aus diesen Nächten nicht mehr strahlend wie einst und herrlich verjüngt – beide entstiegen der Dunkelheit gealtert, verwüstet, entgöttert.

Aus einer dieser Nächte wurde das Kind. Sie wussten nie, aus welcher.

Sie dachten lange nicht daran, dass es möglich sein könne, aber dann kam eine Zeit, da sie einstimmig lachten, wenn sie davon sprachen, aber allein gelassen, Gelübde ablegten für den Fall, dass das Unglück doch nicht einträfe. Es war mehr als Unglück, es erschien ihm als völlige Vernichtung seines Lebens, als Erstickung jeder besseren Zukunft. Was aber hatte Esther außer ihm? Sie wollte ihn, aber kein Kind.

Sie war reifer geworden, denn sie fürchtete nichts mehr. Anderen Männern, wie dem Freunde Edgars, dem Bankier, trat sie mit damenhafter Sicherheit entgegen, es war ihr trauriger Triumph, dass niemand von ihrer Verbindung mit Edgar wusste. Sie spielte mit den anderen, und so tränenselig sie vorher bei Edgar sein konnte, so konnte sie doch nachher in großer Gesellschaft verführerisch lächelnd am Klavier stehen, blond und licht über den dunkeln Spiegel des Instruments gebeugt, sehr schlank in der zarten Linie ihrer an den Flügel geschmiegten schmalen Hüften. Oft sprach man von Liebe und Ehe, und sie erzählte mit mädchenhafter Schwärmerei von einem edlen Jugendgeliebten, der nun in Afrika oder sonst am Ende der Welt als Elefantenjäger lebte.

4

Edgar konnte nicht jeden Tag mit der ungeliebten Geliebten zusammen sein, aber auch Einsamkeit ertrug er nicht, sie machte ihn irr, fast wahnsinnig, jagte ihn in ewige Flucht durch die ewige Verfolgung des eigenen Ich. Er fieberte in Furcht vor dem Wahnsinn wie in der Zeit vor Esther. Er konnte nicht ohne Berufskollegen, Freunde, nicht ohne Bücher, Zeitungen leben. Musste er einmal eine Stunde allein sein, dann las er, rechnete, schrieb, blieb lange über die Arbeitszeit hinaus in dem ganz verlassenen Laboratorium, zündete die Gashähne der Bunsenbrenner an, stellte sie wieder klein, eine nutzlose Beschäftigung, endlich warf er sich auf ein Sofa im Chefzimmer, zog den Rock über das Gesicht, tat sich Gewalt an, langsam zu atmen, nichts zu sehen, noch zu denken, nur um sich vor der großen Angst, dem idiotischen Verhängnis zu schützen, das vielleicht an unrechter Stelle Feuer gefangen hatte. Gebrochen, zermalmt kam er abends zu Esther, die in seiner Wohnung auf ihn gewartet hatte. Auch da war es unerträglich. Sie hatte, abstoßend rührend und unerträglich sanft wie immer, mit dem Abendbrot gezögert, nun trieb er sie hungrig zu einem Spaziergang, rannte sich und sie müde, schleppte sie durch unbekannte Gassen, durch Fabrikviertel, über Schutt- und Schlackenhaufen, endlose Straßenbahngleise entlang. Er sprach nun, redete hemmungslos ins Unmögliche, übertäubte alles, und war er endlich nach Mitternacht daheim, da war er müde genug, um sie zu küssen.

In einem befreiten Aufatmen gestanden sie einander ihre Sorgen, und als sie lange genug einander eingeredet hatten, dass »es« unmöglich sei, begannen sie Pläne zu schmieden. Jetzt, da sie neben ihm lag und er ihr mattes Haar im Licht der Laterne draußen schimmern sah, da seine Finger sich um ihre nackten, wie Pfirsiche flaumig-festen Knie spannten, jetzt lebte sie in ihm, unverlierbar.

Er musste fort, die Stadt und der kleine Wirkungskreis beengten ihn, jetzt hatte er eine brutale Arbeitslust, er musste Freiheit haben. Er sprach nicht für sich, sondern doch für beide? Es war das Beste, das Einzige für sie, es handelte sich nur um Monate, um wenige Jahre, um seine tragenden Ideen, die Ideen waren einfach, das Geld lag auf der Straße, auch der Bankier glaubte daran, aber hier konnte er sie nicht zu Ende bringen. Vor allem musste doch für sie gesorgt werden, er wollte viel Geld verdienen, »Brüsseler Spitzen handbreit um das da«, flüsterte er, während er mit falscher Schmeichelei ihr nacktes, edles Knie umfasste.

Nach einem langen Schweigen sagte er leise, wenn sie beide alt geworden wären, dann könnten sie ein kleines Haus im Vorort anschaffen, ein Auto für zwei Personen kaufen und einander heiraten.

Für alles gab es einen Ausweg, einen guten Trost, nur diese unheimliche Möglichkeit musste fort, dieses Gespenst einer Familie, einer Kinderschar bei einem jährlichen Einkommen von 3800 für alles. Dieses Gespenst erst musste fort, alles stand ja gut, morgen konnte man in Sicherheit sein, auch sie, die viel umsorgte Esther, morgen oder spätestens in einer Woche.

5

Aber es kam nie zum Aufatmen. Von Neuem gab es Kämpfe, hartnäckigen Widerstand gegen das ungeborene Kind. Die mathematische Wahrscheinlichkeit, die klare Vernunft, der höhere Sinn des Lebens wurden dagegen zu Hilfe gerufen. Sah die Geliebte gut aus, dann sprach ja ihre rosige Haut dagegen, hatte sie ein verfallenes Gesicht, dann war sie eben krank, und diese Krankheit täuschte das Kind vor, das nicht da war, weil es nicht da sein durfte.

Aber es war doch da. Er schickte sie endlich zum Arzt, nur zur Beruhigung, um seine Sorgen loszuwerden. Sie kam sehr bald zurück, setzte sich still und ruhig zu ihm, so ruhig, dass er aufatmete. Waren sie befreit? Nein. Es war da. Es gab keinen Zweifel mehr.

Und warum weinte sie nicht?

Sie weinte. Er hatte ihre Tränen nur nicht bemerkt. Seitdem sich ihre Liebe so sonderbar geändert hatte, hatte Edgar verlernt, sie zu trösten. Nur er konnte es, sagte sie. Einmal war sie beinahe von einem Auto überfahren worden, der Schofför hatte sie nachher noch gemein beschimpft. In zerrissenen, mit Straßenkot getränkten Kleidern war Esther zu ihm gekommen, ihr krampfhaftes Weinen war jammervoll. Er hatte sie wie ein Kind getröstet, nach zehn Minuten hatte sie gelacht und hatte in seinen Armen vor Lust sich gekrümmt, während ihre Kleider am Ofen über einem Lehnstuhl trockneten.

Auch jetzt tröstete er sie. Aber sie war still. Seit Langem hatte sie es gefühlt; dass es kommen musste, hatte sie gewusst seit der ersten Nacht, vor so langer Zeit. Aber sie hatte sich nie nur mit Angstsorgen an dieses *es* in Gedanken geklammert, vielleicht hatte sie es immer gewollt, es allein. Aber Edgars Unglück war nicht zu ermessen? War es so schwer?

Sie liebte ihn jetzt mit einer so sublimen, außerirdischen Liebe, über alles Maß, ganz ohne Grund. Denn wenn Gründe gegolten hätten, wie hätten sich die Verstummten jetzt in die Augen sehen können?

Draußen regnete es nach einem Gewitter. Es war ein später Apriltag, ungewöhnlich warm. Als sie auf die Straße kamen, hörte der Regen auf. Sie gingen in den Park. Langsam hoben sich die Blätter in der abendlichen Sonne, befreit von der Feuchtigkeit. Goldbraune Regenwürmer schlängelten sich über ockerfarbigen Sand, die zart gestrichelten Glieder schienen sich neu aus dem Innern der Würmer zu gebären. Die Vögel sangen, am Abhang sah man einen Knaben einen weißen Reifen vor sich hertreiben, Liebespaare schmiegten sich aneinander seitwärts in tiefen Schatten. Von überall kamen die Regenwürmer hervor, schwer war es, sie nicht zu zertreten. Während der Mann sein ganzes Wollen dazu zwang, die goldenen Windungen der schädellosen Tiere zu schonen, fühlte er mit Entsetzen, dass etwas ebenso Wortloses, ebenso Lebendiges im Schoße seiner Esther lebe und nicht zertreten sein dürfe. Er wollte es also zertreten? Was wollte er? Konnte er nicht ertragen, dieses gegen seinen Willen Lebende lebend zu wissen? Er sprach nichts. Sie sah ihn von der Seite an, nicht anders als sonst, sie lehnte an seinem Arm mit der gleichen unerträglich sanften Wärme wie immer.

Er führte sie zur Vorortbahn; noch war es Zeit, ins Freie hinauszukommen, bevor es dunkel wurde. In schwebendem Entzücken hatte er sonst die rußbeschwerte Luft in der Nähe der Lokomotive eingeatmet. Wie wundervoll waren die schwarzen Berge, an den Konturen leicht gezähnt, wie herrlich Anfang Mai die weißen Blütenbäume zur Nacht, die Wirtshäuser mit Blechmusik am Sonntagnachmittag, die Wege, wie Wurzeln sich krümmend, in die Taler niedergleitend zwischen hohen Wiesen und Erlengebüschen, auf den Baumschlägen die duftenden Erdbeeren in der Sonne, dann die mit Nadelholz bestandenen, weglosen und endlosen, leise rauschenden Waldgründe, in Sommerfeuchtigkeit gehüllt, lichte Blumen, gestützt auf leichte Moose. In allem hatte er sich wiedergefunden. Dass anderes lebte, machte auch ihn aufs Tiefste leben.

Alles war jung, blühend, glücklich gewesen um ihn, den Glücklichen. Bis auf den heutigen Tag. Nun war das Abteil des Zuges wie ein Krankenzimmer. Alles war erfüllt von Berechnung, von Enge, von ewigem Absorgen. Endlich waren sie im Freien. Aber noch nicht frei genug. Er fragte sie, ob sie »in ihrem Zustand« gehen könne, ob ihr die Feuchtigkeit nicht schade, mussten sie langsam gehen, oder noch nicht?

Die Lichter des Ortes waren hinter schwankenden Zweigen verborgen. Ein Vogel schrie, pickte auf dem schon trocken gewordenen Waldboden hin und her, Bäume traten über einem kleinen Weg zusammen, die Kronen verschlangen sich ineinander, der Himmel verschwand. Weit vorn, jenseits der Lichtung, führte die Landstraße weiter, ein Wagen knarrte, wie Honig schimmerte das Licht der Laterne.

Sie hatten von der Schweiz gesprochen; wenn er angesichts der sicheren Sorgen auf alle großen Pläne verzichtete, gab es dort für beide eine Existenz. Er machte sich klein, er war im Augenblick der Mitleidwürdige, er wollte verzichten für sich, wenn es dann für seine Esther und für sein Kind reichte. Er stellte jetzt eine Bilanz auf, rechnete Ziffern zusammen auf seiner bloßen Hand. Gut; zwar ein ganzes Leben voll von Geldsorgen, zwar eine elende Existenz, auch für das Kind, aber es musste ja sein? Kinder proletarischer Eltern, für die nicht vorgesorgt war (und nicht einmal Wäsche war vorbereitet für Esthers Kind), hatten keine starken Lebensaussichten, aber ein Zufall konnte es doch am Leben erhalten? An einer formalen Ehe würde »es« nicht scheitern. Er würde sich nicht versagen, in keinem Falle. Sie hätte die Wahl, sei ganz frei. Sie ließ ihn reden, atmete schnell, sagte nichts.

Seit den letzten drei Stunden sah er ihr die Schwangerschaft an. Zusammengeklumpt war ihr sonst so zartes Gesicht, schwer ihr Gang, nichts mehr von dem Mädchen Esther, dem knabenschlanken.

Frühere Tage! Einst verlebte Herbststunden, so durchsichtig in starken Farben; Wintertage, klar belebt, fast schwarz der Himmel in seiner tiefsten Bläue! Erwachendes Frühjahr, die Zweige geschwellt, warme Luft und warme Blätter, Esther voraus am Wege im Wald, von überall her ihr zwitscherndes Lachen, von überall her die Überraschung ihrer herrlichen Jugend, immer auf der Flucht, bis sie plötzlich neben ihm aufrauschte, lautlos aufschwellend neben ihn sich drängte, scheu und wollüstig zugleich.

Heute, am 12. Mai, im vierten Jahre seiner Gemeinschaft war Esther das Unentrinnbare. Gegen seinen Willen zerrte ihn das unsinnige Verhängnis zu der alten Geliebten. Er mochte sich wie immer seine Zukunft vorstellen, irgendwo kroch doch dieses Kind umher. Er sah es vor sich, drei Jahre alt, schlecht gepflegt, ein halbes Tier, ohne Sprache, zudringlich, drohend, es zwang ihn, es zu hassen, wie es sich erzwungen hatte, auf der Welt zu sein. Aber die anderen, Esther und dieses Kind, wie fühlte er, dass diese beiden einander lieben würden ohne ihn! Jetzt entschloss er sich. Er zerstörte dieses Kind in seinen Gedanken, dann erst konnte es in Esthers Gedanken zerstört werden, und am Ende in Wirklichkeit.

6

Edgar ging schnell, er lief. Esther begriff noch nicht, sie eilte ihm nach. Er rannte dahin, sprang über Wurzeln, die hoch bogenförmig sich spannten über kaum sichtbaren Saumpfaden. Winterlich nackte, derbe Gebüsche trat er herab. Sie folgte ihm schweigend, ihr Atem jagte, ihr Herz schlug.

Noch waren die Bäume feucht vom Regen, die Erde schwer am Fuße der hohen Bäume, wo im Schatten kein Gras wuchs. Er lief weiter, es mussten jetzt beide dahinstürmen, Hand in Hand, er hielt die Zweige von ihren Augen ab, aber dann riss er sie wieder hoch, vor dem Abhang in der Dämmerung, vor der Tiefe, dem stumm strömenden Fluss.

Jetzt hatte sie wieder das alte Gesicht, wollüstig und scheu, Esther; aber das Kind lebte noch, es würgte ihn wie ein Haar, tief in seiner

Kehle. Aber beide, die Eltern, gemeinsam rasten sie in hingewölbtem Schwung. Das erste Grün weiter Wiesen, unter den Füßen ein sinkender Hang, rollend im Geröll, ein fliehender Mond mitten in der Nacht unter spiraligen Wolken, kalter Wind über der nächtlichen Waldblöße, über der versteinerten Ebene, jenseits des Flusses: von einem einzigen Trieb getrieben, schleuderten sie hin auf den Boden: Brust an Brust, Fleisch an Fleisch, und in einer verzweifelten Umarmung umarmten sie ihre ganze Liebe noch einmal.

Jetzt war Esther das Wesen ohne Wissen, die allem Bekannten Unbekannte, ein nackter Schoß, eine nackte Seele.

Sie schämte sich, ihn nachher anzusehen. Von dem Kinde sprachen sie nicht mehr. Sie zitterte in Schmerzen, war elend. Ohne Mitleid grub der Geliebte seinen Blick in ihr Gesicht. Stumm antwortete sie ihm mit einem einzigen Blick. In Esthers Gedanken war »es« zerstört.

7

Sie kam an dem nächsten Tage in ein Privathaus. Sie gab einen fremden Namen an. Er durfte ihr nicht schreiben, aber sie durfte ihm Nachricht geben. Sie sagte ihm, er solle sich keine Sorgen machen, das war Hohn und Zärtlichkeit zugleich. Er ließ sie dort. Lange ging er unter den Fenstern hin und her. Hunde bellten, Kinder lachten, eine Maschine, vielleicht in einer Druckerei, bewegte sich stöhnend. Ein sehr schönes, sehr junges Mädchen ging vorbei, so leichte zarte Hüften, so seine Knöchel in glimmernden Seidenstrümpfen. Zum ersten Mal ergriff Edgar echter Schmerz um die Geliebte, er wusste, über diesen Tag konnten sie weiterleben, aber nie mehr so wie bis jetzt. Eine Esther war auf ewig verloren, wenn auch eine Esther wiederkam.

Am nächsten Tage hatte er nur Angst vor dem »notwendigen Eingriff« und Angst, dass Esther im letzten Augenblick Angst bekäme und das Angeborene zu retten versuchte. Fremde Augen, robuste Hände, brutale Worte, ihre, der armen Esther kranke Nacktheit – das alles fühlte er als seine eigene Schande.

Am dritten Tage dachte er nur an ihren Tod. Tausendmal war solches geschehen, die blühendsten Menschen hatte es so hinweggerafft, warum sollte es nicht sie hinwegraffen, die er liebte? Er liebte sie? Alles, das fühlte er jetzt tief erschüttert, tat sie seinetwegen, unauslöschlich war seine Schuld.

Was lag ihm jetzt an der Freiheit, an dem ersehnten Alleinsein, an dem Beginn eines neuen Lebens? Er konnte sich nicht betäuben, Wein wirkte nicht gegen Wirklichkeit, eine andere Frau liebte er nicht, die Welt war zu klein für eine Flucht. Sie sprechen, ihr schreiben? Esther lag vielleicht schon in dieser Minute auf dem schmutzigen Seziertisch eines Vorstadtlazaretts. Eine Leiche lag unter der knochigen Hand eines betrunkenen Sezierdieners, der ihren zerstörten Leib mit grobem Bindfaden zusammennähte. Aber nicht erst der Tod, schon er, Edgar, hatte diesen Körper aufgerissen, ihn mit einem Nichts an Lust gefüllt und mit einem Berg von Schmerz. In ihren Fenstern war es dunkel.

Gebrochen von Ekel und Wut und Trauer kam er nach Hause.

Schlaflos saß er die ganze Nacht, in leerer Dumpfheit, mit der Hand ohne Aufhören ein Stück Kerze knetend, bis es, klebrig und grau geworden, an seinen Fingern hing. Am Morgen ging er zu ihr.

8

Estheer, in verdunkeltem Zimmer, riss ohne Worte seine Hand zwischen ihre Schulter und den seitwärts herabgedrückten Kopf.

»Vorbei?«

»Nein. Lass es mir, lass es!«

»Habe ich dich je zu etwas gezwungen?«

» – «

»Ein Tier, eine wilde Bestie lässt man austragen. Wer lässt die Mutter leben, das Muttertier, und vertilgt das Kind?«

»Habe ich dich hergebracht? Wer kann dich zwingen?«

»Nein, nicht so! Du willst mich nicht, das verstehe ich so gut. Was war ich als Geliebte? Als Mutter werde ich leben!«

»Leben, wovon? Du und dein Kind und ich, der Letzte, aber doch auch ein Mensch?«

»Ich werde arbeiten.«

»Du hast doch bis jetzt gearbeitet, und doch muss ich es bezahlen, wenn du hier zu Bett liegst. Es reicht nicht. Ist das gemein? Es ist so.«

»Ich liege nicht zum Vergnügen da. Ich erwarte ihn.«

»Wen?«

»Der es schlachten soll!«

»Schlachten! Worte! Kleide dich an, komm fort. Wie du willst.«

»Nicht so. Nicht so! Edgar! Ist es nicht von dir? Ich habe dich doch geliebt! Kannst du es nicht fassen, ich bin nicht mehr, was du bis jetzt bei dir gehabt hast, in mir ist jetzt etwas anderes«, sie nahm seine Hand und führte sie an ihre schwere Brust, die von Feuchtigkeit triefte wie ein Baum im Mittagsgewitter, »das fließt aus mir, seit der Hetzjagd im Wald, seit diesem Abend.«

»Ich liebe dich, Esther, wie immer.«

»Meine Brust ist Mutter, *ich* soll es nicht sein?«

»Wer besteht darauf, ich bin der Letzte ...«

»Der Letzte! Der Letzte!« Sie drückte auf einen Klingelknopf. Ein stämmiges, dickes kleines Weib, wie ein Insekt lackartig glänzend in spiegelnder Wachstuchschürze bis zu den Fersen, erschien: »Gnädige Frau?«

»Kann der Arzt kommen? Kann er augenblicklich kommen?«

»Wir werden telefonieren«, sie verschwand.

»Ich gehe«, sagte Edgar.

»Nein! Soll es vertilgt werden, dann unter deinen Augen!«

»Esther!«

»Nun?«

»Wie soll ich dir danken?«

Knirschend hervorgerollt: »Edgar!«

Das Weib: »Der Arzt wird sofort kommen, zur Untersuchung.«

Edgar: »Untersuchung?«

»Oh, keine Angst. Dein Wille geschieht, es wird ernst, Liebling!« Zu dem Weib: »Kann ich meine Kleider anbehalten, muss ich nackt sein?«

»Aber Gnädigste, wie Sie wollen! Es ist höchstens, dass etwas schmutzig wird.«

»Dann kleide ich mich an.«

»Aber, Gnädigste, der Herr hier ...«

»Mein Bruder.«

Der Arzt: »Wir wollen also gleich uns umsehen. Aber hier, der Herr?«

»Der Bruder der Dame.«

»So, also der Bruder der Dame. Sie können, verehrte Gnädige, das Tuch ohne Besorgnis vom Gesicht nehmen. Ich bin Arzt, sollten wir uns in der Gesellschaft treffen, sind Sie mir fremd, ich Ihnen ... selbstverständlich ... Unser Eid übrigens. Welche Bagatelle! Lediglich eine Untersuchung, sonst nichts! Schmerzlos.«

Esther, ein Tuch um den Kopf, ihr Gesicht zu verbergen, wankte an Edgars Hand aus dem dunklen Zimmer. Nässe ergoss sich fast schwarz auf leicht vergilbte Spitzen. Halb blind erturnte sie den hohen Operationstisch. Sie sagte nichts, seufzte nicht. Ihre Hose, mit handbreiter Stickerei über den Knien, das edel geschwungene Fleisch ihrer Schenkel, alles schimmerte goldgelb, elektrisch umgleißt vom blendenden Scheinwerfer über dem Operationstisch. Sie stieß Edgars Hand von sich, er schlich in den Winkel. Metall klirrte, Wasser rauschte.

»Also? Es ist vorbei, meine Dame! Die Untersuchung hat nichts – Bedrohliches ergeben. Sollten aber doch, was nicht vorauszusehen und nicht beabsichtigt, gewisse Blutungen einsetzen, so bitte mich zu verständigen, auch zur Nacht! Sie! Sie«, er stieß Edgar an, »helfen Sie, machen Sie mit, tragen Sie mit mir Ihre Schwester in ihr Zimmer zurück!«

»Lassen Sie ihn!« Unter einem Schwall von Tränen schleuderte sie das Tuch, das ihr Gesicht verbarg, zur Erde, und gebückt wie ein Tier, schwer schleifte sie durch das helle Zimmer in ihren Raum, wo im Dunkel Hitze brütete.

9

Am nächsten Tage rief Edgar seine Geliebte an, es meldete sich die »Wirtin«, sie sagte, alles gehe gut, nach zwei Tagen hieß es, die Dame sei bereits auf dem Wege der Besserung, immer wurde Esther an den Apparat gerufen, sie kam aber nie. Er schrieb ihr. Seine Vermögensverhältnisse hatten sich durch das Steigen der Papiere gebessert, er wollte Esther eine unvergleichlich schönere Existenz verschaffen, sie sollte in den Beruf nicht mehr zurück.

Er war erschüttert, besänftigt durch ihre Tat. Dass es nicht mehr lebte, gab ihm ein neues Dasein; er fühlte eine neue Jugend, eine neue Kraft, da sein Wille sich durchgesetzt hatte und Esthers Liebe zu ihm die Natur überwunden hatte. Aber sehr lange sah er sie nicht und erfuhr nichts von ihr als das eine, dass sie lebte. Dann schrieb sie auf einer bunten Karte mit unleserlichem Poststempel: »Bitte mir jetzt nicht zu schreiben.« Drei Tage nachher las er in der Zeitung, dass sie sich mit dem Bankier Anschütz, seinem Freund, verlobt hatte. Schon sechs Wochen nachher fand die Trauung statt, ohne Fest, nur in Gegenwart der Trauzeugen.

Edgar verreiste. Seine Aktien waren inzwischen von 700 auf 825 gestiegen. Kaum war er zurück, wurde er telefonisch angerufen, der Bankier meldete sich. Edgar sprach seine Glückwünsche aus. Aber nicht darum handelte es sich, die Papiere wankten, etwas lag in der Luft, sehr sicher war nichts. Sollte man verkaufen? fragte Edgar. Der Bankier antwortete nicht, die Verbindung wurde wie durch Zufall unterbrochen. Edgar, der seine Ruhe und sein Kapital für eine Erfindung, einen neuen Farbstoff, brauchte, rief nochmals an, Anschütz antwortete etwas ungeduldig, er könne seinen Rat nicht mehr wie bisher »ein Freund dem Freunde« geben, die Verantwortung sei zu groß. Schließlich riet er Edgar, entweder augenblicklich, wenn auch bereits mit Verlust, loszuschlagen oder noch zu warten, er selbst scheide aus. Edgar fühlte erst beim letzten Wort am Telefon, dass er einen Freund verloren hatte.

Nun lebte er wieder, wie in der Zeit vor Esther, als forschender Chemiker bloß für seine Arbeit in seinem Laboratorium. Er hatte mit Unterstützung eines jüngeren Kollegen eine Erfindung gemacht, ein nie da gewesenes Rot, eine wundervolle Farbe, sie sollte säureecht sein, unzerstörbar.

Nach Wochen meldete sich der Bankier wieder, er rief nachts an. Am Telefon hörte man Summen, Musik, wie auf einen Gummifaden gespannt. Es sei Gesellschaft bei ihm, sagte er, dennoch riefe er an. Die Papiere zeigten Tendenz nach abwärts, sollte man abstoßen? Er entschuldigte sich mit keinem Worte, dass er den früheren Freund nicht zu sich einlade, ihm nur im Vorübergehen am Telefon seine Entschlüsse abzwinge. Verantwortung übernehme er nicht, rate aber doch, unverbindlich, rein privat, zu warten; die Deckung, für die er seit zehn Jahren aus Eigenem gebürgt, müsse freilich erhöht werden. Wie? Vielleicht durch einen Vorschuss auf das Gehalt Edgars als Chemiker, denn auch die Fabrik, in der Edgar arbeitete, gehörte seit Kurzem dem Konzern Anschütz.

Drei Tage nachher war alles verloren, die Aktien standen so tief, dass Edgar dem Bankier einen Betrag schuldete, der nie abzuzahlen war. Aber Esther, zum ersten Mal Esthers Stimme am Telefon, sagte, er solle sich keine Sorgen machen. Seine Stellung in der Fabrik, fast leitend, bliebe ihm sicher. Aber Edgars Stellung in der Fabrik, »fast leitend« war unhaltbar, denn sein Kollege, der um acht Jahre jüngere Mitarbeiter, wurde Chefchemiker, stand jetzt mit Befehlsgewalt über Edgar. Die Erfindung, bei dem verpfändeten Gehalt die einzige Rettung, war beiden Chemikern bekannt. Trat Edgar aus, blieb dem Jüngeren alles. Mit ihm zusammenzuarbeiten war trotz der Demütigung, die der alternde Edgar auf sich nehmen wollte, unmöglich. Der Werkdirektor der Fabrik war machtlos. Anschütz war der Herr. Anschütz hatte es so verfügt. Die Erfindung, das neue Rot, wurde von Anschütz dem Assistenten ausschließlich zuerkannt. Edgar hätte doch nichts dabei getan, als die schmutzigen Probiergläser ausgewaschen und sich unaufhörlich die farbigen Hände mit Bimsstein gereinigt. Das war Lüge? Dann sollte doch Edgar »gelegentlich« zu Anschütz kommen und freundschaftlich alles aufklären. Edgar ging. Aber Anschütz war stets unerreichbar, ließ ihn warten, in einem ungeheizten Zimmer niedersitzen, nebenan war Anschütz zu hören, wie er lachte, mit Esther sich lange unterhielt, seine Schritte schienen oft nahe der Tür, seine Hände drückten schon an die Klinke, Edgar erhob sich, aber niemand kam, es wurde wieder still. Edgar nahm sich zusammen, er trat ein, fand Esther allein. Sie war schön, sehr elegant, mit Schmuck behängt, sehr verjüngt, ein junges Mädchen, ein glücklicher Mensch.

»Was willst du? Deine Stelle ist vergeben, nicht einem besseren, du bist der Beste, nicht? Einfach einem anderen. Warum hast du so lange gewartet? Ich habe meine Absichten mit dir. Das soll heißen, die Stadt ist zu klein für dich und mich. Die Welt ist groß. Man wird dich entschädigen. Du erhältst Nachricht. Kommen? Nein, man schreibt dir.«

Nach kurzer Zeit erhielt Edgar ein Angebot. Er reiste in den Ort, woher es kam. Der frühere Chemiker war an Lungenblutungen erkrankt, er lag in elendem Zustande in einem verlotterten Hotelzimmer. Die Tätigkeit in einem Betriebsraum voller dichter Salzsäuredämpfe bei unvollkommener Ventilation verätzte jede Lunge; auch sein Vorgänger sei erkrankt, niemand könne sich auf die Dauer schützen und retten, sagte man ihm, das war die Wahrheit, die Erklärung für das hohe Gehalt. Man warnte ihn, die fremden Kollegen meinten es gut.

Edgar kehrte zu Esther zurück.

»Lieber, das ist schade«, sagte sie, immer lächelnd, »wozu es leugnen, ich will dich nicht hier.«

»Man wird mich nicht sehen.«

»Aber, Edgar, wozu die Demütigung, vor ihm, meinem Mann. Du!«

»Denke doch, du zwingst mich zum Selbstmord, erinnere dich ...«

»Erinnern? Liebe ich dich nicht? Aber wir sprechen jetzt von Geschäften. Warum hast du deine Papiere nicht behalten, du wärest Millionär. Wozu es leugnen, es machte mir Spaß, und für ihn, meinen Mann, war es ein gutes Geschäft. Mein Rat ist gut: Gehe ruhig in die Fabrik, arbeite, denke an deinen Vorteil, die neue Farbe gelingt dir, dann bist du dein eigener Herr. Das war doch stets dein Wunsch. Aber beeile dich, auch die Stelle dort könnte besetzt sein.«

Edgar reiste hin, arbeitete den ganzen Winter dort, schlief in dem Zimmer des erkrankten Vorgängers in dem verlotterten Hotel. Die Zeit war fürchterlich, er hatte übermenschlich viel Arbeit für die Fabrik. Dazu reichte kaum der Tag, die Nacht brauchte er für sein Rot.

In einer Märznacht schlief er einen bleiernen Schlaf, auf die Glasplatte des Tisches im Laboratorium gesunken. Er träumte, er schwämme durch das Meer, im Munde alle salzige Bitternis des Meerwassers, und Esther, über den Bord eines Schiffes gelehnt, schütte von oben neue Bitternis in seinen Schlund. Er erwachte. Er sah die Glasplatte an. Sie war nass. Es war Blut.

Er reiste zurück, zu dem einzigen Menschen, den er kannte, zu Esther: »Blut? Einfache Lungenblutungen. Tuberkulose ist es nicht.«

»Du bist gut unterrichtet.«

»Ich denke viel an dich, weil ich dich liebe. Du bist grau geworden. Musst du das?«

Sie fuhr mit ihrer Hand in den Schlitz seines Hemdes, befühlte, wie aus Liebe, Edgars Brust, sein hart pochendes Herz, seine Haut, die in krankhaftem Schweiß schwamm.

»Ich will dir etwas sagen, aber nicht hier. Ich will dir etwas vorschlagen, nur ein Geschäft, aber nicht hier, willst du?«

»Komm zu mir!«

»Kommen? Wohin?«

»Hast du vergessen, wo ich wohnte? Esther, hast du vergessen ...?«

»Habe ich vergessen?«, sagte sie, und ein fürchterliches Lächeln ging um ihren Mund.

10

Am nächsten Abend sagte Esther zu Edgar: Was ich von dir will? Ein einfaches Geschäft. Ich bin zwei Jahre verheiratet, mein Mann ist jung, ist stark, jünger, stärker als du. Du siehst leider kränklich aus. Aber wir zwei, du und ich kennen uns. Ich bin nicht mehr fruchtbar. Steh jetzt nicht auf, rühre dich nicht, du wirst deine Kräfte noch brauchen, heute Nacht, das ist mein Geschäft.

Du bist in Geldsorgen, so kann dir nur durch Geld geholfen werden. Dieses Geld erhältst du, wenn du mir meinen Willen tust und dann verschwindest. Das wird auch deine Absicht sein, denn zu sagen haben wir uns sonst nichts. Nimm mich, aber nimm mich nicht als die Esther, die du gehabt hast. Jetzt will ich nur eins: Kinder haben. Nachts wälze ich mich über ihn, meinen Mann, aber er ist eine unfruchtbare Quelle, wer konnte das vorher wissen? Aber jetzt genug Worte. Ist es dir heute recht? Kann ich angezogen bleiben, soll ich nackt sein? mir ist es gleich.«

Er tat es aus Not. Ohne Worte, wie sie es verlangte, umschlang er die gewesene Geliebte in einer kalten Umarmung.

»Liebe ich dich noch?«, sagte sie, »zürne ich dir? Du hast mich zum Menschen gemacht, du hast mich zum Tier gemacht. Es gibt soviel andere Männer, gesündere, schönere, bessere. Für mich nicht. Und du«, sie schrieb dem gewesenen Geliebten wie mit steinernem Finger eine tiefe Linie von der Halsgrube über das Brustbein den Leib hinab, »jetzt, da du leidest, bist du Mann. Deine Lunge wund? Warum liegt deine Wunde nicht außen? Dein Mädi würde dich heilen.« Sie breitete sich über ihn, lauwarme Feuchtigkeit streifte, wie die regengetränkten Zweige einer Weide seine hingestreckte, schweigende Gestalt, ihre sehr langen, schön geschwungenen Augenwimpern, tränenumflossen, liebkosten sein vereistes Herz mit ungeahnten Liebkosungen.

Er fühlte: Hätte ich doch ein Stück Eisen, rostig, mit Widerhaken, damit ich es in sie bohren könnte!

Er sagte: »Wo kann ich mein Geld erwarten, wann?«

»Morgen, erwarte mich etwas früher.«

Am nächsten Tage war sie schon um fünf Uhr da, sie verdunkelte das Zimmer, entkleidete sich, erwartete ihn. War er roh, freute sie sich. Geld brachte sie nicht.

Am dritten Tage sagte er: »Es ist genug, ich will nicht mehr.«

»Was habe ich dir getan, Edgar?«

»Was noch? Du weißt alles. Mein Vermögen ...«

»Mein Kind ...«

»Meine Stellung, meine Zukunft, die Erfindung.«

»Ach, belanglos.«

Die Erregung zog tiefe Furchen in sein verstörtes Gesicht. Er grub sich mit seinen von der Färberarbeit zinnoberrot gebeizten Fingern (er arbeitete von Neuem), Gruben zwischen Stirn und Mund: »Meine Gesundheit, mein Leben?«

»Also schön. Es ist heute zum letzten Mal, der Abschiedstag. Wobei soll ich schwören?«

Aber auch am nächsten Tage brachte sie nur Zärtlichkeiten, Geld nicht. Er ergriff die im Zimmer lüstern Umhertaumelnde an den Fußknöcheln, stürzte sie von unten krachend auf den Erdboden. »Hast du kein Erbarmen? Was bin ich dir? Noch bin ich nicht wehrlos. Für mich habe ich nichts mehr zu hoffen. Endlich sehe ich das Muss. Aber du sollst nicht reine Freude haben.« Er fuhr mit beiden Händen unter ihr in Spitzen knisterndes Beinkleid, mit den Händen es ausweitend, zerfetzte er es, mit den Nägeln riss er Stücke heraus und ballte sie in einen Knäuel in seiner Faust. Sie hielt ihm ihr weißes, schmales, mädchenhaftes Gesicht entgegen, voll Hohn: »Wie willst *du* mir drohen?«

»Ein Wort an deinen Mann ...«

»Und wenn er es weiß? Wenn er mich hergeschickt hat zu dir? Aber es ist gleich. Es ist genug. Ich bin zu versöhnen. Ich bin es nicht, es ist meine Natur. Meine Natur will Befriedigung, ein Kind. Was ist Esther als Geliebte? Was bin ich als Gattin?« Sie breitete die zerrissenen Stücke Spitze auf ihren Fingern aus und blies mit lauem Atem hindurch. Nach einer Woche kam sie, aber sie verdunkelte das Zimmer nicht, warf sich ihm nicht hin.

»Es ist gut.«

»Und ...«

»Hast du es *nur* des Geldes wegen getan? Einerlei, morgen bringe ich dir das Geld. Um vier Uhr erwarte mich.«

Edgar verbrachte die Nacht schlaflos vor Hass.

Um vier Uhr übergab sie ihm einen Scheck, um viertel fünf erschien Anschütz, von Edgar durch ein anonymes Telegramm bestellt. »Bin ich zugrunde gegangen«, sagte Edgar zu Esther, während der Mann an der Tür pochte, »dann wenigstens nicht allein.«

»Warte ab«, sagte Esther. Sie trat Anschütz mit Unbefangenheit entgegen. »Unser gemeinsamer Freund, nicht?«, sagte sie, wie sie vor Jahren zu dem dienenden Weib gesagt hatte: »Mein Bruder.« Anschütz ging scheinbar beruhigt mit Esther fort, Edgar wurde seiner Niedertracht nicht froh, das Geld wurde ihm nicht ausgezahlt, Esther hatte den Scheck gesperrt.

11

Edgar konnte ohne Geld die verhasste Stadt nicht verlassen. Er bekam nach langem Suchen eine Stelle als Hilfschemiker in einem Unternehmen, wo man Kot, Urin, Auswurf chemisch untersuchte. Aber auch zu dieser Arbeit ließ man ihn nur widerwillig zu, da »bejahrte Kräfte« wie er als schwer behandelbar galten. Und dann, was konnte ein Mensch leisten, der es in Edgars Alter zu keiner Position gebracht hatte und sich in den Zeitungen anbot?

In der Mitte des Sommers traf Edgar Esther auf der Straße. »Du bist immer noch hier? Konntest nicht fort, mein armer Junge? Ich bin unschuldig. Anschütz hatte Verdacht, es durfte daher kein größerer Betrag auf geheimnisvolle Art ausgegeben werden, du verstehst.«

»Aber du hast doch den Scheck schon vorher gesperrt.«

»War es nicht das Richtige? Ich kannte dich.«

»Willst du mich jetzt gehen lassen?«

»Hast du keine Zeit für mich? Ich könnte dir manches erzählen. Komm mit mir ins Freie, in den Wald; dorthin, wo wir damals waren, erinnerst du dich?«

Während der Fahrt: »Wie lebst du? Du siehst nicht gut aus, bist du denn wirklich krank? Deine Erfindung? Dein tägliches Brot?«

»Ich untersuche, was die Menschen auswerfen, sie bringen Kot in kleinen Töpfen von Liebigs Fleischextrakt, eitrigen Speichel in Wassergläsern, die mit einem Taschentuch oben zugebunden sind, und anderes. Aber genug. Auch so kann man leben.« Sie stiegen an der gleichen Station aus, wie an dem späten Abend damals im Mai nach dem Gewitter, sie suchten die Gegend des stürmenden Laufes, die Waldblöße, den Winkel über dem Flusse, wo sie sich endlich, einer hinstürzend über den andern, in verzweifelter Umarmung berauscht hatten, aber sie fanden die Stelle nicht mehr.

»Wie sollten wir den Eingang zur Hölle finden, da wir doch mitten in ihr leben? Ich habe »*es*« noch nicht, bin noch nicht gerettet. Anschütz hat Verdacht, er berührt mich seit dem Abend bei dir nicht mehr, er lauert mir auf, spioniert mir nach, sieh her«, sie streifte den Ärmel ihres spitzenumflossenen Kleides von der Schulter. Eine leicht verharschte Wunde wies sich. »Verstehst du das? Dieses Blut soll Anschütz täuschen, mein Kind vor ihm schützen, inzwischen«, sie rauschte auf der Erde zusammen, und schwere Wolken starken Parfüms erhoben sich zu Edgar, »inzwischen locke ich ihn Nacht für Nacht, womit man Menschen seiner Art lockt, bis es mir vielleicht doch gelingt. Ich fühle, wie es in mir aufgeht, ich habe etwas, das du nie gekannt hast, auch in meiner ersten Zeit nie. Ich fühle immer, wie es in mir lebt.«

Sie standen zwischen saftstrotzenden jungen Bäumen, zwischen wehenden Wänden ohne Dach, im Duft von kochendem Harz, im hoch flirrenden Mittag.

Alles an ihr starrte wie heißes Erz ihm entgegen. Ihre gewaltige Brust mit blauschwarzem Hof in der Mitte glühte. »Bist *das* nicht du, Edgar, jetzt erst du?«

Adern in verknäulten Strängen zogen von allen Seiten dieser Brust entgegen. Vor seinen Augen sah Edgar diese Brust sich wie eine Wolke senken, die Blüten sich abwärts, herzwärts neigen, einem Kinde entgegen, das geahnt war, in diesem Augenblick aufzusteigen aus dem geschwellten Leibe.

»Ich werde dich nicht vergessen. Bald muss es sich entscheiden. Wird das Kind gerettet, ich schwöre es dir, dann bist du es auch!« So kehrten sie in die Stadt zurück.

12

Nach vier Wochen stand abends Esther im Treppenhause vor Edgars Tür, dort hatte sie den ganzen Nachmittag gewartet. Sie hatte sich auf das Fensterbrett des nächsten Stockwerks gehockt, da sie in ihrem Zustande nicht lange stehen konnte. Endlich kam er. Statt der Worte zeigte Esther, die sonst so knabenschlanke, ihre wie Säulen angeschwollenen Beine. Stumm lächelte sie dem Geliebten von einst zu, sie griff ihm wie spielend in die Hosentasche, holte loses Geld heraus, ließ es klingen, fragte »Ist das alles?«, machte einen Zug in seine Brusttasche, entfaltete die gefundenen Banknoten wie Spielkarten zu einem Fächer in ihrer Hand, legte schließlich ihre Ohrgehänge hinzu, Ringe, eine kleine Uhr. »Das ist unser ganzes Vermögen. Ich kehre zu meinem Mann nicht mehr zurück. Für ihn spielte ich umsonst Komödie. ›Für mich‹, sagte er heute Mittag, ›die Wunde an der Schulter? Wer könnte derartiges glauben, wenn dein Bauch den Leuten zum Gelächter dient, wenn deine Elefantenbeine jeden Strumpf zerreißen. Ich habe Liebe von dir nie verlangt‹, sagte er, ›bloß Aufrichtigkeit. Du warst nicht schön, Esther‹, sagte er, ›bist mittellos, Edgars abgelegte Geliebte, ich liebte dich trotzdem, aber das da‹, und er fasst an meinen Leib, ›wessen Frucht? Mein Kind ist das nicht. Ich bin fünfzig, du bist um zwanzig Jahre jünger als ich, dein Kind ist um dreißig Jahre jünger als du, ihr würdet mich beerben. Würdet‹ sagt er. ›Nicht werdet. Mord könnte ich verstehen, Diebstahl aber nicht, dein Kind bestiehlt mich und meine Nachkommen, an denen du nicht hättest verzweifeln müssen‹. Dienstboten traten ein. ›Schweige jetzt‹, sagte ich. ›Nein‹, sagt er, ›es mögen alle davon wissen, nur so entgeht man dem Spott, ich lege keinen Wert mehr darauf, dich noch länger als Hausfrau hier zu sehen. Ich ging. Zu wem zurückkehren?

Nun sind wir eins, nicht mehr zwei, ich habe mich zugrunde gerichtet mit dir und auch mein Kind. Hätte ich dir deinen Sündenlohn gegeben, dann hätten wir alle drei das, was wir wollen. Ist das logisch und richtig? Was bist du, was hast du? Und vor allem eins: Lässt du es am Leben?«

Edgar ließ es leben. Er selbst kündigte, weil Esther es ihm riet, die Stellung am Untersuchungslaboratorium, denn sein früherer Assistent hatte die Erfindung jener Farbe nicht vollenden können, es bestand noch die Möglichkeit für ihn, die Sache zum Gelingen zu bringen. Esther verkaufte alles, was sie an Schmuck hatte, man schaffte dafür eine chemische Waage, einen Arbeitstisch, Platintiegel an. Eine große

Anzahl von Flaschen kam, da schon die Ausdünstung von ganz unschuldigen Lösungen Edgars kranke Lunge reizte, in den Raum zwischen den Fenstern. Esther diente dem Chemiker wie eine Magd, so retteten sie durch zwei Sommermonate hindurch ein erbärmliches Dasein, die Arbeit ging ohne Glück vor sich.

Eines Nachts erwachte Edgar, Blut auf die von Esther frisch gewaschenen Kissen speiend. Esther, hochschwanger, im flackernden Kerzenlicht, riss ihm den Kopf aus dem Bereich der Kissen, tauchte ein Handtuch in Wasser, hielt es ihm unter den Mund. »Blut!« stammelte er.

»Nun, Blut! Musst du die Kissen beschmutzen? Wir müssen darauf liegen, wer wird sie waschen?« Schluchzend: »Nun erst ist es verloren! Wo es gebären, für wen zuerst sorgen, wohin es legen? wenn er schon daliegt!« Sie fasste das Handtuch und presste es aus, blutige Flüssigkeit tröpfelte zur Erde, mit ihren Tränen vereint; so verbrachte sie stöhnend die Nacht und ließ die Hand nicht von Edgars Stirn.

Am nächsten Morgen ging sie zu dem Weib, das sie in funkelnder Wachsschürze, glänzend wie ein Insekt, empfing, als wäre sie gestern erst von dort fortgegangen. Der Arzt, höflich, alltäglich zugewandt dem unerhörtesten Mord von Müttern an ihrer Mütterlichkeit, tat, was man von ihm erwartete, wofür man ihn mit dem letzten Gelde bezahlte. Das Kind wurde vernichtet. Sie kehrte zu Edgar zurück, pflegte ihn über ein Jahr, bis er sich wieder erheben konnte, um in das Untersuchungslaboratorium zurückzukehren, wo man ihn aus Mitleid wieder einstellte. Auch Esther verdiente wieder durch Arbeit ihr tägliches Brot.

13

Edgar und Esther lebten miteinander viele Jahre, nachdem sie einander geliebt hatten. Sie überlebten den Krieg, die Revolution und was nachher kam. Sie arbeiteten beide und verhungerten nicht. Sie wehrten sich nicht gegen Kindersegen, als sich ihre Einkünfte gehoben hatten, aber es kam nichts mehr. Sie wohnten am äußersten Ende der Stadt, liebten sich nicht und hassten sich nicht, der Spiegel in dem Glase Wasser zwischen ihnen bei den Mahlzeiten trübte sich nicht, rührte sich nie. Sie lebten ihre alternde Zeit, als wäre es Unsterblichkeit, sie erwarteten weder Gutes noch Böses. Er, der Irrsinn und menschenleere Einsamkeit gefürchtet hatte, war verflucht zu endlosem Alter, nie von Esther verlassen, und sie, die Mutter ohne Frucht, verdorrte, ein Strauch am Gestein.

Franta Zlin
(1919)

1

Franta Zlin, ein dreißigjähriger verheirateter Mann, Goldarbeiter von Beruf, hatte als Offiziersdiener eines österreichischen Generals im Herbst 1914 die erste Schlacht bei Rawaruska mitgemacht.

Der General fiel. Er hatte die letzten Reserven seiner Division nachmittags halb drei auf freiem Felde aus dem Eisenbahnzug auswaggoniert. Abends sah er von seinen Truppen alles verloren. Pferd und Mann versanken im Sumpf (selbst Pferde hatten einen menschlichen Schrei, vor dem alles erdröhnte), Kolonnen flohen über den Eisenbahndamm, das einzig Feste im morastigen, modrigen Gelände. Regen und Finsternis überall. Nirgends der Feind zu sehen. Nur seine schweren Granaten schlugen immer wieder mitten hinein in den Sumpf, wo sich die Massen vorwärtsdrängten.

Der General hatte abends gegen halb neun den Diener Franta Zlin und seinen Stabschef holen lassen. Während er noch mit dem Offizier sprach und sonderbare Blicke nach dem Diener warf, zog er seinen Revolver und, mit den Fingern an den Rillen des Griffes spielend, schoss er sich mitten im Gespräch aus unmittelbarer Nähe in den Kopf, sodass Stücke der Ladung – Steinchen oder heißes Wasser, wie es Franta schien, – auf den Diener und den Adjutanten spritzten. Franta stampfte schreiend davon, lief laufenden Soldaten nach, sah zurückgewandten Blicks (er hatte »seinen« General sehr lieb gewonnen) auch den Stabschef zusammenkrachen und etwas Blinkendes auch dessen Hand entsinken.

Franta war nicht darauf bedacht, aus seinem noch im Eisenbahnwagen liegenden Tornister Esswaren und seine Decke zu holen, sondern rannte ohne Rast die ganze Nacht hindurch. Er schabte an seinem Gewand, wollte schnell die Gehirnreste beseitigen. Es regnete in Strömen, schwerste Feuchtigkeit behinderte ihn. Je weiter er kam, desto schrecklicher die Verwirrung, man war mitten unter den Russen. Von beiden Seiten, selbst von der Erde empor, vom Himmel herab regnete es Feuer und dröhnten Geschosse. Nirgends ein bekanntes Gesicht, nirgends Ruhe. Die Straßen waren vollgestopft mit endlosen Kolonnen, Pferde stießen vergebens gegen Wagenwände vor, sanken in die Knie, zusammengepresst von den Nachdrängenden. Kutscher in ruthenischer Bauernkleidung rannten ihnen wütend an die Kehle, fetzten mit Peitschen ihnen in die großen Augen, schleiften die müden Tiere in Straßengräben, alles in höchster Eile, denn Kutscher, Offiziere, Soldaten, alles wollte den Geschosswolken und den niedrig, langsam fliegenden, Eierbomben abwerfenden Fliegern entkommen. Aber jeder war durch die Masse gebannt, jeder durch den nächsten furchtbar verkerkert.

Nach zweitägiger Wanderung fühlte Franta sich in einem Zustand solcher Erschöpfung, wie wenn er mit seiner Frau sechsmal zusammengekommen wäre. Er lachte, wachend und bewusstlos, dachte flimmernd wie in hitziger Glut an seine Mascha zurück, legte sich (nun waren alle Sorgen glücklich ausgelöscht) unter einen Wagen, der wie ein Stein in einer Kolonne stand, bemerkte noch eben vor dem Einschlafen, wie ein Reitpferd neben ihm stallte. Doch dachte er nicht mehr daran, dem schweren, fast weißen Urinstrahl auszuweichen. – Völlig hin fiel er in Schlaf. Ein furchtbarer Schmerz erweckte ihn: das Rad des Wagens, endlich sich weiterbewegend, riss an den Enden seines Mantels und fing schon an, das Fleisch seiner linken Lende mit einzurollen. Ein mit aller Kraft geführter Riss machte ihn frei. Später erst bemerkte er Blut und böse Schmerzen bei jedem Schritt. Doch überwand er alles und verließ diese Kolonne nicht mehr.

Am 13. November war er in Krakau.

2

Die Stadt war überfüllt und befand sich in fürchterlichem Wirrsal, denn sie sollte vor dem immer mehr sich nähernden Feind evakuiert werden. Franta hatte Landsleute vom Gefechtstrain des 33. Infanterieregiments getroffen und schloss sich beim Abmarsch aus der aufgegebenen Stadt ihnen an, die auf eigene Faust in der Richtung auf Ustulka zogen. Sie kamen spät abends im Regen in ein Dorf, quartierten sich in einer offenen Scheune ein. Geschützdonner und Maschinengewehrfeuer waren ununterbrochen zu hören, von morgens bis abends. Ein Korporal von der Sanität ging mit Franta in die Felder, um etwas Essbares zu finden. Er grub mit seinem breiten Pioniersäbel, den er seine Operationshacke nannte, Kartoffeln aus dem Boden, schwere, erdtriefende Knollen, die Franta in seiner Mütze den Kameraden brachte. Sie gingen dann, während die Kartoffeln auf einem Stroh- und Getreidefeuer brieten, noch weiter auf die Jagd nach Nahrung, bis ihnen auf freiem Feld, tief in der Dämmerung, ein geschecktes Rind begegnete. Sofort lief der Korporal über die nassen Schollen dem Tier entgegen, versuchte ihm mit den Fäusten die Schultern niederzudrücken, was nicht gelang; dann musste es Franta an den Hörnern zu Boden reißen, und der Soldat hieb mit dem sichelförmigen Griff seines Säbels dem Tier auf den krachenden Schädel, bis es nach rechts zusammensank. Er schlachtete es dann schnell und sägte große Stücke Fleisch aus den Lenden, die sich noch zuckend bewegten.

Franta, der immer ein sanfter Mansch gewesen war, konnte von dem Fleisch nichts essen. Er kehrte zu dem Kadaver zurück, der noch auf dem Felde mitten im Regen lag. Eine junge dicke Judenfrau kniete laut jammernd, Unverständliches singend und kreischend neben dem Tier. Ihr Gesicht, weiß, oval, schwer von lichtem Fleisch, erregte Unheimliches in dem Mann. Er warf sich auf sie, hörte noch, wie der Kopf der Frau auf die knarrend einsinkenden Flanken des Tieres fiel. Während der flammenden Lust würgte es ihn. Wühlend umwogte seine Hand die gewaltigen Brüste der verstummten, atemtief versteinerten Frau, und unter seinem wütenden Druck fühlte er warme Feuchtigkeit zwischen seinen Fingern rinnen. Im Krampf stemmte sich seine von Süßigkeit umflossene Zunge gegen seine Zähne, und als er nach kurzer Zeit erwachte, sah er sich auf die unter ihm zitternde Frau verströmend Tränen herabweinen, wie er sie früher nie geweint hatte.

Er half der Frau das tote Tier an den Hörnern in ihr Haus hinüberschleifen und vor den Soldaten im Stall unter der noch vom Mist des armen Tieres getränkten Streu verbergen. Dann übernachtete er in dem hochgetürmten Bett ihres heißen Zimmers, während die Frau und ihr ausgemergelter Mann auf der Erde lagen, ein kleines Kind auf Decken zwischen sich.

Am nächsten Morgen wurden die Reste des 33. Infanterie-Regiments gesammelt; nach langen, aber doch erträglichen Wanderungen kamen die Soldaten aus dem Feuer heraus und waren nach zehn Tagen bereits in den Karpaten. Franta blieb beim Train und hatte vom

1. Dezember 1914 an den Dienst, das für das Regiment bestimmte Schlachtvieh der Truppe zuzuführen.

3

Schöne, aber von der langen Eisenbahnfahrt sehr erschöpfte Tiere hatte Franta nun einen drei Stunden weiten Weg vom mobilen Schlachtviehdepot der vierten Armee durch das Latorczatal dem Regimentstrain zuzubringen. Oft hörte er von Weitem schon die Tiere aus ihrer Umzäunung vor Hunger und Durst brüllen und sah sie dann in einem Haufen sich ihm entgegendrängen. Doch war es ihm verboten, sie zu füttern, nur tränken durfte er sie.

Der Weg stieg zuerst bergan und war mühsam. Die Tiere, die nicht vorwärts wollten, mussten mit Stöcken angetrieben werden. Aber er lernte es, mit ihnen umzugehen, führte gewöhnlich einen Ochsen an den Hörnern vor, und die andern folgten, von einer rumänischen Mannschaftsperson mit unverständlichem Zuruf und knallend widerhallender Peitsche weitergetrieben.

Am Morgen des 14. Dezember fiel Franta eine Kuh auf, die sich sehr schwer führen ließ. Sie war mit Kot und Mist wie mit einer Eisenrüstung bedeckt, und ihr Leib schleppte Furchen, die im Schnee knisterten. Frantas Hand, die das Tier sanft von rückwärts trieb, berührte das Euter: Sie fuhr zurück, denn das Euter war glühend wie ein im Sommerbrand erhitzter Stein, gespannt wie Metall, und ängstlich brüllte das Tier auf.

Es strebte aus der im Wintermorgen schneestrahlenden Straße nebenher unter die Bäume, wohin ihm Franta in seiner Sanftheit folgte, obwohl ihm das Gehen im Schatten, auf den schlüpfrigen Trümmern verfaulender schwarzer Urwaldbäume schwerfiel ... Hell klang das Rufen des Rumänen von der Straße. Oft setzte die Kuh Kot und Wasser ab, blickte mit den großen, dunklen, feuchten Augen unruhig umher, und rührend war es, wie sie von Zeit zu Zeit in spiraliger Wendung den breiten Hals nach rückwärts wandte: lauschend nach dem Hinterleib, der sich gewaltig wölbte.

Plötzlich blieb sie stehen. Mit aller Gewalt konnte Franta sie nicht mehr vorwärtstreiben. Er rief den Rumänen und machte ihm Zeichen, er solle warten. Eine Hütte in der Nähe, fast nur ein Dach im hohen Schnee, nahm den Rumänen auf, der sich wärmen wollte. Die anderen

Tiere blieben beisammen, umwandelten langsam kreisend Frantas Tier, das nun ein weit gezogenes Brüllen schallte.

Nun stand es da, näherte die vier Gliedmaßen, niedrige Säulen, dem ungeheuer schwellenden Leib. Als ein hohes Gewölbe krümmte sich die Wirbelsäule, das Haupt senkte sich. Ein breitgetürmter Berg von Masse, zitternd in Schmerz, brüllte das Tier, leiser schon, in die Tiefe unter sich hin. Leicht waren die zarten Sprunggelenke gebeugt, das ganze Tier, wie von zwei Händen angepresst, atmete weiße Nebel wie Elfenbeinhauer aus im schwarzen Wald.

Plötzlich ergriff ein ungeheurer Krampf die Muskeln. Zusammenreißen des Rumpfes in Erzstarre. Erschütternder Schrei des aufgerissenen Maules. Leises Schüttern der tief herabhängenden Zweige ringsum. In den dunklen Augen schmerzliche Wut. Im Schweigen erschlaffte alles. Franta, in Sorge, rief den Rumänen schnell zu Hilfe. Niemand kam. Er fürchtete, sein Tier könnte hier verenden, verdurstet oder vergiftet.

Aber zum zweiten Mal, wie eine Faust in der höchsten Wut sich krümmt, krümmte sich das Rückgrat des Tieres, es fiel nieder, und vor seinen Augen sah Franta die Muskeln des Bauches wogen wie ein lebendiges Wasser. Er hörte einen brüllenden Schrei, und schon stürzte aus dem aufgerissenen, rot glosenden Hinterleib eine milchige Woge, rauchend in der Kälte. Weißes Fleisch, rosa hauchende Fetzen erschienen, Stücke von Tier, dunkle Augen, halb geschlossen, magere Vorderpfoten, ineinander verschränkt – und während das Rind, zum Letzten gekrampft, sich ausbrüllte aus seitwärts hinfallendem Schädel, entfaltete sich milchfarben, still, ein ganzes kleines Tier, nackt und zitternd in seinem Zucken auf dem Schnee. Das junge Tier drehte den Kopf, die Gliederchen, gebeugt, schienen die Mutter zu suchen.

Noch lag die Kuh mit weit auseinandergebreiteten Gliedern; mit dem Kopfe und der langen, licht rosaroten, nassen Zunge kreisend suchte sie das neugeborene Kalb. Franta sah das junge Tier verbunden mit der Mutter durch eine silbern glitzernde, rot durchwirkte Schnur. Er schnitt sie mit seinem Soldatentaschenmesser durch, riss von dem Bande seiner Unterhose ein Stückchen ab, umwand damit die blutende Stelle und legte das junge Tier dem alten vor das erschöpfte Auge.

Er brach Brot ab und gab es. Beide Tiere bedeckte er gut mit seinem Zeltblatt, häufte noch kräuseliges Moos darunter. Mit der Hand fühlte er nach, und süße Wärme, tropfende Feuchtigkeit umströmte ihn.

Er ging in die Hütte, wo über zehn Personen gedrängt um einen Ofen hockten in fast schwarzer Luft. Der Rumäne schlief, die kalte Pfeife im Munde. Franta führte einen langhaarigen ruthenischen Bauer an der Hand zu dem Tier und übergab es ihm. Erst in der Dunkelheit brach er mit dem Reste der Herde auf.

4

Als Franta die Tiere dem Standort des Regimentes näher führte, sah er weither eine kleine Flamme leuchten. Die Hütten des Dorfes Wologda konnten es nicht sein, da noch drei Kehren der Serpentinen und der Weg über Turka zu gehen waren; brennende Dörfer gab es wohl in der Dämmerung zu sehen, rötlich glitzernd über den hart gezackten Baumwipfeln, aber dieses Licht schwankte in leichtem Bogen ihm entgegen und kam immer näher. Er hörte Pferdegetrappel, dann sah er einen hoch beladenen Wagen. Ein ausgemergelter Jude mit einer buschigen Pelzmütze lenkte zwei noch ausgemergeltere Pferde, deren Schweife dicker schienen als ihre Hinterkeulen. Eine in weißes Tuch gehüllte Frau hockte oben auf dem Wagen zwischen aufgeladenen Tischen und anderem Gerümpel, scheinbar hatte sie ein Bündel mit einem Kinde im Arm, und zwischen Frau und Mann, schwankend auf schwankendem Wagen, blinkte ein winziges Kohlenfeuerchen auf einem Messinggerät, obenher von der Frau gehalten. Ein Füllen, mager und rippenstarrend wie ein Windhund, trabte nebenher und stieß frierend mit dem spitzen Köpfchen zwischen die Schenkel des Handpferdes; hoch wie im Lachen wiehernd, beugte es sich doch kläglich von Zeit zu Zeit nach rückwärts – alles in dem gleichmäßigen Schwung des ermüdeten Trabes. So kam der Wagen an der Herde vorbei, die sich in den Straßengraben und an die Bäume drängte.

Franta, sehr von Kräften und ausgehungert, sah dem Flüchtlingswagen nicht nach. Sein Auge wanderte seinen Füßen voran, um weichere Stellen für die schmerzenden Sohlen zu finden. Im letzten Schimmer des Wagens, der auf der nächsten Serpentine schon sich wandte, sah er auf dem Boden ein schwarzes, offenes Kästchen. Er bückte sich. Es war dünnes Riemenzeug darin, ein Würfel aus Leder, kinderhandgroß, und in diesem fünf Goldmünzen und einige erbsengroße Gebilde, die Franta Zlin sofort als Perlen erkannte. Schwer schritten seine Kühe vorbei, ein Huf verwickelte sich in die Riemen und trat auf den Boden unter die auseinanderrollenden Perlen; Franta sammelte sie und lief dann dem Rind nach, holte ihm aus der Höhlung zwischen dem gespaltenen Huf die letzte Perle hervor. Dann hielt er die Hände vor den Mund und schrie dem Wagen nach, der nun schon, fast unsichtbar in der Nacht, in eng gewundenen Ringeln die tieferen Serpentinen befuhr, von roten Wölkchen im Hauch bestrahlt. Niemand antwortete ihm. Ein Kind begann aus Müdigkeit zu blöken. Franta nahm Perlen und Geld zu sich. Bald sah er die ersten Häuser von Wologda vor sich. Ein Unteroffizier vom Regimentsstab kam ihm wütend entgegen, man hatte den ganzen Tag auf ihn gewartet: Die Feldküche sollte wohl Steine und Holz abkochen? Er wurde angeschrien, gestoßen, sofort mit »Spangen und Anbinden« sechs Stunden lang, bedroht. Ein Tier fehlte? Niemand wollte glauben, dass es trächtig gewesen war. Und selbst dann hätte er es lieber notschlachten sollen, statt kaiserlich ärarisches Gut diesem Hundespion von Ruthenen in den Rachen zu werfen. Von Spangen und Anbinden wurde er zwar gnadenweise befreit, aber zur Strafe sofort in den Schützengraben, in die nächste Feuerstellung kommandiert, zwei Stunden weit von Wologda bergauf gejagt. Er ging. Er kam in einem solchen Zustand der Erschöpfung in den Unterstand, dass er nichts mehr von sich wusste.

Am nächsten Tage schickte man ihn als Schleichpatrouille mit zwei Mann und einem Einjährigen vor den Stacheldraht. Es ging ein starker kalter Wind, es staubte der trockene Boden, alles erschien ihm schauerlich.

Er dachte nach, und der Gedanke verließ ihn nicht, wie er sich doch erretten konnte. Er rollte die Perlen in der Tasche, fühlte den noch von früher her durch Blut versteiften Stoff und spürte plötzlich, wie seine Unterhose, deren Schnüre er gestern zerrissen hatte, raschelnd und feuchtigkeitsschwer an ihm niedersank ... Franta wollte lachen, aber schon lag er am Boden, hörte, wehrlos vor Schrecken, ungeheures Getöse und fürchtete sich vor den Feuerflammen der Schrapnelle in der Luft. Es krachte neben ihm, der Einjährige stampfte auf und war sofort bis an die Augen in Blut gehüllt, aber auch Franta merkte, wie Blut in seine Stiefel rann. Zwischen den zusammengepressten Beinen jagte der Schmerz zum ersten Mal gegen das hoch aufzuckende Herz, und Franta verging, während er, rechtshin den Kopf beugend, ein langes Brüllen ausstieß in das weiße Schweigen der staubigen Ebene.

5

Franta Zlin hatte Fürchterliches zu erleiden. Sein Geschlecht war durch einen Schrapnellzünder ganz zerfetzt und der linke Knochen des Beckens zersplittert. Franta würgte an seinem Schmerz, er konnte sich seine Wut nicht Herausstampfen. Selbst zum Schrei fehlte ihm die Kraft.

Die Ärzte waren gut, sie wiesen stets beim Verbinden die Rote-Kreuz-Schwester hinaus, die sich neugierig vorgedrängt hatte. Aber durch diese Schwester wurden die anderen maroden Soldaten aufgehetzt, und den ganzen Tag hindurch unterhielten sich die Verstümmelten damit, ihren verstümmelten Kameraden zu necken. Man bat ihn, tückisch anspielend, um einen winzigen Zigarettenstummel, um ein kleines, abgebranntes Endchen, um »ein klein wenig Nichts«, einen »Tschik«.

»Tschik!« aus der hellen Ecke von dem stets sich erbrechenden Kroaten mit dem Bauchschuss, der lange zwischen Tod und Leben schwankte.

»Tschik!« von dem ungarischen Oberschenkelamputierten, der den widerspenstig gekrampften Rest seiner Gliedmaßen unter scheußlichen Flüchen niederzudrücken suchte.

»Tschik!« von dem italienischen Lungenkranken, der in der dunklen Ecke keuchte und Fliegen haschte, die es jetzt im Januar nicht gab.

Fürchterliches erlebte Franta. Nachts erwachte er noch nach Wochen mit grauenhaften Schmerzen, in schrecklichster Not. Er schämte sich, nun infolge der Verwundung seine Notdurft wie ein Weib verrichten zu müssen – aber war dann alles vorbei, dann hob er das immer schwer lastende Deckbett mit beiden Händen fort vom zertrümmerten Unterleib, und seine Hände, ineinander gefaltet, fühlten Wärme, warm hauchende Feuchtigkeit, das seidige Knistern des weich sich spannenden Verbandes.

In seiner Verzweiflung dachte er nur noch daran, wie er sich doch erretten könne. Seine Kleider hingen an einer Eisenstange, mit Riemchen umschnürt, am Kopfende des Bettes, aber noch durfte er nicht mit den Händen hinlangen, durfte nicht seine letzte Rettung, das gefundene Goldgeld und die Perlen berühren. Beim Verbinden war er geduldig und bezwang sich sehr; er sollte die Wunde nicht sehen, deshalb hielt ihm der Wärter seine nach Zigarettentabak riechende Hand vor die Augen. Die Nachbarn wechselten, viele starben, fast immer nachts, andere wurden abtransportiert. Der Wärter und die Schwester waren die einzig bekannten Gesichter. Aber auch der Wärter grinste, als »völliger Satan«, nach der ärztlichen Visite und pfiff, an seinen von Zigaretten gebräunten Fingernägeln schnuppernd: »Du, Franta, hast du vielleicht einen Tschik?« Die Schwester, voller Hohn zu Franta: »Sie armer Soldat, haben Sie denn schon Ihrer bemitleidenswerten Frau geschrieben?«

Franta, der, sanften Herzens, früher immer gesprächig gewesen war, verstummte ganz. Bloß beim Essen öffnete er den Mund.

Im Frühjahr 1915 wurde er nach Linz zurückgeführt und im Sommer als »zu jedem Landsturmdienst ungeeignet, dauernd invalid« in Wien vollständig aus dem Militärverband entlassen.

Franta hatte Mascha, seine schöne junge Frau, nicht wiedersehen wollen.

Am Vormittag des 11. Juni erwartete sie ihn, durch andere verständigt, vor dem Lazarett »Radetzky-Kaserne« im sechzehnten Bezirk in Wien und nahm ihn in einem einspännigen Wagen mit nach Hause. Es war kein Wort aus ihm herauszubekommen. Die Frau war durch sein strenges Wesen tief erschreckt, etwas war »in ihr gerissen«, als sie ihn so sah, so fürchterlich wiedersah. Sie war so erschüttert, dass sie nicht einmal weinte.

Er ging am nächsten Tag schon in die Arbeit zu seinem früheren Herrn, einem Goldschmied in der Mayerhofergasse im vierten Bezirk. Es gab wenig Arbeit, der Meister nahm ihn nur aus Mitleid. Aber Franta war bald ganz verlassen. Er hatte auf jede Frage wütend die anderen Gesellen angezischt; als man jedoch bemerkte, dass (infolge der fürchterlichen Verwundung) auf seinen Schemelsitz immer Feuchtigkeit aus ihm sickerte, da stichelten alle gegen ihn mit äußerster Bosheit. Franta musste fort. Er gewann aber durch eine grauenhaft geballte, teuflisch freudige Willensanstrengung die Herrschaft über seinen Körper, und in der neuen Werkstatt merkte man nichts von seinem Leiden. Daheim war er still, lieferte den Lohn ohne Rest ab, war nur unheimlich freundlich, sein Lächeln blinkte wie vergiftet, sein Mund war so in bösem Willen erstarrt, dass die Frau sich oft abends zu ihrer Mutter flüchtete und tränenlos über ihr begrabenes Leben klagte.

Franta sagte von seiner Verstümmelung kein Wort; Perlen und Geld hatte er verborgen, trug sie in ein noch von der Schlacht bei Rawaruska her blutgetränktes Sacktuch eingehüllt. Die Perlen wurden etwas rötlich; als er sie aber zwischen Zunge und Gaumen rollte (unsagbares Zittern durchrann ihn wie einstige Entzückung), kamen sie weiß, wie neugeboren wieder heraus. Auch von ihnen hatte er seiner Mascha nichts erzählt, eher ließ er die Frau, da die Not sehr drückend wurde, eine Stelle als Bedienerin über Tag annehmen. Die Stelle war im zwanzigsten Bezirk, bei unvermögenden Leuten, die den Monatslohn nie zahlen wollten und »Ratenzahlung in einiger Zeit« vorschlugen. Für den Weg brauchte man eine Stunde hin, eine Stunde zurück. Nachts, so müde die Frau war, ließen Sorgen sie nicht schlafen. Auch der Mann verfiel von Tag zu Tag, und sein Blick, tief gesenkt aus fast schwarzen Höhlen, machte sie den Mund aufreißen vor Schmerz. Sie verkaufte zuerst ihr eigenes Bettgewand, Polster und Decke, um für das Geld Schweineleber und andere billige Speisen für ihn und sich zu kaufen, aber es reichte nur für drei Tage. Im Winter ließ sie sich das schöne Haar schneiden, das der Friseur immer als »wunderbar eleganten Schatz« bewundert hatte, und verkaufte es, aber das Unglück hatte sich ihr aufs Genick gesetzt: Das Geld wurde ihr aus der Lade im Küchentisch gestohlen. Tückisch sah ihr Franta zu, wie sie es morgens in äußerster Ungeduld suchte, denn längst sollte sie schon bei ihrer Herrschaft sein. Aber es blieb verloren, da Franta selbst das Geld der wie tot Schlafenden entwendet hatte.

Das Zimmer war kahl, elend, zum Frieren kalt. Bilder und Fotografien an der Wand waren nichts wert, von dem »besseren« Kruzifix wollte die Frau nicht lassen. Abends holte Mascha aus der Hängelampe zwei Hände voll Schrot, die in der Aufhängekugel der Lampe lagen, und verkaufte sie. Sie erhielt zwei Kronen achtzig Heller. Aber als sie mit einem Stück Primsenkäse und Brot heimkam, fiel die Lampe, der das Gegengewicht fehlte, rasselnd herab, und das Petroleum verschmierte alles, die Scherben bedeckten den Fußboden, und die Unseligen wussten nicht, wie sie nächtigen sollten. Die Frau sagte, indem sie mit den Händen durch ihre kurzen Haare fuhr, »ich weiß schon gar nicht mehr«. Sie war sehr still, sehr gut, und selbst das äußerste Elend machte sie nicht böse.

Der Mond schien in das Zimmer. Sie legten sich beide auf den Boden, jedes nur eine dünne Matratze unter sich. Franta spürte nicht die Härte des Lagers, denn er dachte, »er würde sich nun bald erretten können, sich allein«, die Frau wachte lange, sie warf sich hin und her, und mit Freude sah Franta im Mondlicht, wie sich Maschas Kopfhaut an der Wurzel der blonden Haare schwärzlich färbte. Dennoch schlief Mascha ein, getröstet durch den Gedanken, dass ihr Franta bei ihr war, oder bloß dadurch, dass sie doch noch lebte.

Drei Wochen später musste sie sich täglich vor dem Antritt des Dienstes bei der Herrschaft bei einer »Auskocherei« anstellen, wo sie Pferdegeselchtes und erfrorene süße Kartoffeln auf Anweisung des Wiener Magistrats umsonst bekam. Sie wanderte schon um drei Uhr morgens in die Gasse, andere warteten aber schon seit Mitternacht, saßen auf Stühlchen, hatten sich in haarige Kotzen eingemummt, trugen Muffe aus Zeitungspapier um die Hände gerollt. Mascha nahm ihre Matratze mit und schlief am Donnerstag und Freitag jedes Mal zwei Stunden am Boden vor der Auskocherei, am Samstag gab es nichts, sonntags aber wurden ihr bei dem ungeheuren Ansturm fast die Brüste abgestoßen, und ein zwölfjähriger Knabe rannte mit der Matratze davon gegen die Ettenreichgasse, während sie, eingekeilt, nicht aus der Menschenmaste hinaus konnte. Mascha fürchtete sich, jetzt ohne Matratze und ohne Fleisch zu ihrem Mann zu kommen, sie ging in die Kirche, nachmittags in den Prater, in die Auen, kurz vor zehn Uhr kehrte sie zurück. Das Zimmer war wie heilig.

6

Innerlich war Mascha wie ausgestorben, sie konnte sich kaum noch erinnern, dass Franta sie geliebt hatte. Aber sie erinnerte sich doch weißer Blumen, nachts schimmernd auf einer Wiese bei Hütteldorf, und daran, dass Rehe vom Waldrand nahe zu ihnen gekommen waren, eine Woche vor dem Kriege, im schönsten Sommer. Manchmal dachte sie, alles müsste doch noch da sein, nur jetzt in der Kälte eingegraben, sie müsse sich nur noch bis zum Sommer erhalten. Sie kam auf ihren Mann zu, streichelte ihn lange, rief ihn süß an, gab ihm die Hand unter das Kreuz, damit er weicher liege, und dachte so tief an ihn, dass ein Toter hätte erwachen müssen in seiner ersten toten Nacht; jetzt aber war es, als sei ihr armer Franta schon lange weg und dahin, nichts mehr von ihm auf der Welt, und sie weinte lange auf sein unbewegtes Gesicht, das aber nicht schlief. Im Morgengrauen erhob sie sich. Ihre magere Hand war starr und blau, erfroren und verödet und mit einem Wundmal von dem harten Knopf der Matratze verwundet. Sie ging in die Küche und wusch sich das Gesicht unter der Wasserleitung; das Wasser, das durch die kurzen Haare auf die

Kopfhaut floss, war ja wie Stein, nicht kalt, sondern siedend heiß, und die Frau weinte lange, da sie nichts zum Abtrocknen hatte außer altem Zeitungspapier, das ihnen beiden nun schon zu allem Möglichen diente, als Tischtuch, als Kohle, als Kissen für die Nacht. Die Herrschaft im zwanzigsten Bezirk merkte ihre Verstörtheit, fragte aber nicht, da es schon zum Ende des Monats ging und doch kein Geld für Lohn da war. Die Frau machte ihre Arbeit bis drei Uhr, erhielt auch einen Teller gekochter Rüben, recht heiß, damit es mehr Kraft gäbe.

Am nächsten Tag kam sie nicht in den Dienst. Aber die Herrschaft bemerkte, dass drei Bettüberzüge fehlten. Mascha hatte sie gestohlen und sofort im Versatzamt Dorotheengasse versetzt. Sie glaubte, man würde sie nicht finden. Sie bekam am gleichen Tag bei einer anderen Herrschaft einen guten Posten, dreißig Kronen Lohn, ganze Verpflegung, sollte aber auch die Nacht dort zubringen. Sie war einverstanden, nur diese eine Nacht noch wollte sie bei Franta bleiben.

Mit dem Geld und den Nahrungsmitteln kam sie nach Hause. Franta traf sie an, wie sie mit einer Brennschere, auf Papier erwärmt, sich die kurzen Haare kräuselte. Sie kam so weich zu ihm, küsste ihn mit solcher Liebe, dass sie schon glaubte, sie hätte ihn wieder aufgeweckt. Er war auch gar nicht böse, hatte ein besseres Gesicht, wie ein Kind, ein kleiner Junge. Er wollte jetzt auch Heimarbeit machen, zeigte einen »spanisch eingelegten Damenrevolver«, an dem die in Stahl eingesprengten Goldfäden ausfallen wollten und den er zu reparieren vorhatte. Sie hörte ihm gar nicht zu und machte alles mit ihm wie mit einem Kind. Sie standen nebeneinander beim Fenster, als sie mit fürchterlichem Erschrecken die frühere Herrschaft mit zwei Polizisten auf das Haus zukommen sah. Sie erkannte sogleich, dass jetzt alles aus war, und ließ von ihm ab. Der bessere Ausdruck in seinem Gesicht war auch schon fort. Der eintretenden Herrschaft, die schreiend schimpfte, küsste sie die Hand und gab sogleich den Versatzschein ab. Trotzdem musste sie und ihr Mann sofort zum Polizeikommissar, wo alles in ein Protokoll aufgenommen wurde. Während der acht Tage bis zur Verhandlung sprach Franta nicht zu ihr.

Am 6. Januar 1916 war die Verhandlung. Mascha sagte, sie hätte drei Monate Dienst bei der Herrschaft gemacht und ihr treu gedient, obwohl es Juden waren, aber im Ganzen nicht mehr als siebzehn Kronen Lohn bekommen.

Der Richter: »Deshalb durften Sie doch nicht stehlen.«

»Ich wollte mich bezahlen. Ich bitte um Verzeihung.«

Der Richter fragte die Herrschaft: »Hat die Marie Zlin nicht mehr als siebzehn Kronen Lohn bekommen?«

Die Herrschaft: »Das müssen wir erst in den Büchern nachsehen.«

Der Richter: »Ach was, das werden Sie schon wissen! Was für Bücher führen Sie denn? Bestehen Sie auf der Verurteilung?«

Die Herrschaft sagte: »Ja, sie muss bestraft werden, und die Bettüberzüge muss sie auch auslösen.«

Der Richter: »Sie, Marie Zlin, können Sie die Bettüberzüge auslösen und der Familie den Schaden ersetzen?«

Mascha schwieg und sah ihren Mann an.

Franta sagte: »Zahlen kann sie nicht.«

Mascha wurde zu sieben Tagen Arrest verurteilt, durfte aber noch nach Hause gehen. Am nächsten Tage verließ auch Franta die Wohnung nicht.

»Warum gehst du nicht in die Arbeit, Franta?«

»Es gibt keine Arbeit, ich habe gekündigt bekommen.« – Nachher sagte er ihr, sie solle sich anziehen, sie würden in ein Volkskaffeehans gehen und Tee trinken. Sie solle das Brot mitnehmen. Sie ging gleich mit ihm fort, er führte sie aber durch die Stadt über die Linzer Straße nach Hütteldorf in einen Wald bei einer Wiese. Dort blieb er stehen und riss an den Ästen der Bäume herum. Ob das vielleicht einen Menschen trägt? fragte er für sich, und nahm einen Strick aus der Tasche.

»Jesus Maria, was fällt dir ein?«, sagte Mascha. Er sagte nichts, sah sie nur so an, dass sie merkte, es war für sie. Sie konnte aber nicht, sie hatte gar keine Kraft. Sie wusste, dass es sein musste, konnte aber nicht. Sie gingen dann um die Wiese herum und wieder in die Stadt zurück.

7

Am 9. Januar, drei Tage vor dem Strafantrittstag, kam Mascha freudestrahlend zu Franta. Sie hatte von ihrer Mutter trotz der großen Armut vierunddreißig Kronen bekommen; die Mutter hatte ihre schöne »Straußenboa«, die sie noch aus besseren Tagen hatte, sowie einen

Korbsessel verkauft, damit die Tochter den Schaden des Diebstahls gutmachen könne und nicht ins Kriminal müsse.

Franta erschrak, als er Mascha so sah. Franta fürchtete sich vor Mascha, da sie mitten in ihrem Elend so schön war. Sie stürzte sich über ihn: »Ich bin so selig, ich bin so glücklich! Da ist das ganze Geld, jetzt werfe ich es ihnen hin. Dann bin ich frei, auch die neue Herrschaft war mit mir so freundlich, ich bekomme den Lohn im Voraus, ich soll nur erst einstehen.«

Franta nahm das Geld zur Aufbewahrung. Die Frau lieh sich eine Wetterpelerine von der Nachbarin und ging noch schnell zu der neuen Herrschaft. Abends kam sie zurück. Das Zimmer war ganz verwandelt, ein rosa Seidenpapier um die zerbrochene Lampe gewickelt, auf dem Fensterbrett standen Sardinenbüchsen, ein ganzer Berg Orangen, auch geräucherter Speck, Zuckerzeug, eine Flasche Wein.

»Jesus, das alles!«

»Du hast mir doch das Geld gegeben!«

»Ich muss mich doch bei Gericht auslösen!«

»Ich habe was zum Essen gekauft!«

»Aber Franta, doch nicht für das ganze Geld?«

»Hier ist die Rechnung, ich habe nichts gestohlen.«

»Jetzt bin ich ganz hin.«

Sie ging ganz verstört im Zimmer umher, fasste den Revolver an, der in einer Ecke lag.

»Er ist so schwer«, sagte sie.

»Ich bin kein Dieb«, sagte er.

Sie merkte, dass der Revolver geladen war, und als sie ihn ansah, wusste sie, dass er nur für sie Patronen gekauft und sie schon lange abgeurteilt hatte. Sie war so vernichtet, dass sie nicht mehr reden konnte. Aber sie begann zu essen, da es ihr Geld war, und weil sie erst jetzt so ihren Hunger fühlte. Er sah ihr nur zu und aß nichts. Dann musste sie beten. Er lehnte da, so starr, so böse in seiner Ecke, schief mit gezückten Händen, wie ein Teufel. Sie kniete nieder; sein Gesicht konnte sie nicht sehen.

»Knie nieder!«, schrie sie ihn an. »Nieder!« noch einmal, sehr stark. Er kniete nieder, und sie betete lange ohne Worte und beichtete ohne Priester. Er kniete ihr gegenüber. Nach zwei Stunden stand sie auf, fiel aber gleich aus Schwäche zusammen. Er gab ihr seine Matratze und legte sich auf den bloßen Boden hin. Um Mitternacht erwachte sie, ihr war so leicht, sie glaubte, jetzt könne sie es tun. Er schlief, als sie sich aber den Revolver in die Schläfe geschossen hatte, erwachte er: »Was hast du getan, Mascha?«

»Sei still, es hat niemand gehört.«

Sie hatte keine Schmerzen, wusste nicht, ob der Revolver überhaupt losgegangen war. Nur »Wasser weinte über sie«. Von oben rann ihr Wasser in die Augen, warm. Aranta rief die Nachbarin, aber so leise, dass niemand kam. Er machte ihr einen kalten Umschlag auf die Stirn. Sie schlief ein.

Als sie erwachte, fühlte sie sich sehr schwach. Er kniete vor ihr und glänzte mit seinen mörderischen Augen. Das Licht brannte mit einer rosa Flamme. Auf ihre Brust hatte er Kruzifix und Heiligenbilder gepackt. Sie konnte kaum atmen, ließ aber die Heiligenbilder liegen. Er wollte aufstehen, sie fasste seine Hand und sagte: »Bleib bei mir, ich muss sterben.« Um acht Uhr morgens war sie tot. Er kniete noch neben ihr, sah auf ihre schönen großen Brüste hinab und glänzte sie an mit seinen mörderischen Augen.

8

Jetzt fühlte Franta sich errettet. Die Nachbarin wachte an der Leiche. Sie hatte Maschas entblößten Oberkörper aus Mitleid mit ihrer Wetterpelerine bedeckt. Franta ging aus zu seiner Arbeit, voll Freude auf die Nacht. Endlich keine Angst mehr um das zerstörte Geschlecht. Keine Scham wegen der Verstümmelung. Das Goldgeld, die dicken Münzen, die herrlichen Perlen, endlich alles ihm allein!

Noch wusste er nicht, was damit beginnen, aber bloß die Perlen ansehen, sie auf der bloßen Hand rollen lassen, wie kleine Schrotkörner so schwer, sie in den Mund nehmen, zum Zittern in seiner Wollust: Wieder waren sie rötlich umhaucht, stärker als früher, und blieben ein wenig gerötet auch nachher. Er verglich sie mit Perlen in den Auslagen der Juweliere und schätzte die größte Perle auf zehn Tausend, die kleineren auf je drei bis vier Tausend.

Zu Hause war die Leiche schon fortgeschafft zum Gericht, und der Wachmann wartete auf ihn. Franta war klug geworden. Er bat, frische Wäsche nehmen zu dürfen, und warf das Taschentuch mit den Perlen zu dem schmutzigen Zeug. Die Wohnung wurde versiegelt, Franta kam ins Gefängnis. Er blieb dort drei Tage allein. Tief schlief er die ganze Zeit, hatte keine Gedanken an das Frühere. Beim Verhör fragte man ihn, wozu er den Revolver gekauft hätte. Er sagte: »Waffen werden jetzt gebraucht.« Man konnte ihm nichts nachweisen. Er sagte: »Meine Frau hat sich zu sehr vor dem Kriminal gefürchtet; sie war auch in großer Not, ich war im Krieg, bin schwer verwundet.« – Er wurde freigesprochen und empfing sogar eine kleine Entschädigung für Arbeitsentgang vom Gericht.

Im Jahre 1916 kam der Frühling sehr spät, Anfang April war noch Eiseskälte überall. Trotzdem wucherte in Franta eine schwüle Glut, oft zitterte er. Der Schlaf war nachts schwer, mit wüsten Träumen. Franta Zlin hämmerte sich in viel Arbeit ein, aber das Sitzen auf dem Arbeitsschemel, gepresst zu einem Bündel Fleisch, das sich selbst erhitzte und von trockenen Fetzen rings umgeben war, machte ihn wild. Abends ging er in ein Kino, konnte aber nichts deutlich sehen, Die Luft war wie über einem Koksofen, wie sie auf den Straßen stehen, hoch im Sommer, wenn der Asphalt geschmolzen wird, ein Eisenkorb, gefüllt mit farbloser Glut, und die Luft zitterte darüber wie kochendes Glas. Er hörte die Musik, es begann ihn zu würgen. Auch die Nachbarn, die vielen Leute im Kino keuchten heiße Seufzer; als er heimging, war er wie berauscht. Am nächsten Tag sagte er die Arbeit beim Goldschmied auf. Es gab fast kein Gold mehr bei den kleinen Juwelieren, da alles von Staats wegen eingeschmolzen wurde. Er fragte nach ungelernter Arbeit. Man sagte: in der Gasanstalt.

Dort arbeiteten viele Russen, aber auch Wiener, junge und ältere. Franta arbeitete bei der dritten Destillation. Neben ihm war ein dicker, großer Russe, Wassily. Bis zum Sommer fühlte Franta sich gut und glücklich. Perlen und Geld behielt er. Er wollte sich ein kleines Haus kaufen, bei Wien oder, wenn der Krieg vorbei war, im Walde bei dem Passe von Turka, zwischen den drei Serpentinen. Daran dachte er oft.

9

Die kriegsgefangenen Russen in der Gasanstalt verstanden es, durch Bestechungen freien Ausgang zu bekommen. Wassily schenkte oft dem Wachkorporal Zigaretten und bares Geld. Er hatte einige Worte Deutsch gelernt, besonders die Worte: »Haben Sie gerne?« In einem Zivilgewand oder in einem österreichischen Militärmantel verließ er abends die Gasanstalt und nahm Franta zum Schnapshändler mit. Bei dem dritten Glas Rum überfiel Franta fürchterliche Glut. Begierde, nicht mehr allein im Leib, auch in den Händen, in den Augen, alles zitterte in unbegreiflichem Wunsch, verlangte in furchtbarem Hunger nach Lust. Wassily schien sogleich zu verstehen, denn er zahlte in Eile, nahm Franta mit, indem er mit schmutzigem Lächeln sein »Haben Sie gerne«, wiederholte.

Ältere Mädchen, grell geschminkt, wie lebendige Leichen so starr, mit unheimlich schleppenden Kleidern, wandelten vorbei. Es war elf Uhr nachts, die Stadt immer noch ein Glutofen. Vor den älteren Mädchen fürchtete sich Franta, aber da schlüpfte etwas Zartes, Weißes vor ihnen her, in lichtem Kleid, mit nackten Beinen, in Leinwandschuhen. Rings war schon freies Feld, der nächtlich leere Exerzierplatz, die Schmelz.

»Suchst du die Vicky?«, zwitscherte die Stimme der Weißen. Franta keuchte. Wassily war schon verschwunden in den Schützengräben, die die Soldaten zur Übung ausgehoben hatten am Rande des Platzes.

Das Mädchen nahm Franta an der Hand, führte ihn mit Vorsicht den Häusern am andern Ende der Schmelz entgegen: Franta zog die Hand fort. Lust, Begierde brannte unheimlich, aber nur schrecklich, nur eine Angst, nur ein Wüten.

»Wo ist die Vicky?«

»Da drüben siehst du schon das Hotel«, zwitscherte die Stimme. Schon war Vicky in den rot beleuchteten Eingang des Hotels geschlüpft, hatte eine Zimmertür geöffnet, schon das Hängerkleid heruntergerissen.

»Die Vicky?«

»Ich!«

»Wie alt bist du?« Sie schimmerte so zart, ein wehender weißer Schein im dunklen Zimmer.

»Zwanzig Jahre.«

Er fühlte an ihrem Gesicht entlang. Es schien ihm zwölf Jahre alt zu sein oder sechzehn. Sie lachte. Spitze, weiße Zähne, lang in dem hohen ovalen Mund, wie ein kleines weißes Feuer. Das Zimmer war nicht ganz dunkel, es erhellte sich mit jedem Augenblick mehr, auch Vicky schien ihn jetzt deutlich zu sehen.

»Du herziger Mann!«, sagte sie. Er sah ihre schwarzen Haare an: »Schwarz, schwarz, das ist schön.« – Sie flog so leicht an ihm empor, ohne Schuhe flatterte sie auf. Er hob sie, trug sie wie ein Bild auf beiden Händen, dass sie hoch kichernd lachte. Sanft faltete er die Hände auseinander. Wie sie sich schmiegte in die Höhlung seiner geweiteten Arme! Glühend wogte er zwischen ihren Gliedern. Der gespaltene Huf des Tieres, zwischen dessen Höhlung er die Perle gefunden hatte, einst, einst.

Nieder! Unaussprechlich erfüllte ihn Mitleid mit sich selbst. Unaussprechlich erfüllte ihn glühende Wut, namenlose Gewalt. Was riss an ihm, nahm seine Hände vor? »Schnell, schnell!«, schrie er. Er hatte Vickys Körper, so leicht, so schmelzend, schon an den Beinen angefasst, in betäubenden Hieben schleuderte er den Körper an die Erde, schlug ihn hämmernd nieder, in tierischer Teufelei hämmerte er die Schreiende nieder. »Schrei nicht! Schrei nicht!« heulte er die Schreiende an, in dem Zittern vor der Erfüllung keuchte er sich empor.

Als sie schon stilllag, nicht mehr schrie, nicht mehr zu atmen schien, riss er sich selbst die Kleider ab. Sein verstümmelter Leib erstand zum ersten Mal vor seinem Blick. Tief beugte er das Haupt zu sich nieder. Tränen. »Da, sieh her, so war ich nie! So war ich nie! Da, sieh her, Vicky! Alles hat es herausgehaut aus mir. Franta! Alles hat es herausgehaut aus dir!« – Langsam, mit zarten Händen legte er die Bewusstlose aufs Bett, kniete noch lange vor ihr. »So hast du deine Frau erschlagen«, sagte er, »so hast du sie langsam zu Tode gewürgt! Franta! Nicht zu retten mehr! Fürchterliche Tränen. Fürchterlicher Tod!« – Pochen an der Tür erweckte ihn. Kaum konnte er sich selbst wie ein Tuch über das liegende Mädchen stürzen, schon stand der Russe gewaltig in der Tür, lächelnd mit bösem Gesicht: »Haben Sie gerne?« Der linke Fuß des Mädchens gleißte im Laternenlicht.

Franta erhob sich: Mörder, der umsonst gemordet hat. Ungesättigt das wütende Geschlecht! Aber er musste auf und fort, fliehen außer Land. Der Russe griff ihn an der Hand, beide schlichen sich schnell hin, leise die Treppe hinab, rannten dem Bahnhof zu, dessen Uhr in der Nähe durch die leere Straße leuchtete.

Das Mädchen, betäubt von grässlichen Schlägen, erhob sich bald, sie weinte. Der Mann hatte ihr trotz allem gefallen. Nun war er fort und hatte nichts gegeben, auch kein Geld fürs Zimmer. Flink zog sie sich an, glitt über die Treppe. Am Ende der langen Straße sah sie Franta mit dem Russen flüchten, sie konnte ihn aber nicht mehr erreichen.

10

Am Fahrkartenschalter zog Franta das noch von der Schlacht bei Rawaruska blutige Tuch mit dem Goldgeld hervor. »Kaputt?«, fragte der Russe mit bösem Lächeln. Franta antwortete nicht, stieß den Russen beiseite, wollte eine Karte lösen und mit Papiergeld bezahlen. Wassily, außerhalb des Eisengeländers, das zum Fahrkartenschalter führte, winkte ihm, machte Zeichen: zwei! zwei!

Franta wusste, dass er mit dem Russen nicht allein bleiben dürfe, sonst würde er von ihm erschlagen.

Sie fuhren dicht gedrängt mit vielen Soldaten und Zivilisten die Nacht hindurch und den nächsten Tag. Abends kam Militärpolizei, um die Reisedokumente zu revidieren. Trotzdem sie den Waggon von beiden Seiten bewachte, floh Franta in den kleinen Abraum. Wassily folgte gleich nach. Grauenhafte angsterfüllte Franta, als er neben sich die groben, gutmütigen Züge des Russen sah, und unter ihnen den Mörder, sein Ebenbild. Aber er schrie nicht, sondern lachte, wiehernd, dröhnend, bis ihm der Russe den Mund zuhielt. Nun schwieg er, bald war die Gefahr vorüber, denn auf Pochen und Rütteln öffneten sie nicht. An der nächsten Station, Sankt Anton in Vorarlberg, verließen sie den Zug, der hier nicht hielt, sondern nur sehr langsam fuhr. Schwerer Wald war dicht dabei, sie gingen einen schönen Weg entlang unter Tannen. Die Sterne schienen zwischen den Bäumen. Gegen Mitternacht legte sich Franta auf den Boden. Er musste schlafen. Er wollte vorher noch die Perlen und die fünf großen Goldmünzen dem Russen aus freier Hand ausliefern, um sich zu retten. Aber die letzte Regung des Geizes ließ seine Hand nicht los, die sich in der Tasche um die Kostbarkeiten spannte.

Ein hoher Wagen, schwer bepackt mit umgekehrten Tischen, altem Gerümpel, schwankte ihm entgegen. Ein ausgemergelter Jude lenkte mit knitzender Peitsche zwei noch ausgemergeltere Pferde. Ein kleines Feuerchen glitzerte warm. Ein Fohlen, hellfarbig, klapperte mager nebenher, hoch wiehernd. Kühe mit weich gesenktem Haupt umwandelten ihn, zutraulich kreisend. Die junge dicke Judenfrau, nicht mehr im Wagen, suchte auf dem Boden zwischen den gespaltenen

Hufen der wandernden Tiere, griff plötzlich auch Franta – er lag gelähmt in rosarotem Licht – in die Weichen. Ihr Gesicht, oval, weiß, schwer von lichtem Fleisch, näherte sich ihm, und mit einem Male war Franta ganz hoch beseligt, ganz steil getürmtes Geschlecht, ganz kreisend geballter Mann, hineingewühlt in die weiche Fülle des Fleisches, gute Flut wie weiße Elfenbeinhauer ausatmend in wogender Nacht.

Wie ein Tier hatte er sich nur eingeworfen, nicht mehr bewegt. Starr gefesselt, glücklich unbewegt, in Ewigkeit gebadet, war er umgeben rings von der letzten befreienden Erfüllung bis zu tiefst gesättigter Lust. Mit seiner Hand, wie unter das liegende Muttertier einst, fühlte er vor, sein eigenes ausströmendes Blut empfand er als ausblühende Glut, als Befreiung ohne Schrei, und in stärkeren Kreisen löste er sich ganz in der niederfließenden Überwältigung.

Der Russe floh nach dem Morde über die Schweizer Grenze. Franta Zlin wurde am 20. Juli des Jahres 1916, zwei Jahre nach Beginn des Weltkrieges, in Sankt Anton in Vorarlberg als Unbekannter, von Unbekannten ermordet, begraben.

Marengo

1

Felix R. war ein Mensch, den man aus einer Menge gleichaltriger Leute seiner Klasse schwer herausgefunden hätte. Mittel die Gestalt, mittel der Geist, Mittel das Herz. Und doch verbrachte dieser Mensch sein Dasein nicht wie in einem Zuge gleichartiger Heringsbrut, in trübem Schuppengewimmel an seinesgleichen angeschmiegt, sondern er lebte ein fast ganz vereinsamtes Leben.

Man nannte ihn in der Schule Marengo, weil er nach dem frühen Tode seiner Eltern stets schwarze, grau melierte Stoffe trug, die »Marengo« hießen. Schwarz, weil er Trauer trug. Grau, weil er selbst doch weiterlebte. Niemand rief ihn mit seinem Namen Felix, und so nannte er sich selbst, wenn er an sich dachte, Marengo. Er war weibisch von Herzen, männlich von Gehirn. Leidend mehr als tätig im Gefühl, ohne ein überragendes Ziel, ohne verzehrende Leidenschaften; abwartend, zu Wohlwollen eher geneigt als zu Hass und Neid. Er war der einzige Sohn eines Hauses, das es in Wirklichkeit nicht gab. Er wäre ein braver Sohn gewesen, aber die Eltern starben ihm zu früh. Ein guter Gatte, denn es war ihm natürlich, treu zu sein. Aber wem? Er kam in keines Menschen Hände, und in seine Hände kam kein Mensch. Er war hungrig nach Illusion und bereit, auch dem sehr fragwürdigen Trugschein einer Illusion zu folgen, aber sein männliches Gehirn ließ keine zu. Sein Gehirn machte ihn praktisch, energisch, fleißig. Er war ein Mann der Mitte, aber nicht des Durchschnitts. Gewillt, mit sich zu rechnen, dem Notwendigen sich nicht zu versagen, Bilanz zu ziehen in jeder ruhigen Minute, gegen sich gerecht und gegen die andern billig zu sein. Er verlangte wenig von der Welt, sie verlangte nichts von ihm.

Was ihm blieb, war die Arbeit und der Beruf. Es tat ihm wohl, sich als Mann mit der ganzen Stärke seines Wesens in die Arbeit werfen zu können. So konnte er verhältnismäßig schnell ein kleines Vermögen erwerben, da er an seiner Sparsamkeit sich freute, aus seinem Fleiß Genuss zog und da für ihn die mit der Regelmäßigkeit einer astronomischen Uhr betriebene Arbeit die einzige Sicherheit in dem sonst unbegreiflichen Leben darstellte. Er machte seine Lehrjahre in dem großen Unternehmen seines Vormunds durch, wo es solcher Volontäre aus dem ausgedehnten Kreis der Familie viele gab, von denen aber nur er die Entschlusskraft besaß, mit dreiundzwanzig Jahren das sichere Dach und eine untergeordnete Stellung zu verlassen, um einer von ihm außergewöhnlich klar erfassten glücklichen Konstellation zu folgen, die ihn mit einem Schlage selbstständig machte. Er hatte den Sprung gewagt und konnte dann jedes Jahr oder besser: jede Bilanz mit einem Plus abschließen. Sich frei fühlen, sein eigener Herr sein, war ein hoher Genuss, ein großes, ein einziges Gefühl. War dieser Wunsch erfüllt, konnte man auf viele andere Wünsche verzichten. Er hatte trübe Kindheitserinnerungen hinter sich. Daher der Wunsch, möglichst großen Zwischenraum zwischen sich und die Menschen zu setzen. Aus Furcht vor ihnen? Aus Liebe zu sich selbst? Aus Feigheit? Aus dem Entschluss, nur mit sich selbst zu rechnen und nichts anderes ins Kalkül zu ziehen, als was er persönlich verantworten konnte? Außerhalb seines Berufes blieb er den Menschen fern. Zuerst mit Absicht, später aus Gewohnheit, zuletzt aus Zwang. Er sah wenig in den Spiegel (bloß beim Rasieren), sprach kein unnützes Wort. Er kannte keine Erholung als eine Bootspartie sonntags in warmen, windstillen Morgenstunden. Er ruderte den Flusslauf, dessen Kanal an dem Gelände seiner kleinen Fabrik vorbeifloss, vormittags hinauf. Draußen streckte er sich auf einer Wiese ins Gras, schlief, überließ der Sonne sein Gesicht, dem Wind seine Haare, lag da wie ein Stein und löschte seine andere Existenz aus. Abends kam er zurück. Als die ersten brauchbaren Verbrennungsmotoren erschwinglich geworden waren, ließ er sich einen kleinen Einzylinder über dem Steuer einbauen von dem Maschinenmeister seiner Fabrik; später kaufte er nach einem sehr günstigen Jahresabschlusse ein neues, starkes Motorboot. Jetzt konnte er größere Fahrten unternehmen, an neuen, noch unbekannten Hügelfalten und Schilfwildnissen seine Existenz auslöschen.

Im Winter war das Dasein nur an den Wochentagen freundlicher, da ihm fast der ganze Tag in den heimisch gewordenen Räumen seiner Fabrik und seines Privatkontors verging, aber es war oft qualvoll an den Sonntagen. Er verleugnete den Sonntag, sperrte die Tür seiner kleinen Wohnung ab, sandte seine Haushälterin Lili, die frühere Zofe seiner schönen toten Mutter, fort »aufs Land«, ohne sich weiter um die Durchführung dieses Befehles zu kümmern, sofern sich die alte Frau nicht zeigte, noch auch sich hören ließ.

Die Westwand seines Wohnhauses umzog sich mit jedem Jahre dichter mit Efeu. Auch der leiseste Windhauch musste sich in den starren steingrünen Blättern fangen. Immer war es in der Nähe der Fenster feucht, nie war es ganz hell. Es roch nach rostigem Metall, nach würzigem Wurzelduft von den Fenstern her, Naphthalin schwebte aus den mit vielen Kleidern gefüllten Schränken, der Geruch nach Seife drang aus dem Badezimmer, dessen Tür infolge der vielen Feuchtigkeit sich klemmte und nie vollständig schloss. Aber wozu auch die Tür des Badezimmers schließen? Nie kam Besuch.

Es herrschte Totenstille. Bloß das Efeulaub raschelte. Die Tritte des Mieters über ihm, eines alten Schulmannes, dröhnten, da der Alte wie auf einem Katheder auf dem teppichlosen Estrich hin und her ging. Felix ließ den Sonntag Nacht sein. Er hielt von Sonnabend Abend bis Montag morgens die Fensterläden geschlossen, hatte sich Essvorräte bereitgestellt; den Ofen ließ er im Winter nicht ausgehen, den ganzen Tag über das künstliche Licht nicht verlöschen. Er war für niemanden da, nicht einmal für sich selbst.

Sein Verkehr mit seinen Angestellten und Arbeitern war ungezwungen und sachlich. Im Bureau war er kein Sonderling, kein sich selbst zu Zeiten mit Willen auslöschendes Wesen, sondern ein lebhafter, mit der Zeit gehender Kaufmann und Industrieller, klar und gleichmäßig. Hier konnte ihm nichts misslingen. Der einzig mögliche entscheidende Fehlschlag war der Tod, und dann war alles zu Ende, die Firma wurde zugunsten noch unbekannter Erben mit einem Plus (?) liquidiert. Auf jeden Fall war dann alles, wenn nicht gut, so doch unverbesserbar gelöst.

So sehr logisch und der menschlichen Vernunft angemessen zwar dieser Lebensplan konstruiert war, ertrug Felix dieses Dasein doch bloß bis zu seinem zweiunddreißigsten Lebensjahre. An diesem Tage sah er sich zum ersten Mal seit langer Zeit ruhig im Spiegel, ohne Wohlwollen gegen sich, ohne Übelwollen gegen sich, als sähe er ein fremdes Gesicht, das Gesicht des Marengo: Es war ein sehr alt gewordenes, mit fremden Zügen gezeichnetes, wie er sie nie an sich beobachtet hatte, die er sich nicht einmal zugetraut hätte. Und doch hatte er sich seit seinem zwanzigsten Jahre Tag für Tag regelmäßig gesehen, da er in seiner Scheu die Hand keines fremden Menschen an seinem Gesicht haben wollte und sich deshalb schon zu Zeiten rasierte, als dies noch nicht allgemeine Sitte war. Aber er hatte sich beim Rasieren wohl körperlich gesehen, aber mit seinen Gedanken war er anderswo gewesen, und zwar war es ein Zeichen seiner frühzeitig fast erstarrten Geistestätigkeit, dass er beim Rasieren der rechten Wange an die Aufträge und das Material dachte, beim Rasieren der linken Wange, die stets besondere, aber angenehm zu überwindende Schwierigkeiten bot, an sein geschicktes, aber oft unzufriedenes und von der Konkurrenz aufgehetztes technisches Personal. Beim Kinn dachte er an die Maschinen, beim Halse an die Kunden, die zwar im Bestellen fleißig, aber säumig beim Bezahlen waren. An seinem Geburtstage ließ er sich Zeit. Er besah seine Schläfen, wo das Haar im Ganzen noch dunkel und dicht war; aber schon schimmerte es weiß dazwischen, ohne dass man die Greisenhaare fassen konnte, denn sie entglitten immer wieder in dem täuschenden Spiegelbilde. Um so deutlicher waren die zwei fast senkrechten Falten in der Mitte der Stirn, an der rechten Seite schärfer eingeschnitten als an der linken. Allerdings hatte er diese Falten schon als Knabe gehabt; vielleicht sogar schon mit auf die Welt gebracht?

Noch erinnerte er sich seiner Mutter, die ihm vor dem Spazierengehen das Haar mit ihrem von Parfüm feuchten Taschentuche aus der Stirn gestrichen hatte. Wehrte er, dem der Geruch des Tuches nach Parmaveilchen unangenehm war, sich weinend dagegen, oder schämte er sich vor andern Kindern, die diesen Vorgang witzelnd betrachteten, sagte die Mutter: »Weine nicht! Hast du nicht schon genug Falten an der Stirn wie ein Alter?« Die Falten, die die arme schöne Mutter an ihren seinen, porzellanartig lichten Zügen trug, waren freilich andere, hatten mit Alter nichts zu tun; ihre Stirnfalten hießen früher Tod, und die schrägen, rinnenden Falten um den vollen Mund hießen »Kummer und Sorgen, Weinen und Weh«. Aber er, der vom äußeren Glück, vom geschäftlichen Erfolg stets Begünstigte, der nie an Krankheit Leidende, musste jetzt in seinem Gesicht erkennen, wie zwei tiefe, rinnende Gräben neben seinem viel dürftigeren Munde einherliefen, so tief, dass man sie mit dem Finger bei geschlossenen Augen fühlen und nachziehen konnte.

Er dachte lange über sich nach, ließ alles durch seine Erinnerung gehen. Als er aber fertig war und den Rasierpinsel gut in warmem Wasser ausgespült, die Klinge in Wachspapier verpackt, die Seife in der Nickelbüchse verwahrt, den Spiegel nach alter Gewohnheit in das »Spezialhandtuch« eingewickelt hatte und auf die Uhr blickte, sah er, dass die »ausgerechneten zehn Minuten« genau so wie an allen anderen Tagen verstrichen waren. Es war also bestimmt, dass sich in seinem »Nach-der-astronomischen-Uhr-leben« nichts ändern sollte. Wenn er es heute an dem Geburtstage nicht konnte, wie sollte er sonst als Marengo der Uhr entkommen, der Arbeit und ihrer alles verzehrenden Gier nach seiner armen, faltenzerschnittenen Existenz entgehen?

Er hatte in der Herzgegend ein leeres Gefühl, nicht Schmerz oder Krampf, sondern so, als ob seine Mutter, die früh verlorene, ihm mit ihrem nach Parmaveilchen riechenden Taschentuch über die Falten seines Herzens striche und auch hier schon die Zeichen frühen, unerbittlichen Alterns erblicke.

2

Das Leben war begrenzt, die Arbeit war es nicht. Das Unternehmen war gut. Das Unternehmen war er. Aber wo war er? Täglich wurde die Direktion, das heißt Felix R., dreißig- bis fünfzigmal angerufen, aber es war, als wäre dieser Felix R. längst aus der Geschäftswelt mit seiner irdischen Person abgeschieden. In den ersten Jahren hatte er sich nicht gern persönlich sprechen lassen. Alles Sachliche hatte er am Telefon oder durch wortarme Briefe pünktlich erledigt, sein Ja war Ja, sein Nein war Nein. Jetzt nahm sich niemand die Mühe, in die am Rande der Stadt liegende Fabrik hinauszukommen. Ihn selbst kannte man nur durch seine Firma, nicht von Angesicht. Aber noch lebte dieser Felix R., der stets in Dunkelgrau oder meliertes, weiches Schwarz gekleidete, aus Tausenden nicht hervorstechende Mann mit den zwei Falten an der Stirn, der stärkeren rechts, der schwächeren links, er mit seinem schwarzen, angegrauten Haar, er mit seinen rinnenden Gräben um den dürftigen Mund, den haselnussbraunen Augen; er, der Mensch ohne Vater, ohne Mutter, Gattin, Kind, leibhaftig unter »seinen« Arbeitern, die ebenso gut und ebenso gern die Arbeiter eines andern gewesen wären und die ihn nicht unter seinem Namen, sondern auch nur unter der Bezeichnung »Marengo« kannten ... Er stand im Leben wie eine juristische Person, wie eine G. m. b. H., wie eine Wegebauverwaltung, eine Stadtgemeinde oder eine Betriebsgenossenschaft, eine Erbschaftsverwaltung nach weiland Marengo, *recte* Felix R., als ein dem Erwerbsleben eingegliederter Körper, der wohl besitzen und vererben, verwalten und verbrauchen kann, der aber nicht menschlich lebt und nur formal rechtlich fassbar ist; und auch hier, im Rechtlichen, ist die juristische Person schattenhaft, da sie fast nie mit dem Strafgesetz, der Stätte menschlicher Verfehlungen und Leidenschaften, in Konflikt kommt, sondern nur mit dem bürgerlichen, dem Handelsgesetzbuch, dem Wechsel-, Steuer- und Aktienrecht. Man grüßt die juristische Person nicht auf der Straße, man lädt sie nicht zu Geburtstags- und Leichenfeierlichkeiten ein, sie wird nicht Bräutigam, weder Testamentszeuge noch Taufpate, man gibt ihr keine Geschenke, man verkehrt nur schriftlich und telefonisch mit ihr, wobei sich stets eine andere Stimme am Apparat meldet. Man lässt sie zwar erwerben und verlieren, wie sie es kann, aber man begrüßt nicht ihr Erscheinen in der Welt und bedauert ihr Verschwinden nur, wenn es den Beteiligten Schaden und Verluste bringt. Solche juristische Personen sind unentbehrlich, aber sie leben im leeren Raum, denn Freunde und Feinde fehlen ihnen.

Selbst Bettler wandten sich lieber an die Angestellten als an den Chef, wenn sie, was selten geschah, in einem unbewachten Augenblick an dem alten Portier der Fabrik vorbeigeschlüpft waren. Nie wies Felix jemand ab, und doch wagte sich nur seine Kontoristin Margot B., ein großes, üppiges, blondes Geschöpf, unbefangen zu ihm.

Eines Nachmittags kurz vor Bureauschluss erschien am Fabriktor ein »abgerissener alter Herr«, wie sich der Portier durchs Haustelefon ausdrückte, der sich Peter Kornitzer nannte, sich auf die Verwandtschaft mit dem Chef berief und ihn unbedingt zu sprechen wünschte. Felix hatte nichts dagegen, doch der Alte verweilte zuerst längere Zeit im großen Bureau, wo er den Beamten erzählte, er käme armseligerweise zu Fuß aus einer zehn Eisenbahnstunden entfernten Stadt, er sei ein verkrachter Großunternehmer, ein von kommerziellem und persönlichem Elend bis zum Herzzerreißen geplagter Greis. Angelegenheiten privatester Natur brachte er mit erlöschender Stimme vor; Tränen rannen ihm in seinen hellen, langen, missfarbenen Bart, er griff vergebens in die Tasche, um ein Taschentuch hervorzuholen, dessen Gebrauch ihm sehr nottat. Seine heisere kehlige Stimme brach, während er seine Frau, seine Kinder bis ins fernste Geschlecht verfluchte, denn sie hätten ihn ausgekauft, an den Bettelstab und um den gesunden Verstand gebracht. Er bettelte nicht geradezu, sondern sammelte, sobald ihn Felix zu sich ins Zimmer rief, mit seiner immer noch schönen, verhältnismäßig sauberen Hand abgewandten Blicks die kleinen Geldbeträge ein, welche die Angestellten aus Mitleid und aus Dank für die Unterhaltung zusammengebracht hatten. Dabei roch er, wie Felix sofort bemerkte, weithin nach Schwarzwälder Kirsch, und in seiner ausgefransten Brusttasche staken Zigarren und Reste von solchen, die er offenbar überallher zusammenraffte. Felix fragte ihn nach den verwandtschaftlichen Beziehungen, denn seine Familie war zahlreich, und man hatte sich nie um einander gekümmert, aber der Alte lenkte schlau ab, es sollte nicht einmal des Namens gedacht werden. Ohne Pause begann er eine Schilderung seines geschäftlichen Zusammenbruches mit vielen spannenden Einzelheiten, die aber von dem Bericht abwichen, den er den Angestellten gegeben hatte. Felix hinderte ihn, weiter zu erzählen und neue Lügen zu erfinden, nahm aber doch die Tatsache seines Elends ernst und wünschte sich Glück, dass er nicht der Sohn eines solchen Menschen sei und dass er auch im schlimmsten Falle auf seine alten Tage nichts ähnliches zu fürchten hätte. Denn seine Familie war er selbst. Er bot dem Herrn eine größere Summe an, die aber nicht bar gezahlt, sondern an eine anzugebende Adresse gesandt werden sollte, was dem Alten offensichtlich missfiel. Um ihn zu trösten, gab ihm Felix eine Handvoll seiner Zigarren. Drei Tage später erhielt er das Geld zurück mit einem Briefe, in dem er mit »Euer Wohlgeboren« angeredet wurde. Man schrieb ihm im Auftrage der Familie, er möge den alten Herrn nicht »geldlich und moralisch« unterstützen. Dieser sei unverbesserlich, lasterhaft, tief gesunken. Er sei der bekannte Großindustrielle K., der nach einer langen, durchaus ehrenwerten Vergangenheit zum Säufer und zum Kriminellen geworden sei. Es bereite dem unnatürlichen alten Herrn besonders teuflischen Spaß, durch sein Betteln und sein Herumtreiben die eigenen Söhne verächtlich zu machen. Er lebe mit ihnen in derselben Stadt und scheue sich nicht, ihnen am Fabrikeingang aufzulauern. Von einer Notlage könne keine Rede sein. Das ganze Unternehmen, eine Schuhfabrik mit achthundert Arbeitern, sei eine Schöpfung des alten Herrn aus seiner guten Zeit, sie sei Eigentum des alten Herrn geblieben, den man zwar, unter dem Zwange der Verhältnisse, unter Kuratel gestellt habe, dem aber zu Händen des Rechtsanwaltes der Familie, seines persönlichen Freundes, monatlich ein großer Betrag ausgesetzt worden sei. Dieses Geld sei aber Gift in seiner Hand, denn er verschwende es in der unsinnigsten Weise, kleide sich jedes Mal neu ein, kaufe Schmuck und verschenke ihn an »Minderwertige und Minderjährige«, spiele die ganzen Nächte hindurch und halte die höchsten Chouetten im Ecarté, bis er alles, selbst Pelzmantel und Gesellschaftsanzug eingesetzt und verloren habe. Um sein Leben für den Rest des Monats zu fristen, bettle er dann, indem er die Häuser der Reichen ablaufe, nicht von den Treppenstufen weiche und da sowohl als auch auf Friedhöfen oder bei Trauungen öffentliches Ärgernis errege. Man bitte Felix R. inständig, dem alten Herrn weder Geld noch Geldeswert zu schenken oder zu leihen noch auch Zigarren oder Alkohol zukommen zu lassen. Die gemachten Angaben seien übrigens gerichtsnotorisch und allgemein bekannt.

Felix gewann jetzt erst recht an dem alten Mann Interesse, erwartete ihn und hatte dem Portier Auftrag gegeben, ihm keine Schwierigkeiten zu machen, aber er kam nicht wieder.

3

In dem darauffolgenden Sommer unternahm Felix eine kleine Reise in die Alpen. Er konnte aber den Müßiggang nicht ertragen und entschloss sich vorzeitig zur Rückkehr. Am Abend vor seiner Heimreise hatte er die Wahl zwischen einer Tanzreunion und dem frühen Schlafengehen. Er wählte das letztere. Aber ein an diesem Tage fast nicht unterbrochenes Gewitter ließ ihn nicht zur Ruhe kommen. Er stand gegen zehn Uhr nochmals auf und kleidete sich an. Sein Zimmer ging auf die öde, im Regen verlassene Dorfstraße, die Fenster des anschließenden Badezimmers aber auf den Garten und auf eine Wiese, hinter denen sich die waldig-felsige Landschaft in drei Terrassen auftürmte. Er löschte im Baderaum das Licht. In verschiedenfarbigen Blitzen, aber jetzt ohne stärkere Regengüsse, stürmte es von den Bäumen her. Plötzlich entfaltete sich ganz unerwartet inmitten der schräg über den Himmel hingeworfenen Lichtmassen die Alpenlandschaft in der Gewitternacht. Am Fuß des Gebirges war die wie eine grünschwarze Eisfläche schimmernde Wiese sichtbar geworden. In der Mitte hing eine wogende Nebelwand von riesigen Ausmaßen, golden, grün und tiefblau durchfunkelt von durcheinander kreisenden und spitzig zuckenden, nahen und fernen Blitzen. Höher, in der dritten Terrasse, geradezu auf den Nebelmassen gelagert, ruhte, freilich nur ein paar Atemzüge lang sichtbar, der breite Gipfel des schönsten Berges der Kette in weißen Quadern und zerrissenen Felsen, durch eine Schicht von Neuschnee besonders stark das Licht der Blitze widerspiegelnd und dann am Rande verlöschend und in den ganz hellen, schaumartig aufgelösten Nachthimmel entschwindend. Wenige Augenblicke nachher war alles wieder verändert. Der dunkle, brausende Regen wurde mit großer Gewalt in massiven Güssen herabgeschleudert, und alles war nur eine in Wellen bewegte, fast undurchschaubare schwere Masse, die auch durch die niemals unterbrochenen Blitze nur undeutlich erhellt wurde. Der Donner rollte ohne Unterlass.

Er zündete das Licht in dem Baderaum wieder an und sah an der Wand über einem niedrigen, durch eine halbe Zitrone ausgefüllten Ausguss ein vier Millimeter langes, goldbraunes Tier, eirund, siebenfach der Breite nach geringelt, das sich außerordentlich weich und geschmeidig bewegte. Anfangs konnte man nicht erkennen, ob das Wesen nach vorwärts oder rückwärts strebte, weil die vielen hellblonden, winzig dünnen Beine ebenso wie die zwei gebogenen Augenfühler erst aus nächster Nähe erkennbar wurden. Es war eine Assel, die sich ohne erkennbaren Zweck auf der mit Ölanstrich versehenen, also völlig unfruchtbaren Wand des Raumes aufwärts mühte und die ihren Willen durch das geschickteste Ausnützen aller winzigen Vorsprünge und für Menschenaugen kaum wahrnehmbaren Sprünge in der Wand verfolgte, die ihr als Höhen, Täler und Gipfel erscheinen mussten. Sie wandte sich und kletterte lautlos, wahrscheinlich nicht mit der Fähigkeit zur Stimmentfaltung begabt. Unbekümmert um Licht und Finsternis, gleichgültig gegen das Gewitter draußen und gegen die Donnerschläge, unter denen das leichte Holzdach des Sommerhotels bebte. Wie es schien, lebte sie in diesem Augenblick verlassen von Wesen gleicher Art, denn die Wand und die blanke Decke im elektrischen Lichtglanz zeigten keine andern Asseln, höchstens konnten solche am Boden unter den Füßen der Wanne oder in Ritzen sich befinden.

Felix verließ den Raum, konnte aber keinen Schlaf finden und kehrte gegen Mitternacht in das Badezimmer zurück. Das Gewitter hatte endlich nachgelassen. Von den Wiesen duftete es balsamisch stark, von den Bäumen im Gasthofgarten harzig und schwer. Die Luft hatte sich geklärt, die Nebel stiegen nicht mehr, sondern senkten sich im flutenden Licht des halben Mondes, sodass der Gipfel des hohen schönen Berges jetzt unsichtbar war. Aber die mittlere Zone mit ihren Matten, Felsschrunnen, Nadelwäldern, Bächen und Geröllmassen stand in der überklaren Regenluft da, vom Monde obenher mit Licht übergossen. Fast greifbar nahe waren alle sonst unsichtbaren kleinsten Einzelheiten: Hütten am Waldesrande, kleine Brücken über den Bach, in die Waldmassen eingeschnittene Pfade, aufgeschichtete Haufen durchsägter Stämme und viele gefällte und entrindete Bäume. Unten in der Ebene sammelten sich glitzernd die Wasserläufe, und ein Bach am Rande des Gasthofgartens, der sonst im August immer versiegte, kündigte sich jetzt mit deutlichem Rauschen in der Stille des von den Gästen verlassenen Hotels an. Die Assel bewegte sich immer noch an der Wand, sie war an fast derselben Stelle über dem Ausguss zu sehen. War sie nicht von ihrem Platz gewichen? War sie wie Felix wieder an den gewohnten Ort zurückgekehrt, weil sie nur da, wie er in seinem Unternehmen und Beruf, Halt hatte? Suchte sie Nahrung? War sie wunschlos, mit der Weltordnung versöhnt? Wollte sie sich mit ihresgleichen verbinden? War diese Nacht die wichtigste ihres Lebens? War es ihr damit ernst? Wusste sie, wo sie war? Mochte sie auch mit dem Baderaume vertraut sein und sich an den Seifenresten oder an den aus den Taschen der Badenden herausfallenden Brotkrumen sättigen, mochte sie sich sogar dessen bewusst sein, dass in einem Winkel des für sie unermesslichen Raumes, in »der für sie unbegreiflichen Welt« sich ein Wesen ihresgleichen befand – schon von den andern Räumen, etwa vom Dachboden, der über diesem Badezimmer lag, war ihr nie etwas bewusst geworden und würde ihr in Ankunft nie etwas bewusst werden, weniger noch von der Wolkenschicht über dem Dachraum, nichts von dem am Waldesrande fließenden, heute durch mitgeführte Steine besonders rauschenden Gebirgsbache, noch weniger von dem Berge »Kapuzinerwand«, dem schönsten Berge des ganzen Gebirgszuges, noch weniger von dem Monde, der im Wolkenbette verschwunden war, nichts von den Sternen, deren erster sich jetzt durch eine Lücke im Wolkentheater durchkämpfte. Auch sie lebte »nach der Uhr«, freilich nach einer kleineren, noch dürftigeren als der seinigen, aber sie verfolgte ihre Bahn unbeirrbar. Mutig durch Unwissenheit oder durch Gewissheit, niemand entschied es.

Wenn Felix ihr jetzt zwischen Daumen und Zeigefinger Brotkrumen darbot, kroch sie mit ihren außerordentlich geschmeidigen, gleichmäßigen, wellenförmigen Bewegungen, siebenfach der Breite nach geringelt, darüber hinweg, Finger und Nahrung gleicherweise als Hindernis betrachtend und mit einem hohen Aufwande von Geschicklichkeit überwindend. Erblickte das Tier irgendetwas? Und wenn es etwas erblickte, erkannte es etwas? Und wenn es erkannte, erkannte es die Dinge mit größerer Wahrheit, Sicherheit, Treue als er? Unlösbare Fragen. Was das goldbraune Tier wollte, was in ihm vorging, war durch kein Nachdenken, durch keinen Aufwand an Scharfsinn zu ermessen. Man konnte der Assel weder helfen noch ihr schaden, es sei denn, dass man ihr das zitternde Köpfchen mit dem niedergedrückten Daumen zerquetsche. Das war die einzige Machtmöglichkeit der Umwelt, sei es Mensch oder Gott. Er tat es nicht. Aber hätte er es auch getan, selbst dann hätte sich die Macht des Höheren, da die Lebensdauer eines solchen Krustentieres ohnehin stark beschränkt war, nicht als etwas Neues, als etwas »außer der astronomischen Uhr« erwiesen, sondern nur als eine kürzere Methode, dem Notwendigen sein Teil zu geben. Denn auch das Dasein dieses Lebewesens, genannt Assel, sich selbst nicht nennend, war durch den Tod gut, das heißt unverbesserbar auf jeden Fall gelöst.

4

Marengo kehrte nach dieser Nacht vorzeitig wieder in den gewohnten Wohnort zurück, fand alles, sowohl in seinem Unternehmen als auch in seiner Privatwohnung, in guter Ordnung vor, nur sich selbst fand er nicht so wieder. Entweder hatten ihn die Erscheinung der Assel und ihr Sinn zu tief in seiner scheinbaren Sicherheit aufgestört, oder er fühlte den kritischen Augenblick kommen, wo eine überlebte Form des Daseins sich zwar noch mit der ganzen Gewalt des schon Bestehenden, eben mit der Gewalt der »Uhr«-Kraft ihrer Dauer behaupten will, aber dies nicht mehr vermag. Er fand keinen Frieden in seinem Hause, wo ihn nicht mehr der Schritt des alten Schulmannes weckte. Denn jetzt lag er, Marengo, meist schon vom ersten Einschleichen der zarten Lichtstrahlen, etwa von drei Uhr morgens an wach. Er fand keine Ruhe in seinem Unternehmen, das menschenleer, mit seinen neuen Mauern, seinen mit Zink und mit Glasplatten gedeckten Fabrikschuppen und Montagehallen in der Sonne brütend dalag, totenstill. Er hatte sich seine Sekretärin kommen lassen und ging mit ihr abends, nachdem die Bureauarbeit erledigt war, gemeinsam durch die verlassenen Fabrikräume, in denen sich schon Mäuse eingefunden hatten. Sie raschelten hinter grauen Wergballen, die zum Reinigen der ölgefüllten Achsenlager dienten, sie liefen mit unglaublicher Geschwindigkeit die schiefe Ebene der Treibriemen empor, und ihre seidenen, glimmernden Körper spiegelten sich wie im Fluge in den blanken Metallteilen. Die Luft stand dick in den heißen Räumen, der Unrat der Tiere und das dicke, zusammengeschmorte Öl hauchten einen unbeschreiblichen Dunst aus. Auf der nahen Gerümpelwiese feilten die Grillen. Der Himmel über dem Fabrikhofe, den er aufatmend betrat, war fahl und wolkenlos. Da stieg ein wohlbekannter Duft auf, etwas, das er wiedererkannte, ohne zu wissen, was es war, der Duft nach Reseda, der sich merkwürdigerweise mit dem Gerüche von zerschnittenen, in der Sonne gedörrten Pilzen mischte. Seine Sekretärin stand neben ihm, ein blühendes, hohes Geschöpf, stumm, denn sie sprach nie unaufgefordert zu ihm. War sie es, die nach Reseda und Champignons duftete, einen Duft, der ihm bekannt sein musste, da er Jahre schon Tag für Tag acht Stunden in der Nähe dieses jungen, blonden, üppigen, schnell atmenden Geschöpfes verbracht hatte? Er sah sie überrascht an, sie erwiderte seinen Blick mit einem schwer zu deutenden Lächeln, sprach aber nichts, und auch er richtete nicht das Wort an sie. Der Horizont war gleichmäßig mit milchweißem Dunst umfangen, bloß im Westen senkten sich zart weinrot angehauchte Wolkenzüge in streng umgrenzten, gebirgsähnlichen Formen, Zeichen guten, beständigen Wetters, was ihn freute und ihm, der sehr gedrückt war, plötzlich ohne Grund als gute Vorbedeutung erschien. Es war Sonnabend, am nächsten Tage konnte er eine schöne Motorbootfahrt unternehmen. Er kam mit Margot in die Bureauräume zurück, beide beugten sich über die Bücher, ohne sich Aufzeichnungen zu machen, bloß um Überblick zu gewinnen. Trotz der Nähe, in der sie sich befanden, berührten sie einander nicht einmal mit den Stoffen ihrer vom Sommerwinde leicht bewegten, knisternden Kleider. Plötzlich pochte es, beide zuckten zusammen, und in diesem Augenblick schmiegten sich ihre Körper, in der herrschenden, brütenden Hitze doppelt beklemmend, aneinander. Beide schlossen die Augen wie geblendet, erst als es zum zweiten Mal pochte, wichen sie weit auseinander. Der Eintretende war der alte, unter Kuratel stehende Fabrikherr und Bettler, der, wie es schien, in echter Rührung den »prächtigen Herrn R.« begrüßte. Dann blickte der Alte mit seinen dunklen, feurigen, blutvoll umränderten Augen umher, wobei er an den üppigen Formen des unter seinem Blick errötenden Mädchens hängen blieb. Inzwischen hatte er schon eine endlose Erzählung begonnen, sodass Felix nichts anderes übrig blieb, als Margot für diesen Tag zu entlassen und für morgen zu bestellen. Margot ging, kam aber bald zurück und sagte, morgen sei Sonntag. Darauf lud sie Felix zu der Bootspartie ein, was das Mädchen freudestrahlend annahm.

Am nächsten Morgen erwachte Felix spät. Er hatte die dröhnenden Schritte des alten Schulmannes überhört, der an diesem Tage wegen des schönen Wetters besonders früh aufgestanden war.

5

Von der Umfassungsmauer der Fabrik führte ein kleiner, mit Schlacke gepflasterter Weg zwischen Schutthalden und niedrigen Hügeln zackigen, rostroten Eisengerümpels über eine staubige, mit Sand inkrustierte braune Wiese zu dem Kanal des Flusses. Hier lag schon das Motorboot, das der Heizer der Fabrik aus dem Schuppen herbeigebracht, mit Öl und Benzin versehen und angelassen hatte. Als Felix kam, warteten bereits Margot und der Heizer. Das Boot steuerte vorerst in langsamer Fahrt durch den kleinen, jetzt im Morgennebel silbrigen Kanal. Auf dem breiten Flusse war es still. Die Wiesen dufteten in der Vormittagssonne betäubend. Das Gras war von tiefem Grün, aber niedrig, von kümmerlicher Art und deckte den welligen Boden des Ufergeländes rührend eng bis in die kleinsten Falten. Trotz des Sonntags arbeiteten Weiber, halb bekleidet, mit aufgeschürzten Rocken. Den Nacken hielten sie, tief gebückt, der prallen, stark gleißenden Sonne entgegen. Viele Haufen Grumt, oben von einem Steine beschwert oder mit einem Rechen niedergehalten, standen in langen Reihen, gleichgerichtet mit dem sich windenden Flusse, da. Einzelne feine Halme, wie Zwirnsfäden ineinander verstrickt und ganz ausgedörrt, flatterten auf das Wasser hinüber, welches hier bei größerer Tiefe eine dunklere, metallartige Färbung angenommen hatte. Ein Gewitter schien auf dem Wege.

Felix lenkte mit kleinen vorsichtigen Bewegungen des Lenkrades sein Boot, wobei er sich mit seinem Körper nach der gewünschten Seite hinüberbog. Oft streifte er das neben ihm sitzende Mädchen. Gesprochen wurde nicht. Zum ersten Mal seit langer Zeit hatte Felix die starke freudige Empfindung des Lebens. Das Auskosten der Zeit tat ihm wohl, der Genuss der letzten schönen Tage, jetzt Ende August. Es war sehr ruhig, der Wind sauste über das Wasser. Von den Handarbeiterinnen, die man schon lange nicht mehr sah, kamen plötzlich hohe, vogelartig klingende Rufe und kurzes Lachen herüber. Das Boot gehorchte der Strömung. Felix konnte den Motor abstellen. Tiefer wurde das Gefühl der Ruhe, des Ausgelöschtseins, der engen, körperlich befriedenden, sehr wohltuenden Nähe eines Menschen. Das Mädchen hatte ihre etwas aufgeworfenen, üppigen Lippen ein wenig geöffnet, sodass man, wenn sie tiefer die Luft einatmete, ihre niedrigen, eher gelben als weißen, glatten und regelmäßigen Zähne eng aneinander stehen sah. Ihre großen grauen Augen blickten fest und sahen geradeaus. Ihre breiten, fast männlichen Schultern hatte sie gesenkt, die schmalen Hüften in den Ledersitz des Bootes eingeschmiegt. Im Schoße hielt sie ihre auffallend kleinen, leicht mit rötlichem Flaum besäten Hände. Plötzlich bemerkte Felix an ihr das Sonderbarste, das ihm bei seinem Zusammenarbeiten mit ihr drei Jahre lang in seinem Bureau nie aufgefallen war, reiche, hellblonde, fast raupenartig dicke, wie zwei Goldsicheln metallisch blinkende Augenbrauen, die von obenher durch einen kleinen, hellgrauen Hut nur halb bedeckt, bei einer Wendung des Bootes in das Innere der Augen ihren metallischen, goldfarbenen Widerschein warfen. Der Duft nach Reseda, innig mit dem Geruche in der Sonne gedörrter Pilze gemischt, der ihn gestern im Fabrikhofe eigen berührt hatte, war heute nicht zu spüren, vielleicht weil der Wind, besonders über dem Wasserspiegel, ziemlich heftig wehte, während oben auf dem hellblauen, fast farblosen Firmament die wenigen fest umgrenzten, aber schon etwas verdüsterten, schiefrig getönten Wolken unbewegt standen.

Das Boot war durch die Strömung an den Ufern hingeglitten, den wieten Wiesen waren ebenso weite Wälder gefolgt, fast nur Laubbäume mit viel Unterholz, wegloses Gestrüpp, dichte Buchenhaine zwischen sprossenden Schilfwildnissen, Pappeln und Weiden. Der harte, hellblaue Widerschein des Himmels glitt abwechselnd mit dem Schatten der jungen Buchen über den Fluss, die ersten Herbstblätter trieben, wie bunte, dünnschalige Muscheln gehöhlt, eingerollt auf den kleinen Wellen, der Wind wehte plötzlich kühl, zischte in den Kronen der Buchen, fing sich zirpend im Laube der Weiden, raunte an den zerrissenen Stämmen der Pappeln. Allerhand Vögel kamen kreischend im Zickzackflug aus den mit Gestrüpp verdeckten Winkeln der Böschung, ab und zu schnellte ein fingergroßer Fisch seinen Körper silberblitzend aus dem Strom, ein Zeichen kommenden Gewitters. Vom Kirchturm eines noch unsichtbaren Dorfes kam der Klang einer Glocke, entweder war es das Mittagszeichen oder die Einleitung des Hochamtes, das in dieser Gegend um elf Uhr zelebriert wurde. Weder Margot noch Felix wussten die richtige Zeit.

Felix kannte die Gegend, hier war die Stelle, wo er bei seinen früheren einsamen Fahrten oft gelandet war. Die Bäume standen hier dicht in einem kleinen Halbkreis, aneinander aufgeschossenes, reiches, silberfarbenes Gebüsch war wie eine Hecke dicht um einen Wiesenraum gewachsen, der in diesem reichen Sommer nicht abgemäht worden war. Felix und das Mädchen legten sich in das hohe, bündelartig aus der fetten dunklen Erde aufgegangene schmiegsame, duftende Gras. Keines sprach. Der Himmel war hoch, aber schon von der dunklen Wolke regendrohend durchschnitten, der Fluss fast unhörbar, die Vögel, wie oft vor dem Regen, verstummt. Ganz nahe sah man einen sonst fernen Hügelzug, mit Nadelholz bestanden, smaragdfarben in dem stechenden Glanz der Vorgewittersonne gleißend. Margot hatte die Augen geschlossen. In ihren dichten, ineinandergewachsenen, metallartigen Augenbrauen fing sich die hochstehende Sonne. Die Insekten, vom kommenden Wetter etwas betäubt, schwirrten tief, nur niedrige Bogen zwischen den späten, innig eingefärbten, matt schaukelnden Blumen ziehend. Ihr Summen, hoch heransingend und dann plötzlich neben der Ohrmuschel mit einem Schlag verstummend, war einschläfernd und aufreizend zugleich. Im gedämpften, fast greifbar schwebenden Licht hatten Margots geschlossene Augenlider einen bläulichen Schimmer angenommen. Über den Augen, unter den vom Gewitterwinde weggewehten Haaren entfaltete sich ihre starke, gewölbte milchweiße Stirn. Keusch öffnete sich schüchtern, aus seinem Neste von Haaren durch denselben Windhauch auf einen Augenblick hervorgeholt, ihr winziges, blasses, wie aus Alabaster geschnittenes Ohr, das auch den Milchstaub des Alabasters in seinen zarten Rillen und Winkeln trug. Ein großes, glitzerndes Insekt, mit durchsichtigen Flügeln, winzigen schwärzlichen Adern, spitzem Leib und nadelförmigem Ende umschwirrte in immer engeren Kreisen die Augenlider und die weiße, mit winzigen Schweißtropfen bedeckte Stirn, das alabasterne Ohr, die etwas aufgeworfenen, himbeerfarbenen Lippen, hinter denen die starke, gelbe, enge Zahnreihe schimmerte. Felix wollte das Tier verscheuchen, seine Hand streifte die kühle, feuchte Stirn des Mädchens, in der Höhlung seiner Hand fühlte er die wie Raupenkörper starren Augenbrauen, seine Hand glitt über den trockenen vollen Mund des Mädchens, ohne dass sich das große blühende, langsam und schwer atmende junge Geschöpf rührte. Jetzt duftete es in Margots Nähe betäubend nach Reseda, innig und zart mischte sich dieser Duft mit dem Geruch von Pilzen, aufgebrochenen, in der Sonne trocknenden. Er fasste sehr leicht ihr Stirnhaar zwischen den linken Daumen und Zeigefinger, wie man es mit einem Blumenblatt macht, das man zwischen seinen Fingern zerreibt, um den Duft besser empfinden zu können. Er wusste nicht, was er tat, als er die Finger dann an seine Lippen führte, tief den halb herben, halb süßen Duft einatmend. Sie wusste nicht, was sie tat, als sie mit einer unerwarteten, zuckenden Bewegung ihre dünn bekleidete Schulter an eine bloße Stelle seines Halses emporhob. Seine Lippen versanken in den ihren wie in einem Blumenbeet. Sie entzog sich ihm stumm, senkte, während sich ihre Brust seufzend weitete, ihr Kinn an die vibrierende, helle, seidig glänzende Kehle. Unter seinen aneinandergepressten Lippen fühlte er ihren Augapfel sich langsam bewegen, während ihr Atem, mit dem gleichen blumenhaften und erdigen Duft getränkt wie ihr Stirnhaar, ihn von unten her mit wachsender Glut umhauchte.

Beide kamen schnell zur Besinnung, wollten diese tiefe Ruhe stören, dieses vollkommenste stumme Ineinandersein lösen, aber sie fanden sich nur zu neuen Küssen zurück. Schon war es ein anderer Kuss, etwas wie Auflachen oder Erschrecken, denn beider Lippen waren auseinandergewichen vor den blanken, steinharten Zähnen, und nur noch das heiße, schmerzende Gestein der Zähne, das Email der nackten Gebisse begegnete sich in einer nie zu vergessenden Vereinung, schauerlicher und wollustvoller, als sich Fleisch mit Fleisch sonst begegnet. Ihre Schultern drängten sich aneinander, während ihre Füße im hohen Grase weich ruhten. Aufrauschend verdunkelte der erste Windstoß des kommenden Gewitters die Schattenstelle ganz. Auf dem kobaltblauen Himmel war die schmale, pflugscharähnliche, bläulich schwarze Wolke parallel zum Flusse emporgestiegen, im Zuge eines eisigen, klaren Windhauches, der von der Landseite her wehte. Margot wollte sich erheben, als friere sie, als fürchte sie sich vor dem Gewitter. Er wollte ihr aufhelfen, ihren kleinen Kopf mit den üppigen, knisternden Haaren vom Graslager aufheben, aber ihr Mund vermochte sich von seinem nicht zu lösen. Dennoch waren sich beide der Gefahr bewusst. Schon hatten sie sich, allem inneren Widerstreben zum Trotz, überwunden und hatten einige Schritte gegen die Böschung zurückgelegt, wo das Motorboot, durch eine dünne Stahlkette an dem Strunk einer welken Weide befestigt, unter den immer heftigeren eisigen Windstößen schaukelte, als es sie beide wieder zurücktrieb. Sie gingen nach rückwärts, ohne den Blick von dem Boote und von der sich plötzlich stahlgrau kräuselnden Wasserfläche zu lassen.

Ohne zu wissen warum, stürzten sie, stumm, wie sie drei Jahre nebeneinander gelebt hatten, einander in die Arme, als wurde der warme, tiefgrüne, grasige Boden unter ihnen fortgezogen. Sie taumelten mit geschlossenen Augen, dann suchten sie den Platz, von Weiden umstanden, vor Blicken geschützt, wo sie vor einem Augenblick geruht hatten und der noch an den niedergedrückten Gräsern erkennbar war.

6

Der vor einer Stunde noch helle Himmel hatte sich nun völlig umzogen, und kalte Tropfen, von einem zischenden Winde herübergeweht, streiften Nacken und Wangen des Mannes, um sich sodann auf seinen trocken gewordenen Lippen zu lösen. Trotz dem Regenschauer brach bald wieder die Sonne durch. Edelsteinfarben grün, milchig verdichtet sprühte der helle Gewitterregen prasselnd in das sich auf und ab wiegende hohe Gras. Über dem Flusse, der doch so wenig weit entfernt war, schien kaum etwas Regen niedergegangen zu sein, denn der Spiegel des Wassers glänzte, als sich Felix aufrichtete, wieder klar. Felix bedeckte das Gesicht des Mädchens mit beiden Händen. Aus Zärtlichkeit? Aus Angst, ihr ins Auge zu sehen? Schämte er sich vor ihr? War sie ihm zu fremd? Oder wollte er sie nur vor den immer heftiger, peitschenartig durch die sonnenblitzende Luft herabschießenden Tropfen schützen? In die Falten zwischen seinen Fingern schmiegten sich ihre Augenbrauen, schwer wie Samt und haarig wie Raupen. Wiegend bewegten sich ihre Wimpern, lang, weich und sichelförmig gekräuselt. Jetzt fasste sie ihn an. Damit er die Hände von ihrem Gesicht entferne? Hinderte er sie am Atmen? Unter seinen Händen, die er so schnell nicht fortnehmen wollte, fühlte er warme Feuchtigkeit quellend hervorströmen.

Der Regen hatte plötzlich aufgehört, lieber dem kleinen buschartigen Gehölz gegen den Hügel zu, über den hohen stürmenden Kronen der Pappeln schien er jetzt zu weilen, während sich hier über dem ruhenden Paar nur Sonne ergoss und schwer duftender Brodem sich dampfend von der smaragdgrün glitzernden Wiesenfläche erhob. Darunter tränkte sich die Erdkrume noch tiefer zwischen den bündelartig aufgeschossenen Gräsern, den weitverzweigten Wurzeln.

Unter seinen Händen fühlte er, wie die Lippen des Mädchens sich zu bewegen begannen. Er musste das Gesicht freigeben. Er erwartete

Klagen, Vorwürfe, Geständnisse, ein Liebeswort, ein Hasseswort. Aber sie schwieg, und er erfasste in dieser entscheidenden Minute ganz das Fürchterliche des Augenblicks und zugleich dessen entsetzensvolle Freudigkeit. Er dachte an den letzten Tag in den Alpen, an die Begegnung mit der Assel. Was damals begonnen hatte, endete heute. Endete es?

Margot suchte seinen Blick und hielt ihn fest mit ihren grauen, selbst jetzt klaren und geradeaus gerichteten Augen. Sie weinte nicht mehr, hatte vielleicht nie geweint, und es waren nur Regentropfen, die sich zwischen feine Finger eingeschlichen hatten. War es möglich, dass ein Mensch nur mit einem Auge weinte? War es möglich, dass die Lippen des Mädchens sich in diesem Augenblick so streng aneinanderschließen, einen so drohenden, rechnenden Ausdruck annehmen konnten? Mit beiden geballten Fäusten strich sie sich von der Brust bis zu den Knien. Mit dieser einzigen Bewegung streifte sie den Mann von sich ab und hatte zugleich ihre leichten, vom Regen etwas dunkel gewordenen Kleider geordnet.

Er erwartete wenig von ihr, sie nichts von ihm. Sie wandte ihren Blick weiter in das Hügelgelände vom Flusse weg, gegen das Gehölz, wo sich das Regensprühen als seiner Schleier hob in wolkenhaftem zartesten Umwittern, aber schon brach auch dort die Sonne zwischen den jagenden, schieferfarbenen, am Rande angeglänzten Wolken stärker nieder, der Dunst um die Kronen der Pappeln trennte sich vollends von den im Frühherbst schon schütter gewordenen, leichter zu durchdringenden Laubmassen. Die Blätter glänzten flach, mit ihren ebenen Flächen der Sonne zugewendet und in der aufsteigenden Wärme, in der friedensvollen Stille des Mittags trockneten sie schnell auch auf den im Winde sich schüttelnden Gebüschen, und das lackartige Schimmern der Blätter wich bald einem stumpfen, ruhigen, gesättigten Glanze.

Noch hatte das Mädchen keinen Schritt näher zu dem Manne zu oder fort von ihm getan. Jetzt erblasste sie, und ihre vollen Wangen und die bebenden Flügel ihrer Nase zeigten, eben nur in der Blässe erkennbar, schwefelfarbene Sommersprossen in regelloser Verteilung.

Nichts anders als die Bäume standen die Menschen da in der sich schnell aufhellenden Landschaft, die einen heiteren, frühlinghaften, milden und begütigenden Charakter angenommen hatte. In weithin gezogenen Bogen kreisten kreischende und zwitschernde perlfarbene

Sumpfvögel mit glattem, fast unbewegtem Gefieder über ihren in den dampfenden Winkeln am Flusse verborgenen gestern. Andere, am Rücken steinblau, am Leib bräunlich weiß gefleckt, haschten sich, wiegend wie Libellen unter pfeifenden, schelmisch klingenden Rufen, ohne sich je zu begegnen. Die Pfützen im Röhricht waren angeschwollen, überall rannen zwischen den Weiden und Schilfstauden kleine silbrige oder griesfarbene Bäche. Würmer wanden sich unter schützenden Steinen hervor. Schwärme von Insekten, in glimmernde Kugeln gebannt, erhoben sich aus unbekannten Schlupfwinkeln, in die sie sich während des Gewitters geflüchtet, sie schwirrten, flügelfest, durch unerklärliche Kraft der Anziehung in den vertrauten Raum einer durchsichtigen Kugel gebannt, deren Grenzen sie nie überflogen, nie verließen; sie wirbelten höher, sie senkten sich und die kleine, unverletzliche Welt ihrer freiwilligen Gemeinschaft näher an die balsamisch duftende Erde, vielleicht dem etwas bewussteren Fluge eines Weibchens folgend. Im Mittagstanz funkelten sie unter den Buchen dahin in tief summenden, gleichmäßigen, durchdringenden Gesängen, um sich selbst tanzend, Spiralen ziehend, steigend und fallend, während noch der frische warme Regenbrodem betäubend in der Luft stand.

Das Schweigen des Mädchens wurde bedrückender für ihn mit jedem Augenblick. Je näher die Natur ihm kam, desto fremder wurde ihm der Mensch. Mit seiner ganzen Existenz fühlte sich Marengo ausgelöscht. Konnte man sich näher kommen? Konnte man sich fremd bleiben? Er fand keine Worte, keine Liebkosungen. Was sollte er sagen? Wovor warnen, was beteuern, wie sich nähern? Das Innigste war vorbei, das Glühendste dahin.

Bloß die fremde Gegend, aus der sie keinen Weg nach Hause kannte, schien sie festzuhalten. Barhäuptig ging sie unter den Bäumen dahin, von denen die letzten Tropfen herabgeweht sich auf ihren hohen, raupenartig aufgestellten, wie zwei Goldsicheln gleißenden Augenbrauen verfingen. Einzig vertraut, Erinnerung an eine Margot, die nicht mehr war, war ihr Duft, Reseda mit dem Duft zerschnittener edler Pilze gemengt. Keine Träne verdunkelte ihren Blick, das klare Grau der Augen hatte sich zu einem eisigen Glitzern gesammelt, wie es Muscheln an der Innenseite der Schalen haben.

Jetzt rächte es sich, dass er drei Jahre nicht mehr persönliche Worte an sie gewendet hatte als an seine Taschenuhr, die ihm ebenso stumm zu dienen hatte.

Dass Margot barhäuptig war, erregte sein Mitleid. Er suchte ihren Hut, der noch, mit der Innenseite nach oben, an der Stelle der ungewollten Vereinigung lag. Von hier aus sah er auf das Wasser, auf das Boot, das man nie hätte verlassen sollen. Aber schon war Margot zwischen den dichtstehenden Gebüschen verschwunden. Während er sie rief, warf er einen Blick in ihren Hut, den er noch in der Hand trug. In den Seidenfalten des Futters sah er etwas braunes, flinkes, siebenfach geringeltes Kleines sich winden und sich hinter die Vorsprünge der Falten flüchten, eine Assel, die sich während des Regens in dem Hut geborgen hatte. Er versuchte, ununterbrochen nach Margot rufend und die weglosen Schilfwildnisse nach ihr durchsuchend, das Tier zu entfernen, aber es entglitt seinen Fingern, man konnte nicht ahnen, ob durch Willen oder ohne Absicht, aus »innerem Gefühl«. Jetzt nahm das Suchen nach Margot alle seine Aufmerksamkeit in Anspruch. Aber er glaubte selbst nicht mehr daran, dass er Margot hier wiederfinden könne.

Nachdem er vergebens die ganze Umgegend durchstreift hatte, kehrte er zu dem Boote zurück. Den Hut trug er noch in der Hand. Das Tierchen war verschwunden; man würde es ebenso wenig begreifen, beglücken, verletzen, in seinem »Innern« treffen, wie das Tier in dem Baderaum des Hotels vor drei Tagen, das nicht begreifende und von niemandem begriffene Wesen auf der unfruchtbaren Wand im unbegriffenen Raum, im Gewitter unter dem unermesslichen Himmel:

7

Als Felix einige Stunden später bei eingetretener Dämmerung die dunkle Treppe zu seiner Wohnung hinaufstieg, sah er etwas Fahles, Seidiges über einer schwarzen unbeweglichen Masse leuchten. Obwohl sein Verstand ihm sagte, Margot könne nicht zu ihm gekommen sein, hielt er sich einen Augenblick an diese Illusion, bis er näher kam und in dem Gebilde den alten Mann erkannte. Felix war sich, als er neben dem nach Alkohol und schlechten Zigarren, nach Alter und Elend riechenden Greis vor seiner Tür stand, klar darüber, dass er sich nie mehr von ihm ohne Gewalt losmachen würde können, wenn er jetzt den Obdachlosen einließe und ihm bei sich zu nächtigen gestatte. Was er sonst nicht getan hätte, heute tat er es. Er ließ den fremden Menschen (nicht fremder zwar als andere, als alle) zu sich und stellte bloß zwei Bedingungen, erstens die der Sauberkeit, beginnend mit einem Bad noch heute, und zweitens die des häuslichen Friedens. Dann schloss er die Tür auf, ließ den Alten vorangehen, der sich mit ungewöhnlicher Sicherheit in den finsteren, verlassenen Räumen zurechtfand. Felix drehte das Licht an, öffnete den Gashahn des Badeofens, zündete ihn an und ließ den Alten allein im Baderaum und begab sich in die Küche. Trotzdem auch hier elektrisches Licht zur Verfügung stand, hatte die alte Haushälterin ihre Petroleumlampe brennen gelassen und hatte diese, als sie ihren Herrn kommen hörte, schnell verlöscht. Doch war der Raum voll von Petroleumdunst. Er rief die Alte, die sich bei seinem Kommen in ihr Zimmerchen verkrochen hatte, und sagte ihr, heute sei ein Gast gekommen, ein alter Verwandter, der einige Zeit bei ihm leben würde. Ihm fiel das Sprechen schwer, und in diesem Augenblick bezweifelte er, ob er die Kraft haben würde, einen fremden Menschen von dieser Art dauernd in seiner Nähe zu haben.

Um aus der üblen Küchenatmosphäre zu entkommen und reinere Luft zu atmen, trat er ans Küchenfenster, das in einen weiten Hof ging. Schrillend jagten sich in der sinkenden Dämmerung Schwalben. Unten auf dem Hofe, zwischen den Teppichständern und den dürftigen Oleandergebüschen, die den ärmeren Parteien des Nebenhauses gehörten, saßen Familien, bei Licht Karten spielend und zur Ziehharmonika heisere Gesänge voll Gefühl singend. In einem mehr verlassenen Winkel des Hofes, den er heute seit vielen Jahren zum ersten Mal sah, weil er die Küche sonst nie betrat, bemerkte er zwei Hunde, die sich miteinander balgten. Das honigfarbene, stark aufgeplusterte Fell des einen stach selbst jetzt in der Nacht von dem viel dunkleren des anderen Tieres ab. Während aber die beiden Tiere, in den höchsten Tönen jaulend, jammernd und verzückt sich rollten und wälzten, leuchteten plötzlich die Felle der Tiere am Unterleibe fleischfarben wie nackt. Das Tierische an diesem Kampfe der Hunde, ihr entzücktes Heulen und ihr klagendes Winseln, ihr wütendes Kreischen erschütterte ihn tief, denn es brachte ihm seine stumme Begegnung mit dem Mädchen ins Gedächtnis.

Er wusste, dass er sie nicht wieder treffen würde und dass ihm auch der Ort, jene von schönen Bäumen im Halbkreis umstandene, sanfte, mit hohem Gras bewachsene Wiese am Flusse nie mehr eine gute Stunde, nie einen Augenblick des friedensvollen Ruhens und des Ausgelöschtseins geben würde. Unten im Hofe wurde, da alle Rufe von den in ihrer Spiel- und Geschlechtswut berauschten Hunden unbeachtet geblieben waren, aus einem offenen Fenster schmutziges Wasser auf die Hunde geschüttet, was sie mit einem wie aus einer einzigen Kehle kommenden Schrei beantworteten, um sich dann nach verschiedenen Seiten auseinanderzutrollen. Nun hatte sich jedes Tier in eine andere Ecke geflüchtet, das eine lagerte zu Füßen der Kartenspieler, das andere umschmeichelte die singende Gesellschaft im roten Lampionlicht, um gute Bissen bettelnd.

Ein leichter Duft nach Reseda stieg im Fenster von einer kümmerlichen Pflanze auf, welche die Köchin in einer zerbrochenen Teetasse gepflanzt hatte. Daneben war ein zwiebelartiges Gewächs in einem am Rand zerbrochenen Kompottglas verwurzelt, sodass man durch die durchsichtigen Wände einige seiner Wurzelfasern gut verfolgen konnte. Die Tasse war uralt, auch das Glas musste noch aus den Zeiten seiner Mutter stammen, also fast dreißig Jahre alt sein, da Felix solche Gläser in seinem Haushalte nicht mehr verwenden ließ. Die Tasse, mit holländischem Muster blau bemalt, kam ihm sehr bekannt vor. Da dieses Gefäß aber viel Wasser durchließ, hatte die Haushälterin, peinlich sauber, wie sie war, ein Stück bedrucktes Papier darunter gebreitet, ein anderes der Ordnung halber auch unter die Zwiebelpflanze. Felix konnte den Text der Papiere nicht lesen, erkannte aber im Lichte der Küchenlampe das eine als ein Stück aus einer alten Bibel, eine Seite des Neuen Testaments enthaltend, von Erde fast unleserlich geworden, das andere war eine gut lesbare Seite aus Humboldts »Kosmos«, drittem Band, der einmal seinem Vater gehört hatte und den er seit vielen Jahren schon aus seiner Bibliothek ausgeschieden hatte. Der Resedaduft erinnerte ihn an das Mädchen, das üppige, blonde Geschöpf mit ihren zwei wie Goldsicheln glänzenden, ineinandergewachsenen hellen und hohen Augenbrauen, mit ihrem Duft nach Reseda und Champignons. Die alte Tasse, die alten Buchtrümmer lagen vor ihm auf der durch vieles Reiben wie säurezerfressenen, blanken Platte des uralten Küchentisches. Sie zeigten ihm, wie sehr greisenhaft sein eigenes Leben geworden war, wie sich dieselben Dinge, zwar treu und ergeben, aber starr und steinähnlich und zu tot selbst auch nur zum Verwesen, sich in den vielen Jahren seines abgeschlossenen Lebens um ihn gesammelt hatten; alte Möbel, in denen er hauste, alte Menschen, mit denen er lebte. Lili, die alte Kammerzofe seiner schönen Mutter, mit ihren zarten, wie aus Glas gebildeten Schultern einer fast Siebzigjährigen, und jetzt erschien, statt des schönen blühenden Geschöpfes, mit dem er den Tag begonnen hatte, der alte Peter Kornitzer eben im Wohnzimmer. Frisch gewaschen, aber nicht verjüngt, sondern wie man jetzt erst unter dem fortgewaschenen Schmutze erkannte, erschütternd verfallen, Haut und Knochen, Haar, Bart und Auge, ein kläglicher Funke endenden Lebens. Alte Bücher, mehr von Stockflecken gezeichnet als von den Spuren der guten lebenden Blumenerde, ausgelaugte Tische, alte Tassen, die ihm seine Mutter vor lange schon erloschenen Zeiten zum Munde geführt hatte, wenn er, der sehr zärtlichkeitshungrige Sohn, sein Fieber absichtlich in die Höhe getrieben hatte, damit nur die Mutter nicht von seinem Bette weiche. Alles war Vergangenheit, alles war gegeben und genossen. Dies fühlte er jetzt mitten zwischen seinen alten Sachen, er, der jüngste zwischen den siebzigjährigen Greisen. Hatte er mit dreißig Jahren sein Teil dahin?

Während das Essen auf den Tisch kam, überflog er statt der Zeitungsblätter, die ihn sonst abends am viereckigen großen, einsam gedeckten Familientische anstelle von lebenden und sprechenden Menschen beschäftigten, die ausgerissenen Seiten von Humboldts Kosmos sowie die durch Feuchtigkeit und Alter sehr zerstörten Seiten des Neuen Testaments.

Beide Texte begriff er jetzt, wie er sie nie begriffen hatte. Er selbst mit seinen dürftigen, zusammengesparten Lebensgütern verschwand. Kosmos und Evangelium sprachen, von verschiedenen Seiten, aber mit gleicher Gewalt. Hatte »er« aber noch Kraft zu einer neuen Existenz? Die ewige Bewegung im Kosmos zu erfassen? Den Kosmos im Buche »Kosmos« zusehen, zu erleben? Oder dem Evangelium aus der Fülle des Gefühls zu folgen in die geliebte, die schauerliche, die unbegreifliche Welt, die göttliche, die ruhende? Konnte man etwas Neues beginnen? Allein? Mit andern? Für andere? Sollte man die alte, die erste Existenz liquidieren? Verlieren, was man nie besaß?

Er, der alternde Mann, hatte eben noch einen älteren neben seine alte Haushälterin zu sich ins Haus genommen. War das ein Zeichen?

Vielleicht war es besser, vielleicht war es gut, vielleicht war es *unbezahlbar*, da schon in Zahlen gedacht und gelebt werden musste, dass nur diese zwei alten Seelen bei ihm blieben und er bei ihnen. Längst erloschene Zeiten oder neue, mit unverbrauchter Kraft zu entzündende? Verlassen aller Sicherheit? Niewiedersehen mit Margot, mit der Fabrik, dem alten Hause hier? Letztes oder erstes Kapitel?

Hodin

1

Am siebenundzwanzigsten April, am Tage des denkwürdigen Brandes der großen Stadt, abends sechs Uhr wurde die Zelle des Mörders Hodin geöffnet. Hodin hielt seine kranke Hand vor seinen Mund und schien in ihren Anblick versunken. Er saß in einer dunklen Ecke auf dem Fußboden, war in einen kurzen, gelblich grauen Zwilchkittel gekleidet, hatte die unter diesem Kleidungsstück nackten sechseckigen Knie bis an den Kopf gehoben, die inneren Knorren der ewig zitternden mageren Oberschenkel hielt er angepresst an die in Muskelwülsten bebenden breiten Schläfen.

Wie er da hockte, auf den emporgekrampften Füßen und dem schon gefühllosen Kreuzbein die ganze Last seines riesigen Körpers auszugleichen bestrebt, kreiste sein schwerer Schädel, haarlos, in gelbem Glänze wie ein geschliffener Stein.

Hodin strengte seine ganze gesammelte Kraft an, um sich in dieser unnatürlichen, trotzdem schon seit mehr als einer Nacht und einem Tage gehaltenen Stellung zu bewahren. Dieses Streben, abseits aller Reue, fern aller Vernunft, dieses Ziel ohne Bedeutung und Sinn, dieser Wille ohne Vorstellung, sei es des begangenen Übels, sei es der ihm gewissen Strafe, dies verschloss ihn vor allen Gedanken, vor jeder Wirkung der Welt.

Sein turmartig aufgebauter Schädel war kahl bis in den breit gefalteten weißlichen Nacken. Aber von den Wangen, von den dick bemuskelten, tierhaften Kiefern, die wie bei einem träumenden Hunde in stetig wählender Bewegung knirschten, ja selbst unmittelbar unter den von innen her verschlossenen und abgedunkelten Augen rann ihm in aschenfarbenem Strom ein ungeheurer Bart, in dicke Zoddeln verknotet, an den Wurzeln von schwärzerem, an den Enden von lichterem Grau.

Es ist erwiesen, dass Hodin seit seiner Jugend nie von einem Rasiermesser oder einer Schere seinen Bart berühren ließ. In einer Zeit, da, besonders in den größeren Städten, der Träger eines Bartes auffallen musste, schleppte also dieser Mörder ein Erkennungszeichen mit sich, das ihm aller Wahrscheinlichkeit nach schon bei seiner ersten Bluttat zum Verderben hätte werden müssen, hätte dieser mit außerordentlicher Kühnheit und ebenso mit ungeheurem Einfluss auf Menschen begabte Mann sich nicht allen Nachforschungen mit unglaublichem Geschick zu entziehen gewusst. Dazukommt, dass Hodin seine Taten, von denen nur ein kleiner Teil aufgeklärt werden konnte, nicht aus den Beweggründen beging, die im Allgemeinen die Verbrecher anspornen. Dass er des ferneren verlassener, als es sonst Individuen in dieser verkehrsreichen Zeit zu sein gewohnt sind, jahrelang geradezu in vollster Einsamkeit hauste, jahrelang wieder nur mit ganz wenigen, aber mit diesen durch die engsten Beziehungen, für die man nur keinen rechten Namen weiß, verbunden lebte. Dass er also ohne Mitwirker, Mitwisser, Mitleider, ohne Gefährten aus seiner Gesellschaftssphäre, ohne Helfer, Hehler und Handlanger seine Pläne ausführte und sich dabei, sei es aus Aberglauben, sei es um der höheren Sicherheit willen, am liebsten seiner nackten Hand bediente, der die Furchtbarkeit noch in ihrem jetzigen, geschwächten und verstümmelten Zustand anzumerken war.

Trotz diesem Barte nun, einem eindeutigen Erkennungszeichen, hatte Hodin nach den Gerichtsakten fünf Mordtaten begangen. Seit seiner Jugend hatte nie einer dies Gesicht nackt gesehen, auch das Opfer nicht vor seinem Tod.

Bei der letzten, das heißt bei der nur geplanten und begonnenen, nicht aber vollzogenen Tat, die Hodin in belebter Gegend, in früherer Abendstunde ins Werk zu setzen suchte, war er ergriffen worden. Auch hier hätte der bis dorthin immer vom Glück wunderbar Begünstigte noch Zeit zur Flucht gehabt. Aber seine Hände, die sich um den Hals seines Opfers spannten, konnten sich nicht befreien, nicht lösen, nicht entwirren. Dieses Opfer, ein älterer, menschenfremd hausender Privatmann, war auf wunderbare Weise dem sicheren Verderben, welches ein früheres Opfer Hodins augenblicklich nach dem tödlichen Gurgelgriff ereilt hatte, dadurch entgangen, dass er sich durch einfaches Verstecken rettete. Während der andere der würgenden Hand durch Aufbäumen, durch atemraubendes Hilferufen oder durch törichte Fluchtversuche und aussichtsloses Stampfen mit den Beinen, auf denen der riesige Mörder dann nur um so unerschütterlicher wuchtete, zu entkommen suchte, hatte der Privatmann seinen schmalen und fischartig glatten Kopf nur so tief als möglich in den offenen Halskragen versenkt, wobei der Kopf unter dem aschenfarbenen Gesträhn von Hodins Bart fast verschwand. Denn der Privatmann musste irgendwie begriffen haben, dieser wie jeder andere Mörder, der von tierischem Mordinstinkt mehr als von menschlicher Logik geleitet würde, hätte nur den einen möglichen Griff, und misslänge dieser durch einen nicht vorauszusehenden Zufall, dann sei alles hilflos an ihm und nicht mehr tierisch sicher, sondern nur tierisch blind.

In diesem Bestreben presste das Opfer sein hakenförmiges, bartloses, unsauberes Kinn, ohne einen Ton von sich zu lassen und ohne ein Atom, einen Hauch des in diesen Sekunden so sehr kostbaren Atems preiszugeben, hinab an sein Brustbein. Dem Mörder blieb in Händen bloß der ebenfalls recht unsaubere, struppig bewachsene, aber von Schweiß triefende und schlüpfrige Scheitel des Opfers, umrahmt von einem mürben, an den Rändern vergilbten Halskragen, der nach dem vor zwanzig Jahren modern gewesenen Modell Gigi geschnitten war; alles war umrauscht und umwallt von dem riesenhaften Bart Hodins.

Diesen Kragen würgte Hodin, indem er, selbst laut keuchend und tief Atem einholend, dessen Enden übereinanderschlug und in einen Knoten verknüpfte, während das Haupt des Opfers mit dem schlüpfrigen Scheitel immer tiefer in den Schlitz des Hemdes versank und ihm so vollends entglitt.

Jetzt drang aus dem breiten, wie geschliffenen Munde des Opfers unter dem feuchten Hemde Lachen und kicherndes Schreien in langen Zügen hervor, aller noch immer drohenden Gefahr ungeachtet. Zum ersten Male verlor der herkulisch gebaute, völlig gefühllose, von Gott wie vom Satan zum Morde bestimmte Verbrecher alle Kraft zum Entscheidenden.

War es schon ein Wunder, dass ein Mann wie Hodin, wenn auch unter Aufbietung aller seiner körperlichen wie geistigen Kräfte, seit seiner Jugend bloß seinem Mordtrieb leben konnte, in einer Gesellschaft, die anderen, viel ungefährlicheren Menschen bald die Grenzen ihrer übeltäterischen Natur zu setzen weiß, so war es ein um so größeres, dass Hodin in diesem Augenblick nicht durch Überwältigung, auch nicht durch die Pläne und Kräfte der Polizei, weniger noch durch die auch im Entmenschtesten waltende Fähigkeit zur Reue auf seinem Wege aufgehalten wurde, sondern bloß durch die schlotternde Unkraft eines alten Mannes, eines blutlosen Kornwucherers (wie seine Opfer alle, war auch dieser eine schwarze Seele und ein Mörder, wenngleich ohne Tat), da Hodin wurde völlig aus seiner bis dahin unbeirrbaren Stern- oder Dämonenbahn gerissen durch den geteilten, aber durchaus unwiderstehlichen grünen Blick dieses glatten, grauhaarigen, schielenden Privatmannes, den dieser zwischen den Schlitzen seines emporgebauschten Hemdes und auch durch die Öffnungen der durch jahrelangen Gebrauch ausgeweiteten Knopflöcher der Hemdbrust herausschießen ließ.

Es ist auf vernunftgemäße Weise nicht zu erklären, wie sich in diesem furchtbaren Augenblicke die seither nur von wenigen bebenden wieder erreichte physische und, wenn es erlaubt ist zu sagen, metaphysische Kraft Hodins in die eigenen, furchtbaren Hände zurückergoss, um sich derart mit einer Schlinge seiner eigenen Kraft selbst zu fesseln.

Denn es geschah gegen seinen Willen. Hodins linke Hand umkrampfte die rechte mit der letzten Gewalt. Beide Hände, gestrafft wie Schiffstaue, die man in nassem Zustand miteinander verknotet, waren nicht zu lösen, blieben unfähig, die unversperrte Tür zu öffnen, ja hatten nicht einmal die Fähigkeit, sich von dem schlaffen Fetzen schmutziger, verknäulter Leinwand zu lösen, der in den Maschen dieser Hände gefangen blieb.

Schon kamen Polizisten, mehr durch das schreiende, schallende Gelächter des Opfers angelockt als durch den Gedanken an eine verbrecherische Handlung.

Hodin, der letzte Nachkomme eines tapferen, adeligen Geschlechtes, der harte, gewaltige Mann, stöhnte nur dumpf und in lang gezogenen, fast schluchzenden Lauten, als ihm, unter fortdauerndem, nun schon irrsinnig heulendem Gelächter des Privatmannes (er hieß Rano) die Handschellen angelegt wurden, laut schrie er aber, als dann daheim, das heißt in der Zelle, die Hände voneinander gelöst werden sollten. Es geschah dies erst nach zwei Tagen. Natürlich hatte man ihm noch abends, sofort nach der Einlieferung, die sich nicht ohne das wüsteste Geschrei und Toben der eilends zusammengeströmten Menge vollzogen hatte, die Handschellen abgelöst, da der Verbrecher keine Zeichen tätlichen Widerstandes erkennen ließ. Aber als er, ohne ein Wort zu reden, auch ohne die Notdurft zu verrichten, ohne eine Bitte noch

Beschwerde, auch ohne Speise und Trank die ersten zwei Tage im Kerker verbracht hatte, verlegte man die Ursache dieser fast totenähnlichen Haltung, dieses äußersten körperlichen und seelischen Krampfzustandes in die immer noch miteinander verbundenen, wie verlöteten, glutheiß anzufühlenden Hände und versuchte sie mit allen einfachen Mitteln, durch kalte Umschläge, durch sanftes Ziehen und Zerren auseinanderzubringen, ohne Erfolg. Der Gefängnisarzt, ein kleiner, blonder, rosiger Herr, war um das Leben des in den Tageszeitungen bereits ausführlich geschilderten Verbrechers sehr besorgt, doch dachte er nicht daran, wie dies kürzlich bei dem Brandstifter S. versucht worden war, seinem Trotz durch künstliche Speisung beizukommen und auf diese Weise das widerwillig gefristete Leben ihm zu verlängern. Denn S., ein Mensch von bekannter Rohheit, hatte dem Arzte bei diesem Bemühen Gesicht und Hals mit den halb gekauten Speiseteilen verunreinigt und die Kleidung in nicht mehr gutzumachender Weise boshaft beschädigt.

Der Arzt ließ es daher in diesem Falle damit bewenden, dass er mit erst vorsichtigem, dann aber mannhaftem und rücksichtslosem Zuge die Hände Hodins, nicht anders, als wäre es zähes, schwer zerreißbares Holz, über seine eigenen Knie spannte, wobei der Druck von untenher der Kraft von beiden Seiten zu Hilfe kam. Er ließ Hodin schreien, soviel er wollte. Er tat, was er pflichtgemäß tun musste. So mochte es als kleiner Schaden angesehen werden, wenn der kleine Finger Hodins, und zwar mit demselben Geräusche wie ein knackendes Stücklein Holz, unweit der Wurzel gebrochen wurde. Aufatmend und sich mit einem blassgelben seinen Taschentuche die Stirn trocknend, bemerkte der Arzt, nun sei der Anfang gemacht und der erste Widerstand gebrochen; ginge Gewalt schon vor Recht, um wie viel mehr ginge dann Gewalt vor Unrecht! Und er wünsche nichts mehr, als dass der Gerichtsrat F., der Leiter der Untersuchung, es nun mit der Seele des Hodin ebenso mache, dann werde die Behörde bald alles so haben, wie es sein müsse. Dies traf aber nicht zu.

2

Es zeigte sich während der Voruntersuchungen, dass auf dem ausgetretenen Wege der Verhöre und durch die Mittel, die einem Untersuchungsrichter allgemein zur Verfügung stehen, nichts aus dem Angeklagten herauszubekommen war. Es gab zwar einige Fälle von Mord, die dem zuletzt versuchten Verbrechen ähnlich sahen, und bei denen als Täter nur Hodin hätte in Betracht kommen können, aber der letzte zwingende Beweis aller Verdachtsmomente wollte sich ohne ein, wenn auch noch so eingeschränktes, Bekenntnis des Angeklagten nicht erzwingen lassen.

Nun hatte man in der Wohnung Hodins, in einem kleinen, engen, fast korridorartigen Zimmer im ärmsten Teil der großen Stadt, das aber trotz dieser Enge von einer Menge zahmer und halb zahmer Tiere, Vögel, Mäuse, selbst Ratten und Meerschweinchen bewohnt war, in diesem übel riechenden Räume hatte man, nur lose in ein Bündel benutzter Wäsche eingewickelt, wohl ein paar Blätter, in Hefte gebunden, entdeckt und beschlagnahmt, aber die Schriftzeichen waren auch von den Schreibsachverständigen nicht zu entziffern, und ein Teil der Prüfer hielt sie überhaupt nicht für Schrift, sondern bezeichnete sie als Sgraffito, eine Kette aneinandergereihter Schnörkel und einzelner willkürlich hingemalter Züge, wie sie sowohl geistig hervorragende Menschen in den Zeiten der Ermüdung als auch Geisteskranke mitten in ihren Träumereien und Gesichten hinzukritzeln pflegen.

Aus diesem Grunde an der geistigen Gesundheit Hodins zweifelnd, legte man das Bündel auch dem Gefängnisarzt vor, der sich mit ähnlichen Dingen schon früher abgegeben hatte. Doch konnte auch dieser noch nicht die Entscheidung zwischen einer sinnvollen, wenn auch vorläufig noch unleserlichen Privat-Stenografie und dem sinnlosen Gekritzel der blinden Hand eines seelisch Kranken endgültig treffen.

Als letztes Mittel wandte der Arzt nun etwas Eigenartiges an. Man hatte ihm vor Jahren gesagt, die Gedanken und daher auch die Leiden der Menschen, mit denen er rede, ließen sich am ehesten dadurch aufklären, und dadurch ließe sich auch oft Lüge von Wahrheit scheiden, dass man im Augenblick des Gespräches und womöglich auch nachher das Mienenspiel des Betreffenden nachahme, in der Kleidung, in der Haltung, in der Wahl der Speisen und im Übrigen sich so ähnlich wie nur möglich mache dem, auf dessen Spuren man jage.

Diese Methode auf die Prüfung von Schriften übertragen heißt, sie vorerst mechanisch mit allen Mitteln nachahmen und, auf die Gefahr hin, etwas ganz Sinnloses zu kopieren, die vielen Seiten voller Striche und spiraliger Formen nachziehen, bis endlich aus der Wiederkehr einzelner Zeichen und aus dem gleichzeitigen, unbewussten Aufdämmern eines Sinnes der Beginn einer Lösung zu finden ist. Dies versuchte der Arzt durch viele Tage, war aber über das erste Stadium der einfachen Nachahmung noch nicht hinaus und hatte kaum zehn Schriftzeichen gefunden, die sich bis ins letzte ähnlich sahen. Aber da der Arzt über eine außerordentliche Willenskraft verfügte, war er vorerst nicht müde zu machen.

Man forschte nun nach der Vergangenheit Hodins und konnte über seine Kindheit und Jugend verschiedenes sicherstellen. Es ging aus den Protokollen hervor, dass der Vater Hodins als ein steinalter Mann noch jetzt lebte, und zwar war er, zehn Jahre nach seiner Verheiratung mit einem schlecht beleumdeten Mädchen, in eine Irrenanstalt gekommen, hatte diese, offenbar in einem Zustand verhältnismäßiger Besserung, einige Jahre später verlassen, hatte seinen einzigen Sohn gezeugt und war seinen Geschäften im Berufe nachgegangen, um endlich doch wieder in der Irrenanstalt untergebracht zu werden, wobei die belastende Aussage seiner Frau Angela, die sich vor ihm fürchtete, eine große Bedeutung hatte. Diese Frau, die Mutter Hodins, ging zu dieser Zeit, von der Familie ohne jede Unterhaltssumme zurückgelassen, einem nicht näher zu bezeichnenden Gewerbe nach, jedenfalls lebte sie nicht von ihrer Hände Arbeit, und sie war, als ihr Sohn Hodin etwa fünfundzwanzig Jahre alt war, an Kehlkopflähmung gestorben.

Bis zu diesem Punkte konnte man Hodins Leben gut verfolgen; er war schon in der Schule gekennzeichnet als Mensch von hervorragenden Geistesgaben, aber verschlossen, jähzornig und außerordentlich rachsüchtig. Er beherrschte sich nicht in seinen Leidenschaften, nur bezwang er deren Äußerungen mit aller Kraft. Er hatte die übliche höhere Schulbildung, war Student der Rechte gewesen, als solcher ausgezeichnet durch besonderes Talent, Scharfsinn und großen Fleiß; trotzdem hatte er das Studium wegen misslicher Vermögensverhältnisse aufgegeben und war nach (oder kurz vor) dem Tode seiner Mutter, ohne den Verkauf der nicht ganz wertlosen Wohnungseinrichtung abzuwarten, nach Paris gereist, hatte dort Handel mit Edelsteinen getrieben und verschiedene ähnliche Geschäfte eingeleitet, die aber wahrscheinlich nicht mehr zum Abschluss kamen.

Von da ab verwischte sich auch die Spur, da man aus der Pariser Zeit, der später eine amerikanische und eine österreichische gefolgt sein sollten, keine rechten Aufschlüsse mehr erlangen konnte.

Man war endlich so weit, mit dem stärksten Belastungszeugen, dem Korn- und Samenhändler P., die nötigen Verhöre anzustellen, als sich an Hodin sonderbare Zerstörungsgelüste zeigten, wie man sie früher kaum jemals an einem gesunden, geistesklaren Inhaftierten beobachtet hatte. So kam es dazu, dass zum Beispiel Hodin seinen gebrochenen Finger, der nach abgelaufener Schwellung wie ein leerer Wurstzipfel anzusehen war (dieser prägnante, wenn auch derbe Vergleich stammt von dem Arzte), zu verschlingen versuchte.

Schon staken die niedrigen, trotz dem hohen Alter vollzähligen Zähne Hodins an dem mittleren Gliede des Fingers, und es rannen – ein grauenhafter Anblick bei der totenartigen Starre des gewaltigen Menschen – Blutstropfen in perlender Reihe über die Wellen des grauen Bartes herab auf die bloßen Füße, die der Gefangene, Fußsohle an Fußsohle gefaltet, wie ein orientalischer Büßer vor sich hielt: alles eingeklammert, wie in Erz geschmiedet durch den furchtbaren, nach abwärts gesenkten, von Trauer und etwas kaum Ausdrückbarem strotzenden Blick, den dieser Mensch stunden-, ja tagelang aussandte, ohne ein einziges Zwinkern der wie dunkle Ruten vorstehenden Wimpern. – Schon bohrte sich die schartenlose Schneide seiner weißen, kalkfarbenen Zähne in das eigene, anscheinend gänzlich unempfindliche Fleisch, als der Gefangenenwärter, von unbegreiflichem Mitleid ergriffen und echte Tränen in den etwas grellen, blauen Säuferaugen, diesem mordgierigen Rachen (Mord musste es sein, und sei es selbst Mord an sich) sein Opfer entriss. Er rettete, wenn nicht den Mann, so doch dessen Glied, diesen Finger, der sich sicherlich mehr als einmal um die krachende Kehle eines Unschuldigen (und wäre es auch ein Schuldiger gewesen, zu richten steht uns nie zu) gespannt hatte.

Nicht genug daran, nahm der Wärter unter tausend sanften, unbeschreiblichen Liebkosungen, wie man sie sonst nur unschuldigen Kindern erweist, den Hodin in seine Obhut, bedeckte das unförmige Fingerglied mit Küssen, hüllte es in einen Verband, den er vorher mit warmem Öl getränkt, als lohne sich dies bei einem Individuum, das kein Mensch war und dessen körperlicher Bestand (sofern Recht Recht blieb) in Kürze enden sollte, nachdem der seelische Bestand an sich schon längst sehr zweifelhaft geworden war.

Denn dieser Hodin ähnelte zu dieser Zeit seines Daseins in seiner tierischen Starre nur zu sehr den Schlangen und Fröschen, wenn sie im strengen Winter anfrieren, bewegungslos und zerbrechlich werden, ohne doch ganz zugrunde zu gehen.

Der Arzt, der diesen Fall ohne Aufhören umspähte und gerade an diesem Morgen einige wichtig scheinende Lösungsversuche an den Papieren Hodins unternommen hatte, war fast noch schneller als der Wärter zur Stelle. Vor allem trachtete er die Haltung und die undurchdringlich in ihrer Ruhe eingepanzerte Gewalt der Mienen, der Blicke und der Seele Hodins in seinem eigenen Gesicht und in seiner Seele wachzurufen, versäumte aber dabei auch seine Pflicht als Gefängnisdoktor nicht und ordnete, um solchen Selbstbeschädigungen zuvorzukommen, sofort eine Schutzhülle aus Gips an.

Er glaubte den Augenblick günstig, da Hodin durch dieses Attentat gegen sich selbst doch eine reuige Abkehr von seiner bisherigen Verstocktheit verhieß, andererseits wünschte er den Angeklagten den Richtern (ein Irrtum; es kam für diesen Fall nur ein Geschworenengericht unter der Leitung *eines* Berufsrichters infrage), er wünschte Hodin der irdischen Gerechtigkeit gesund und wohlbehalten vorzuführen, womöglich auch in einem Zustand offensichtlicher Klarheit und moralischer Verantwortlichkeit.

Als die nötigen Geräte und Hilfsmittel gebracht waren, löste sich der Arzt, wenngleich unter einem sichtlichen Widerstände, aus der Haltung äußerster Starre los, die er dem Hodin nachgeahmt, und legte in Eile, um wieder bald zu seiner eigentlichen Arbeit, der Entzifferung von Hodins fleischlicher Seele, wie er es nannte, zurückkehren zu können, ein weißes, gipsgetränktes Tuch um die nun, wie es schien, durchaus leblose Hand des Inhaftierten. Er konnte es sich aber jetzt, offenbar ganz wieder in seine eigene Persönlichkeit zurückgekehrt und zu allerhand Scherzen gelaunt, nicht versagen, dem nahe dabeistehenden, schwer und feucht keuchenden Wärter (er hieß Schest) den Mund sowie die etwas weiten, groben, mit längeren Grannen besetzten Nasenlöcher mit den Überresten des Gipsbreies vollzuschmieren.

Dies war nun das Bild. In der kahlen, schmutzig braunen Zelle ... es ist ein Vorurteil, sich die Zellen der armen Sünder (und dieser war einer, wenn auch zurzeit noch nicht vollends überführt) grau vorzustellen. Die meisten sind, ich bitte, dies mir als altem Gefängnisfachmann zu glauben, braun, in den neueren, besonders in Amerika, rein weiß und mit Ölfarbe gestrichen, wonach sie auch immer riechen, in einem alten Verlies der Provinz Thüringen sah man sogar ein blaues Gemach für diesen Zweck. Ein Zimmer, durch sonderbaren Zufall beim Bauen in schief gestellte Wände eingezwängt und daher von schräg vieleckigem Umriss und, wie bemerkt, blau, von sehr schmutzigem, angealtertem, angerauchtem Blau, obzwar noch nie ein Gefangener in besagter Zelle alt geworden war, weniger noch daselbst geraucht hatte und obgleich die Träume, Visionen und Gewissenskonflikte der Verbrecher doch nie und nimmer die Farbe eines Wandanstrichs zu verdunkeln oder zu trüben vermögen.

Hier das Bild. In der dunklen Ecke der mattbraunen Zelle sitzt auf dem Fußboden, auf den nackten, fleischfarbenen Fliesen der Mörder Hodin. Das ist er, wie bewiesen wird. Die Knie bis an den turmartig gebauten Kopf gehoben, die unteren Knorren der ewig zitternden mageren Oberschenkel (nie sah ich einen Mörder satt und fett werden von seinem Gewerbe) gepresst an die in Muskelwülsten bebenden breiten Schläfen. Fußsohle an Fußsohle, Ferse an Ferse. Eine unnatürliche, nur im Krampf festzuhaltende Stellung. Kreisend das gelb geschliffene kahle Haupt mit dem wehenden, grau und schwarz gezwirnten Riesenbarte, auf dem noch, wie um die Schnauze eines Raubtieres, kleine Bröckel von Blut kleben. Ist es doch, als könne dieses menschliche Ungeheuer ohne Blut nicht bestehen und als nähre sich sein ruheloser Blick in einer Art von Glück an dem perlengleich schimmernden Glanze der kleinen dunklen Kuppen, die das Blut im Verdorren bildet.

Neben diesem Hodin erscheint, ganz gebückt, wie eine liebevolle Mutter vorgebeugt, den grellen, blauen Blick in einer stehenden Hülle von Tränen (auch solche gibt es, nicht allein strömende), das kleine, kaum sichtbare Kinn (das Zeichen mangelnder Entwicklung des Willens) über den gewaltigen Mann und Mörder gehoben, der Wärter, so mit dem Gefangenen verschmolzen, als wollte er, Schest, den riesigen Unmenschen Hodin in einer Falte seines Bauches bergen, wärmen und schützen.

Auch Schest tropft von Feuchtigkeit, da er, von allem anderen abgesehen, ein weißes Läppchen mit reichlichem Öl in seiner damenhaften, völlig hilflosen Hand hält.

Der Arzt, das bin ich, eine kurz geschnittene Gestalt mit den ruhigsten Händen, die alles anzufassen vermögen, ohne doch schmutzig zu werden. So zeigen sie in diesem Augenblick keine Spur der weißen Gipsmasse.

Dafür aber ist die Hand des Riesen durch die steinerne Hülle, die in der Kühle des finsteren Raumes zu dampfen scheint, fast ins Unmessbare angewachsen. Sie leuchtet wie Phosphor, und wenn von diesem plumpsten aller Gebilde sowie von den Nüstern des Wärters, der sich lange damit abplagt, Gipskörnlein zu Boden fallen, knistern sie wie Seide, prasseln sie wie Funken, silbern, eiskalt und hell.

Die Aufzeichnungen über diesen Abend tragen das Datum des 2. März. Es war also lange vor der Verhandlung, an die man in diesem Augenblick nicht mehr recht glaubte, da die Schriften Hodins noch als unentzifferbar galten, alle Verdachtsmomente durch das totenähnliche Schweigen und die maskenartige Starre des Hodin aufgehoben wurden und auch das einzige, wirklich erwiesene Verbrechen, geplant an dem Getreide- und Samenkaufmann P., ebenso gut die unsinnige Tat eines Irren als der Versuch eines scheußlichen Beginnens sein konnte. Und in dieser Stunde schien alles für die erste Möglichkeit zu sprechen; alles musste der menschlich sympathischen, wenn auch unlogischen Haltung des humanen Wärters Schest recht geben und mir, dem weit über seine Pflichtbefugnis hinaus spionierenden und das böse Tier in Hodin (und mag sein, auch in sich selbst) witternden Arzte unrecht, Und doch offenbarte sich dies alles als falsch.

3

Der Arzt, den die Aufregung des Tages nicht schlafen ließ, kehrte, ohne seine Wohnung aufzusuchen, nach einem kurzen Rundgang durch das ordnungsgemäß geführte Gefangenenhospital wieder zu Hodins Zelle zurück. Er war sehr erstaunt, schon aus weiter Entfernung, während er den engen Korridor zwischen den dunklen, schieferfarbenen Eisentüren entlang ging, aus Hodins Zelle Licht schimmern zu sehen. Es war dies eine Unbotmäßigkeit, die aus vielen Gründen, nicht zuletzt der Sparsamkeit wegen und ganz besonders spät nachts verboten war, bis auf die Laterne der wachhaltenden Gendarmen, die ihre Rundgänge alle halben Stunden mit der Regelmäßigkeit ihrer Kontrolluhr zu wiederholen hatten.

Der Arzt, draußen im Korridor in der Dunkelheit unerkannt, sah, wie der Wärter, der seine Mütze auf das Brett gelegt hatte, das den Kübel in der Zelle überdeckt, bloßhäuptig und waffenlos neben dem Hodin kniete. Dieser hatte das Kreisen seines Kopfes eingestellt, was aber dem Fürchterlichen seiner Erscheinung nichts von seinem Schrecken nahm. Die Zellentür war unbegreiflicherweise offen. Der Wärter flößte aus einem Löffel dem Gefangenen einen Brei ein, der noch sehr warm sein musste, da kleine Dampfwölkchen von ihm aufstiegen. Wir zählten zwar schon Anfang März, ich sagte es, aber das Jahr war ungewöhnlich kalt, und im Gefängnisgarten lag noch Schnee, besonders an der Schattenseite. Die Heizung der Zellen war bereits eingestellt, und es musste nachts empfindlich kühl sein.

Es war ein sonderbares Schauspiel, wie der Wärter die dicken Bartsträhnen vom Munde des Hodin mit seiner mädchenhaften, lichten Hand hinweghob und dabei mit gespitzten Lippen auf die zu heiße Breispeise, offenbar Reis, zu blasen nicht aufhörte, selbst dann, als der Arzt sich durch Anruf Aufmerksamkeit erzwang. – Eingetreten, sah der Arzt, dass die Zelle frisch gewaschen war und dass sich in der fast blendenden Sauberkeit der Fliesen der Mörder spiegelte, dessen ungeheure Größe, durch das Spiegelbild verdoppelt, auch einem kaltblütigen Menschen Angst einflößen konnte. Selbst der Arzt, den weder Tod noch Krankheit noch Verbrechen schrecken konnten, sondern der alles in sein eisiges Urteil einbettete, alles mit unbeirrbarem Verstande zu würdigen gewohnt war, konnte sich diesem Eindruck nicht entziehen. Mit der Bemerkung, er habe bloß einmal nach dem Patienten (zum ersten Mal nannte er Hodin so) sehen wollen, und nach einem leichten Hinfühlen nach dem Gipsverbande, dieser steinernen Hand, die ein Teil von Hodins Körper geworden war, so unzerreißbar war sie mit ihm verwachsen, und nach einem schnellen Rundblick über die Zelle entfernte er sich, horchte aber noch draußen auf das leise geflüsterte Sprechen des Schest, dem, leider nur ganz unverständlich und mehr einem Gemisch von Stöhnen und Lachen als richtigen Worten ähnlich klingend, auch eine Antwort Hodins zuteilwurde; dabei blieb nur ein zu ahnender, aber dann auch nie zu vergessender Tonfall Hodins als das Eigenartigste haften. Denn er war unbeschreiblich einschmeichelnd und unbeschreiblich abstoßend zugleich.

Der Wärter berichtet von dem Papagei und der Drossel sowie von Hodins Ratten und Mäusen. Nie letzteren hatte man, ihrer angeblichen Gezähmtheit ungeachtet, sofort nach dem Sprengen der Eingangstür noch in Hodins Stube vertilgt, die anderen Tiere aber schienen derzeit in Schests Obhut oder sonst bei bekannten Leuten untergebracht. Es war bei der Durchsuchung des Zimmers aufgefallen, dass eine schwarze, dickledern Brieftasche, mit einigen Banknoten und etwas Silbermünze gefüllt, in dem Holzkasten vorgefunden war, der auf dem Schranke stand, und es war über der Brieftasche eine Menge von Vogelfutter aufgehäuft gelegen, das die Ratte – es lebte nur eine einzige im Raum – angefressen und besudelt hatte, dabei auch nicht die Tasche und das Papiergeld schonend. Da man bei den meisten Verbrechen vor allem mit den Beweggründen: Geld oder Fleischeslust, auch Hunger oder Liebe genannt, zu rechnen hat, war hier die offenbare Geringschätzung des Geldes schwer erklärbar, das ein Verbrecher doch nicht ohne weiteren Schutz in einer alten Futterkiste aufbewahrt. Jetzt auf dem Heimwege überlegte der Arzt diese Tatsache, die dadurch nicht aufgeklärt wurde, dass der Getreide- und Samenhändler P. am selben Tage einen großen und gerade den wichtigsten Teil seiner Belastungsaussage zurückgenommen hatte, mit der allerdings bezeichnenden Bemerkung, dass ein Mörder (Hodin) sicher ungefährlich sei, vor dem man sich nur in den Schutz des eigenen Hemdes zu verkriechen brauche und den man durch Gelächter zu lähmen imstande sei. Die Geldgeschäfte dieses Ehrenmannes P. waren, da er keine Bücher zu führen vorgab, auch kaum ohne sein Zutun zu überblicken. Das wichtigste Faktum aber, ein in diesen Zeilen bisher nicht berührtes Delikt, das Verschwinden eines Edelsteinhändlers, der offenbar mit der Mutter Hodins in unerlaubtem Einverständnis gelebt, war nach der Verjährung schwerlich heute noch zu völliger Klärung zu bringen. Denn was diese Prozesse oft so erschwert, ist der Umstand, dass die Opfer von Kapitalverbrechen sehr häufig selbst schrullenhafte, ungesellige Menschen sind, von sonderbaren Gewohnheiten angekränkelte, der menschlichen Gemeinschaft längst entfremdete Individuen.

Der Arzt begibt sich nach Hause in seine Privatwohnung zurück; ohne Frau und Kind richtig zu begrüßen, schließt er sich in seiner Arbeitsstube ein und betrachtet zu wiederholten Malen die Schriftstücke des Hodin, wobei er erkennen muss, dass die ihm noch vormittags als klar und einleuchtend erschienenen Konstruktionen zur Entzifferung der Schnörkel jetzt alle versagen.

Er blickt ermüdet auf, sieht die elektrische Tischlampe auf der glatten Tischplatte gespiegelt, erinnert sich im gleichen Augenblick Hodins, wie er in der frisch gereinigten Zelle sitzt und sich in den feuchten Fliesen spiegelt; er nimmt hierbei die Haltung Hodins an, bemüht sich, den Kopf nach der Art Hodins kreisen zu lassen, und versucht zu allem auch noch den Tonfall der Worte Hodins, den er unvergessbar, aber leider auch unnachahmbar im Ohre hat, nachzubilden. Er hält die Schriftseite gegen das Licht, sieht aber die einzelnen Zeilen auf beiden Seiten in gleicher Höhe gemalt und alle Schnörkel nur doppelt überzeichnet. Schon will er, nun übereinstimmend mit allen, die bis dahin die Sache verfolgt haben, die Schriften als sinnloses Gekritzel, den Mann als sonderbaren Geisteskranken, die Gerüchte von seinen anderen mörderischen Taten eben als einfache Gerüchte beiseiteschieben und bei der Behörde für die schnelle Niederschlagung des mit so großem Getöse begonnenen Prozesses eintreten, als er das Spiegelbild eines Schriftschnörkels nicht allein von rechts nach links gespiegelt, sondern auch, wie Hodin in Person vor einer Stunde, von oben nach unten gespiegelt anzusehen gezwungen ist und in dieser Sekunde nicht dieses Zeichen allein, sondern die ganze Zeile blitzartig entziffert; es ist nichts als die übliche Stenografie, nur in Spiegelschrift und auf den Kopf gestellt; die alten Zeichen, in allen Schulen und Kursen gelehrt, Gemeingut nicht nur der besonders Gebildeten, sondern aller Handelsbeflissenen, Journalisten und höheren Stände. Wer mir die Schwierigkeiten dieser Entzifferung nicht glaubt, versuche die Zeichen der üblichen Stenografie in doppelter Spiegelung aufzuzeichnen, von rechts nach links und von oben nach unten. Aber ich hätte die Erklärung, so scheint mir jetzt, früher und methodisch finden müssen, nicht durch Zufall. Ich begreife in dem Augenblicke ebenso wenig, wie ich das alles nicht sehen konnte, was ich setzt sehe, so wie ich die ganzen Zeiträume vorher nicht begriffen habe, wie alle diese Zeichen und Seiten und Hefte voll dieser Schrift überhaupt zustande gekommen sind.

Hat er, der Arzt, vorhin sich Vorwürfe gemacht, dass er die Freiheit des Häftlings, seine Ruhe zur Nacht in Unruhe gebracht, dass er ihm das einzige, was er hat, seine Person, noch dadurch beeinträchtigt habe, dass er sie nachahmt und abbildet, so ist er jetzt wieder von dem alten, verstandesmäßig unbegreiflichen, nur seelisch nachzufühlenden Hass gegen Hodin erfüllt.

Denn er kennt eine Norm des Menschengeschlechtes.

Gezwungen, mit Kranken umzugehen, liebt er die Gesunden.

Gezwungen, mit Verbrechern sich abzugeben, liebt er die Vernünftigen.

Gezwungen, unter Gefangenen herumzuspazieren, liebt er das Freisein.

Das Gute, das Junge, das Heitere, das Schöne sind seine Elemente.

Anständige Sitte, gute Haltung, Sport und freundliche Geselligkeit sind seine Ziele.

Das Vaterland und der verantwortungsvolle Dienst für dasselbe sind sein Lebenszweck.

Was kann es ihm bedeuten, dieser Horde Unheilbarer zu helfen, diesem Rudel Irrsinniger beizustehen gegen die Schärfe der Gesetze? Und doch fühlt er sich nicht wohl, er, der Arzt des Gefängnisses, wenn ein Verbrecherhaupt fällt, wenn ein Verbrecherleben verdorrt.

4

Es werden nun in fortlaufender Folge drei oder vier Aufzeichnungen Hodins vorgelegt, die als Beweismaterial dienen und wenigstens zum Teil die Genauigkeit rechtfertigen, die man zur exakten Darstellung dieser Begebenheit angewandt hat. Die eigentliche Bedeutung und zugleich der einzige Umstand, der diesen fürchterlichen Bericht mildert, wenn er auch nicht das Schauerliche und für das ganze Menschengeschlecht Beschämende daran aufheben kann, würde freilich erst gegen Ende dieses Berichtes durchleuchten können, und es ist nicht sicher, ob wir das erreichen.

Die Aufzeichnungen selbst haben einen so großen Umfang und einen zum Teil so unmenschlichen Inhalt, dass sie in ihrer Gesamtheit nicht wiederzugeben sind. Es muss offenbar der äußerst menschenscheue Mörder (der die Menschen ebenso fürchtete, wie sie ihn gefürchtet hätten, vorausgesetzt, sie hätten ihn gekannt), es muss dieser Mann Hodin alles, was ihn Tag für Tag beschäftigte und wofür er, der Natur der Sache gemäß, bei keinem Menschen, und wäre er ihm noch so zugetan gewesen, Verständnis und ruhiges Anhören erwarten konnte, in dieses Bündel Papier hereingeschrien und geheult haben. Diese Ausdrücke geheult und geschrien wird man verstehen, wenn man das erste Es bleibt vorläufig das einzige. Schriftstück, in den Akten Hodins mit 348 v/22 bezeichnet, gelesen hat, das nun ohne Zusatz und Auslassung folgt. Der Name Tobias Albaran ist, das ergibt sich aber ohne Weiteres von selbst, nur ein angenommener, einen Anhaltspunkt für das wirkliche Bestehen eines Trägers dieses Namens wird man den Akten nicht entnehmen können. Der Name des Helden oder Mittelpunktes aller dieser Aufzeichnungen wechselt übrigens im weiteren Verlaufe, wie man noch sehen wird. Nun ohne weiteren Aufenthalt das Schriftstück.

348 v/22 geschrieben von der Hand Hodins.

Ich habe gestern Abend in Paris, das nach dem Fortgang der lieben Person mir sehr einsam geworden ist, die Bekanntschaft eines, wie es scheint, harmlosen Irren gemacht, der, was ich anfangs nicht fassen konnte, die Fähigkeit besitzt, zu überzeugen, also: Gedachtes wirklich zu machen. Wer nicht die eigens ausgebildete und immer wieder bewährte Kraft hat, zu zweifeln, zu zweifeln immer und überall, und wer sich auch durch den klarsten Augenschein nicht an diesem seinem Zweifel wankend machen lassen will, dieser Mensch des unbeirrbar scharfen und kühlen Menschenverstandes wird gut tun, den Besuch bei Tobias Albaran, so nennt sich dieser sonderbare Heilige und dieser angeblich so sehr von allen Lieben verlassene junge Mensch, zu unterlassen; und es scheint mir sehr wahrscheinlich, dass sich die Behörden über kurz oder lang mit dem Tun und Lassen dieses Menschen befassen werden, der vorgibt – vorläufig ohne es beweisen zu können –, dass er die Menschen zu erlösen in die Welt gekommen sei und, wenn es anders nicht ginge, so dadurch, dass er sie von sich selbst erlöse.

Darin will er dem Vorbild des Heilands folgen, darin will er den Hauptteil von dessen wunderbarer Wirksamkeit sehen, dass Christus die Welt von Christus selbst erlöste, indem er seine Ermordung und Kreuzigung vorspiegelte, um ungestört, also im tiefsten Sinne durch *eigene* Hand, Selbstmord (nicht des Leibes allein) begehen zu können. Dass dieser Heiland Vater und Mutter verleugnete. Dass er des ferneren seine Brüder, die sich seiner rühmten, nicht zu kennen vorgab. Des ferneren, dass er, ohne selbst Kinder zu hinterlassen, ja sogar ohne eine Frau oder ein Mädchen zu berühren, dahinging. Das deutet seine äußerst menschenfeindliche Gesinnung an und beweist sie. Sein Tod setzt das Siegel darunter. Dieser Gedanke, sich von der Welt dadurch zu scheiden, dass man ihr Brot nicht isst – die Hochzeit von Kana ist der schwerste Widerspruch in den Evangelien –, dass man ihren Wein nicht trinkt, ja, dass man sein eigenes, fortrinnendes Blut als den Wein der Welt, seine eigenen, schmerzhaften Tränen als das Salz der Erde erklärt und dass man schließlich die unselige Erde durch ein furchtbares Ende bis in ihre Grundfesten erschüttert und, mit eisigem Lächeln, edelsteinerne Tränen in den Augen, aus dieser Welt austritt, um sie in der furchtbaren, unbeschreiblich schauerlichen Verfassung zurückzulassen, die jeder kennt, der das Liebste gemordet hat und nun, teils mit dem wahnsinnigsten Gefühl der Freude, teils mit dem unnennbaren Gefühl des auf ewig, durch alle Himmels- und

Höllenräume nicht mehr Aufzuweckenden, nie, nie mehr Gutzumachenden, die erkaltenden Füße oder die einsinkende Kehle des Ermordeten betastet.

Was hilft es, dass wir uns in Klarheit baden wollen, dass wir mit Zweifeln der Vernunft ausziehen, wenn wir dann doch nicht mit Frieden des Herzens wiederkehren? Wir sprechen Recht, und auf dem Richtertische steht der Gekreuzigte. Wir sind krank, und kann uns der weiß gekleidete Arzt nicht mehr helfen, versucht es der in schwarzes Tuch gepanzerte Geistliche und droht noch mit dem seelischen Tode, wenn er dem fleischlichen nicht beikommen kann. Manch einer will nicht glauben, oft verkriecht sich einer in die Einsamkeit und sagt, er kann es nicht. Kann einer einsamer sein als ich? Ich habe so viele Tage kein Wort gesprochen, mich aus meinem Selbst nicht entfernt, da muss es geschehen, was jeder nur belächeln, niemand aber begreifen wird und was ich aussprechen muss, oder ich ersticke daran, von einer Hand und einer mir sehr gut bekannten Hand an der Kehle gepackt ... aber das ist es nicht allein. Ich beginne beim Anfang. Ich bin in Paris, das ich von früher kenne. Ich wohne im Hotel »Zu den zwei Kapuzinern« in der Rue d'Alembert. Ich muss gestehen, ich, ich selbst, denn ich bin dieser Tobias Albaran, aber man erkennt mich nicht und wird mich nicht erkennen, solange ich mich selbst besitze und beherrsche, ich muss gestehen, dass ich in der letzten Zeit – in Wirklichkeit sind es aber schon zehn Jahre oder mehr – mich in einem Zustand ständiger Gereiztheit befinde. Solange ich unter Fremden bin, weiß ich mich gut zu halten. Kehre ich aber abends nach Hause zurück, unverrichteter oder halb verrichteter Dinge, mit unvollendeten Plänen, die meine ganze Zukunft bedeuten, dann wendet sich meine ganze Wut gegen mich selbst. An mir zeigt sich meiner Mutter Tücke, an mir rächt sich meines Vaters Irren, seine Schwäche und sein Gram. So reißt mich mein eigen Blut in Stücke, und obwohl ich eine Handlungsweise wie die folgende bei klarem Verstande als unsinnig ablehnen, ja sogar bespötteln würde – konnte ich es nur, könnte ich es nur! –, ziehe ich vergebens vor dem grünlich schielenden Spiegel zwischen den Fenstern des Zimmers stehend, mit Gewalt meine Mundwinkel nach unten und außen, entblöße wie zum Lachen meine kalkweißen Zähne, alles wird daraus, nur ein Lächeln nicht! Lächeln muss eine Kunst sein, sollte man sie nicht lernen können? Lockt nichts dazu, nicht einmal das Spiel der Kinder unten im gepflasterten Hofe des Hotels? Wie sie ein semmelfarbiges Griffonhündchen durch die Luft einander zuwerfen mit solcher Geschwindigkeit, dass das Tier vergisst zu heulen und bloß, ebenso wie die Kinder im Novemberabend, eine kleine Wolke frierenden Atemdunstes vor der Nase schweben hat, während die Mutter, am Herde beschäftigt und von den Flammen rot angehaucht, den Kindern mit unschuldsvoller Heiterkeit ein Kosewort zuruft, das die Freude der Kinder unermesslich erhöht und die Eile des Fluges beschleunigt, mit der der Griffon die dämmerige Abendluft durcheilt. Habe ich nie eine Mutter gehabt? Müsste man nicht Kinder lieben, aber nur dann, wenn aus ihnen nicht wieder Menschen würden? Dieses Exempel gibt, gelöst, nur ein neues auf. Die Kinder werden eben in die Küche geführt, wo sie sich, mit dem Rücken den Kacheln zugewendet und mit den nach hinten gelegten Händen die erste, feinste Wärme auffangend, in Reih und Glied stellen und darauf warten, bis ihnen die Mutter (trotz der Jugend ihrer Kinder doch schon eine ältere Person) gebratene Kastanien in ihrer gehöhlten, rußfarbenen Hand hinreicht, welche die Kinder ohne Streit als etwas Altgewohntes unter sich verteilen und dabei dem Hunde, der noch ganz erschöpft von seiner Luftreise zu ihren Füßen lehnt, die Schalen hinwerfen.

Der Hund läuft, seiner Nettigkeit ungeachtet, jeder Schale nach, auch zum zehnten Male, und die Kinder werden ebenso wenig müde, den Hund in dieser Weise zu necken und zu verhöhnen. Ja zum Schluss schleudern sie ihm bloß mit der Hand mimisch Brocken weit hin, denen das Tier, immer wieder genarrt, hitzig keuchend und bellend folgt und dabei die Kälte des offenen Hofes im Novemberwind nicht scheut. Es ist hier zu Hause, es ist Kind unter Kindern und weiß es wohl.

Wie tief ein Mensch meiner Art sich in ein solches Schauspiel versenken kann, wie sehr er danach hungert, sich selbst zu entgehen, seine eigene Mutter zu vergessen, das wird erst der verstehen, der meine Handlungsweise begriffen hat, wie ich sie jetzt nennen will oder muss.

Diese Handlungsweise besteht darin, dass sich Tobias Albaran mit seinen langen Nägeln erst die eine Hand und dann die andere zerkratzt. Vergebens sage ich mir, dass solch ein Beginnen unmöglich den Schaden, den eine dieser Hände angerichtet hat, wieder gutmachen kann. Ja ich bin mir durchaus klar darüber, dass eine solche Handlung (komme ich nie von dem Worte los?) den Verdacht der Polizei und aller vernünftigen Menschen auf mich lenken muss. Ich habe mir deshalb ein einfaches Gegenmittel gesichert. Ich ziehe Handschuhe an. Ich besitze ein einziges, allerdings sehr kostbares Paar Handschuhe: die schwersten, die man hier selbst im Louvre-Kaufhause nicht finden wird, sondern nur in einem Geschäft für Ausrüstungen zur Reise, zum Nordpol (der Seele?) »der in andere arktische Länder. Sie sind aus dickem Hundeleder, haben mattgraue Farbe, sind mit weiß- und schwarz geflecktem Kaninchenfell gefüttert. Ich erwähne dies ausdrücklich, denn man muss es wissen, wenn man das folgende begreifen soll. Aber man wird das Kleine ebenso wenig begreifen wie das Große.

Begreift man es, dass der hohe, heilige Herr und Heiland gesagt hat: »Ich bin keiner Mutter Sohn!«

Begreift man es, dass ein Sohn nur aus dem Fleisch seiner Mutter, nicht aber aus ihrer unreinen Seele hervorgeht, dass er sein armseliges Leben, und sei es unter den schwersten Opfern und Mühen, rein erhalten will und es doch nicht kann, wenn ihn diese Mutter, unrein, ich sage es, wie sie ist, immer verfolgt und ihn mit dem ganzen Unrat ihres lasterhaften Lebens vergiftet? Ist einer noch ein Sohn, wenn er seine Mutter, nur durch eine Tür von sich getrennt, in den Armen eines bekannten Lümmels vor Wollust stöhnen hört, ein so furchtbar durch Bein und Mark dringender Laut, dass dagegen das Stöhnen eines Erwürgten eitel Musik ist? Ja weiter: Ist einer ein Sohn, wenn er seinen Vater, aller Kräfte beraubt, aller Menschenrechte entkleidet, ohne eigenen Willen, allen irrsinnig gewordenen Irrenwärtern zur billigen Beute, allen unwissenden Gerichten zum dummen Spott, allen ungerechten Gerichten zum Spiel ihrer Willkür und Bestechlichkeit, wenn er seinen Vater durch die Schuld dieser Mutter und durch die Hände dieser Gattin wahnsinnig gemacht wiedersieht? Oder muss er sich ihn – ein noch fürchterlicheres Schreckbild – noch bei gesunden Sinnen und mit jedem Tage mehr an der Gerechtigkeit der Welt und an der Liebe seines Sohnes verzweifelnd, als einzig Klaren unter den Trüben, als einzig Gesunden unter den geistig Verpesteten vorstellen? Ist einer Sohn, dem seine Mutter dieses mit Worten nie zu Beschreibende nicht erspart? Hätte sie, wie Hamlets Mutter, in ihren wilden Trieben den Gatten bloß zugunsten eines Stärkeren, darum aber auch nicht Beneidenswerteren, preisgegeben! Warum musste sie, das Beispiel von Hamlets hündischer Mutter nur zu hündisch befolgend, sich an mich klammern, mich umschmeicheln, warum musste sie ihr übel dunstendes Lager neben meiner Wand aufschlagen? Wie

durfte es sein, dass sie, nachts mit dem Geliebten aus der Oper heimkehrend, noch an meine Tür pocht? Ich war nicht immer, der ich jetzt bin. Ich tat, was ich konnte. Aber das ertrage ein anderer, dass seine Mutter, selbst jetzt, selbst hier, mit Gewalt aus der Nähe des niedrigsten aller Männer losgerissen, dennoch, im Traume befangen, laut vor sich flüstert – was flüstert? die Worte schießen ihr wie Fische aus dem wollüstig lächelnden Munde:»Toll! Toller! Fizzy! Ja! Noch! Toll!«
Und doch entschuldigt das alles nicht. Wer darf töten, wer darf sühnen, wer darf lösen, wer darf richten? Es gibt um eben diese eben noch wollüstig geschweiften Lippen der Frau ein Lächeln am nächsten Morgen, etwas so Mütterliches, etwas so geheimnisvoll Zartes, etwas so rein, unbefleckt Erwachendes, dass man an allem verzweifeln könnte. Ich entgehe dieser Frau nicht. Diese unendlich große Weltstadt Paris ist nicht groß genug, um mich in ihr verschwinden zu lassen. Sie wird mich immer finden. Sie hat heimlich (aber meinem Auge entgeht nichts) ihrem Schein- und Scheidegatten F. geschrieben, er solle kommen. Fürchtet sie mich? Riecht sie schärfer als die Tiere, sieht sie klarer als die Kinder? Niemand liebt mich, nur sie, und das ist unser aller Verderben. Sie werden mich in ihre Mitte nehmen, mich mit ihrer Scheinliebe einhüllen und locken, und während mein armer Vater, nun wirklich irrsinnig geworden, seinen Namen mit einer Stange seines eigenen Kotes (alle scharfen Griffel haben sie ihm genommen) an die Zellenwand zeichnet, werden die zwei anderen mich mit zwei Handschuhen anfassen, bis ich Recht und Unrecht, Hass und Liebe, Macht und Ohnmacht, Gut und Böse vergessen habe und, als dritter bei ihnen, mich selbst verloren habe. Aber sie, die weder Mutter noch Gattin ist, wird auch diesem F. nicht treu bleiben, wie sie keinem treu geblieben ist, außer mir. Sie wird ihre unzerstörbar schönen Augen mehr noch als bisher auf der Straße nach jungen Männern auswerfen; ihre schon jetzt sehr zweifelhafte Gesundheit – der Geruch nach Medizin ist unerträglich und ebenso das ewige Geräusch des Waschens bei einem Menschen, der nur sauber, aber nie rein werden kann – wird bald einer völligen Fäulnis weichen. An jedem Tag sagt man sich, das Äußerste sei erreicht. Aber es ist nicht so. Es muss etwas geschehen. Weiß man das Ergebnis im Voraus, um so besser. Dann bleibt nur die Tat. Bleibt nur die Tat, dann muss sie schnell, schmerzlos, straflos geschehen.
Was hilft es, sich zum tausendsten Male vorzuplärren, die Hand, die sich gegen die eigene Mutter erhob, müsse verdorren. Der Mann, und

sei er selbst so heilig, heilig wie Er, müsse verleugnet werden, weil er seine Mutter verleugnet hat. Der Reinste aller Reinen, Er, müsse trotzdem des schmutzigsten Endes sicher gewärtig sein, wenn er seine Reinheit über das Leben und Tun, die Empfängnis und das Gebären seiner Mutter gestellt habe.

Vergebens, dass sich Albaran ins Ohr flüstert, mit dem gleichen wollüstigen Ausdruck, wie ihn die andere Person besitzt, er wolle, da ihm die Wollust des Zeugens versagt ist, die Wollust des Mordens kennen, bis zum letzten und sei es tödlichen Rausch: alles, was er gegen die erbarmenswerte Alte gesagt, sei nur kindisch Gerede, er habe niemand auf der Erde als diese eine Person, die ihm alles andere, Geliebte, Bruder und Vater und Freund, Braut, Frau ersetze, eben weil sie da sei, immer neben ihm und über ihm, selbst in ihren niedrigsten Momenten.

Liebt einer den Menschen, verrucht wie der ist, von Anbeginn, so muss er ihn töten oder das Beste in sich selbst.

Ich habe die Kraft zur Tat, solche Hände wie ich hat einer nicht ohne Grund, und todeswürdig ist jeder von uns, vom ersten Tage. Das Unglaublichste ist in diesem Fall auch das Sicherste. Kein Gericht der bewohnten Erde wird eine Tat ohne Beweggrund strafen können; er, Albaran, ist sicher, im schlimmsten Falle, wenn man ihn in einer Falle fängt, als mütterlicherseits und väterlicherseits erblich belasteter Mann nur Wand an Wand mit seinem Vater ins Irrenhaus gesperrt zu werden, wo er die Wände, und zwar als reiner Mann nicht mit Kot, sondern mit schweren Tropfen des eigenen Blutes beschreiben wird.

Die Handschuhe, von denen der Schreiber dieses (nicht mit Blut, nicht mit Kot schreibt er, ist in Freiheit und wartet auf noch einen, der bald kommen soll und bei dem es leichter gehen wird), die Handschuhe, von denen der Schreiber dieses spricht, sind undurchlässig gegen jede Art von Flüssigkeit. Man hat es versucht, wie man alles versuchen muss. Man tauchte sie in heißes Wasser, ließ sie eine halbe Stunde darin, sie blieben innen trocken. Man tropfte Äther auf, eine Flüssigkeit von berauschendem Geruch, die alles mit äußerster Leichtigkeit durchdringt, selbst dann blieb die Innenseite dieses Handschuhes völlig trocken; und griff man fest hinein, so fühlte diese Innenseite, es ist ein sonderbarer Vergleich, ich weiß es, sich wie der warme Leib einer frisch geschlachteten Taube an.

Jeder Mörder ist einer Mutter Sohn. Von wem hat er sein Blut, wenn nicht aus dem Herzen seiner Mutter? Bin ich einer bösen Mutter Sohn, dann sei sie eines Mörders Mutter. Wir enden alle durch Selbstmord. Der Heiligste nicht anders als der Niedrigste. Aber bis zum letzten Augenblick muss man die Ruhe bewahren, muss die Kraft behalten bis zum letzten Tag. Niemand sehe mein Gesicht, niemand wisse die Züge um meinen Mund, denn ich muss unter Menschen leben.

Was ich da schreibe, ist nur mein Gesicht, nicht mein Gedächtnis. Aber will mich jemand richten, richte er mich nach meinem geheimen Gesicht, nicht nach meinem offenbar gewordenen Gedächtnis. Mord wird nicht gerächt. Liebe nicht belohnt. Es gibt kein Recht, nur Ruhe nach der Tat oder Ruhelosigkeit. Ich will ruhen. Es darf niemand sagen, ich hätte den bösen Blick. Ruchlosigkeit liegt nicht in meinen Augen. Denn Tiere würden dies am ersten fühlen und vor mir zurückweichen. Aber sie drängen sich an mich, selbst die scheuesten, wie die Ratten, die man ihrer Klugheit, Tapferkeit und Hässlichkeit wegen hasst. Es würden, hätte ich den bösen Blick, die Kinder sich vor mir fürchten. Aber sie freuen sich an mir, rufen mich, winken mir aus den Fenstern ihrer Behausungen zu, laufen aus den Ecken der Höfe, wo sie untereinander gespielt haben, zusammen, nur um mit mir ein Stück Wegs zu gehen, mich um Süßigkeiten anzubetteln, die ich ihnen gerne schenke, oder um auch mir die Reste ihrer Leckerbissen anzubieten, die ich nicht zurückweise, um sie nicht zu verletzen. Ich habe nie ein Tier gequält, nie ein Kind geschlagen. Nie einen Menschen in böser Absicht angegriffen. Ich schwöre es, beim Heiligsten, was einer hat, bei mir selbst. Jeder andere Schwur ist Heuchelei und Betrug. Weshalb will ich dem Entscheidenden ausweichen? Es wird doch kommen und mein Wort Lügen strafen, meinen Eid in Meineid verwandeln. Und doch, noch einmal und nicht zum letzten Mal sage ich es, ich habe nie einen Menschen berührt, um ihm zu schaden. Ich kann in Frieden ruhen. Ich muss es, da ich, von meiner Hände Arbeit lebend, an meiner Hände Arbeit leidend, der Ruhe sehr bedürftig bin.

So lege ich mich zu Bett, nachdem ich vorher die Handschuhe an meine Hände gezogen habe, ich wiederhole es nochmals, unschuldige Hände, so unschuldig und rein, als wären sie eben erst aus der Mutter warmem Schoße, aus diesem Paradies der Reinheit und Unschuld gekommen.

Ich begebe mich zu Bett, zähle die Omnibusse, die, vierspännig aufgezäumt, mit großem, rollendem Gepolter die Rue Lapelletier herabkommen. Es passiert, wie jeder weiß, ein Wagen diese Strecke alle fünf Minuten. Hat man also zwanzig Wagen gezählt, dann sagt man sich: Schlafe, Tobias, träume selig, Albaran, du hast gestern (es ist weit über Mitternacht) vieles erledigt. Heute wird F. kommen, der die geliebte Person noch hier anzutreffen hofft und ihr einen schönen Edelsteinschmuck mitbringen wird, heute wird noch manches zu erledigen sein. Eine Stunde lang liegst du schon in deinem Bett, schlaflos, ruhelos, das ist nicht zu ersetzen.

Meine Hände schlummern ruhig auf der Decke, jedes Mal, wenn ein schwerer Omnibus die Straße passiert, fällt aus der Laterne ein weißes Licht auf meine Kissen, so, als wäre es die geliebte Person, die, nächtlich heimkehrend ... nun ist sie heimgekehrt, aber ihr Licht ist es nicht, das auf meinen so ganz ruhigen, ganz unschuldigen Händen spielt. Man glaube meinem Schwur! Denn ich war nicht immer, was ich jetzt bin. Gut, sage ich, ihr haltet euch gut, ihr lieben Hände. Und wirklich, kaum ist das gesagt oder auch nur geflüstert oder auch nur gedacht und mit meinen eiskalten Lippen, ohne einen Hauch des kostbarsten Atems zu entlassen, lautlos in die ebenso eiskalte Luft geformt, als sich die Hände auch schon wirklich halten. Es gibt, und da zeigt sich bei mir der klar denkende Jurist und meine trotz allem logische Kraft (denkt nur der Satan logisch? nimmt nur der Böse das Böse der Welt ernst?), es gibt dreißig Arten, die jeder an sich selbst ausprobieren kann, dreißig Methoden, wie man eine Hand oder einen Gegenstand von der Art einer menschlichen Hand festhalten kann. Die einzig verlässliche ist, mit den rechten vier Fingern die linken vier Finger zu umklammern, dann mit dem rechten Daumen den linken in die Tiefe drücken und so eine Zwinge zu bilden. Umfasst man zum Beispiel ein Gebilde von der Art des Kehlkopfes, wird man gut daran tun, mit der Rechten zuzufassen, die vier Finger oben anzulegen und mit dem Daumen die Rückseite des Kehlkopfes emporzudrücken. So bleibt alles still. Dabei ist nur zu bemerken, dass ich es gerade bei den Händen (von einem Kehlkopf ist nicht mehr die Rede) umgekehrt mache, da ich Linkshänder bin und die meiste Kraft in der Linken angesammelt besitze. <u>So erklärt sich mühelos die Spiegelschrift der Stenografie durch die Linkshändigkeit Hodins. Bemerkung des Arztes.</u>

Ich fasse zusammen: Ein Mann, Tobias Albaran genannt, liegt zwischen ein und zwei Uhr morgens in seinem kalten Hotelzimmer in der »*Auberge de deux Capuzines*«. Er wünscht zu schlafen. Da er die schlechte Gewohnheit hat, sich im Schlafe die Hände zu zerkratzen, so wie andere die Gewohnheit haben, im Schlafe mit den Zähnen zu knirschen, mein armer Vater hatte sie, oder andere die Gewohnheit, im Traume anfeuernd die Worte: Toll! Fizzy! Toll! zu rufen, meine arme Mutter hatte sie, da also auch mich, den elenden Erben ihrer unseligen Vereinigung, eine schlechte Schlafgewohnheit belästigt, halte ich die rechte Hand mit meiner stärkeren linken Hand fest, fest, fest. Beide Hände tragen, wie Fechtermasken oder Boxerschutz, dicke, kostbare Handschuhe aus grobem Hundeleder, undurchdringlich für jede Flüssigkeit, Wasser, Wein, Äther, Tau und Tränen. Gibt es etwas Einfacheres? Kann es nicht jedem Menschen passieren – eben passiert ein Omnibus, offenbar der letzte dieser unbeschreiblichen Nacht, die Straße unter meinen Fenstern, welche stark und eisig wie geschliffene Messer erklirren –, nein, kann es nicht jedem Menschen zustoßen – eben stoßen sich die Hände von Neuem an, verruchtes Zusammentreffen, ich will sie halten, will sie zwingen, aber ganz und gar fühle ich mein eiskaltes Vernichtungsgefühl. Ich kann nichts weiter sagen und denken. Ich muss aber weiter sagen, weiter denken. Ich atme doch, ich lebe, mein Herz muss schlagen, habe ich doch noch, vorhin am Abend, von Liebe zu den kleinen Kindern und zu dem semmelfarbenen Griffonhündchen fortgerissen, mein unbändiges *Lebensgefühl* bis in meine letzten Adern rauschend empfunden, aber nun ist ein anderer Herr und spielt mit mir bis zur Vernichtung. Nur um der schnöden Welt und dem Tode überlegen zu sein, mordet der Mensch, wenn er nicht, um der Welt und dem schnöden Tode überlegen zu sein, in Wollust und Liebe zeugt. Das ist ein Geheimnis, das jeder weiß, keiner verrät, auch ich verrate es nicht, habe ich doch bei mir selbst Stillschweigen geschworen. Aber es verrät mich. Es spielt mit mir, es spielt, nehmt das Wort, so fürchterlich es ist, es spielt mit mir als einzigem Schauspieler und einzigem Zuschauer in einer Person, und dies ist kein Zufall, das ist die Bedeutung meines ganzen Daseins in diesem grauenhaften Augenblick. Noch schlafe ich, das heißt, ich bin völlig gelähmt, und muss schielenden Blicks, da meine Augen ja (als gehorsamer Zuschauer und williges Publikum) ruhig zu bleiben vorgeben, ich muss aus der Ferne, unbeteiligt, abgestoßen, ja abgestoßen von mir selbst bis zur äußersten Entfremdung von mir, zusehen, wie die armen Hände, zwei leidenschaftliche Schauspieler in ihrer Rüstung, gegeneinander kämpfen. Sie kämpfen nicht wie Schauspieler miteinander, ich habe solche Theaterduelle ja auf der Opernbühne im ersten Akt von »Don Giovanni« und im »Hamlet« gesehen. Wenn es bei ihnen auch nur Spiel war, ist es sicher, dass es bei mir blutig ernst ist. Und doch weiß ich genau, dass sie es anders machen als ich. Ich will es offen sagen, und dabei genau aufmerken, als säße ich als Zuschauer im Opernhaus, an die vollen weißen Schultern meiner armen Mutter gelehnt, und sähe von oben, was sich unten, tief unter uns begibt, ich lehne jetzt halb aufgerichtet in meinen schneeweißen Kissen, welche die krampfhafte Drehung meines Körpers zu armähnlichen Gebilden eingerollt hat, ich sehe von oben herab die zwei Helden meines unseligen Lebens miteinander ringen, wie Mörder mit ihrem Opfer ringen, nun ist es gesagt, gedacht, geflüstert und gehaucht, das Wort Mörder, und es hat sich nichts in mir gerührt, und nichts wird sich rühren, solange ich lebe. Sagte ich es nicht, dass um seiner Überlegenheit willen der Mensch mordet? Mir ist es geglückt, ich könnte mir die Hände drücken, Glück wünschend und auf meinen Lippen, die ganz denen meiner Mutter gleichen sollen, ein zufriedenes Lächeln. Es ist zwar ein fürchterlicher Anblick, wenn man auch jetzt noch, wo doch alles gelöst sein sollte, diese zwei Hände in unversöhnlichem Hass aneinander geschmiedet sieht. Wenn der überlegene Kopf, der selig lächelnde Träumer erleben muss, wie die schwächere Hand, bei mir also die rechte, in einem einzigen Katzensprunge, sich auf den steil aufgerichteten Daumen stützend, der stärkeren, der linken Hand an die Gurgel fährt und sie würgt, ihrem Panzer aus Hundeleder zum Trotz, ihrer weichen Polsterung mit sanftem Kaninchenfell zum Hohn. Nun wird bei einem solchen grotesken Kampf jeder lachen. Der Schwächere gegen den Stärkeren, der Jüngere gegen den Älteren! Der Versuch des Würgens bei einer Hand, die doch nicht Atem hat, wem käme da nicht das Lachen an? Auch ich hätte gelacht, dass sich die Wände hätten biegen müssen, um endlich über mir zusammenzuschlagen, ich hätte gelacht, bis die Bettstelle mit Matratze, Kissen und Brettern (liegen wir nicht jetzt schon im Sarge?) mitten durchgebrochen wäre, ich hätte gelacht, bis mich mein Bett, gesprengt von der Wut dieses Lachens, selbst unauslöschlich mit offenem Schlunde lachend und grinsend ausgespien hätte. Nun lache ich immer noch, obwohl die Kälte des Entsetzens sich noch nicht gelöst hat, obwohl das Vernichtungsgefühl meiner armen Seele sich nicht in Ruhe und Frieden und einem sei es noch so armseligen Lebensgefühl aufgetan und vergeben hat. Ich lache wieder, wenn ich bedenke, dass man mir, dem überlegenen Menschen und klaren Kopfe von ruhigen, gehorsamen Händen und von Gewissensbissen und einem guten, gerechten Richter erzählt. Hat denn das Gewissen Zähne, dass es beißen könnte? Hat der Richter Recht und Gnade zugleich? Und ihr, meine lieben Hände, habt ihr Zähne? Du, die mir liebere, bist die stärkere, du, die andere, an der ich lange nicht so hänge, die mir aber auch wert und teuer ist, euch beide kenne ich wie meine eigene Mutter. Aber ich kannte sie so wenig, die furchtbare Frau, die mir alles Furchtbare ihres Daseins vererbt hat, so wenig wie ich euch kenne, ihr Hände, die ihr trotz der dicken Handschuhe im Blut schwimmt, das erst aus den Knopflöchern und Ösen, aber dann auch aus den Nähten des undurchdringlichen Leders und zum Schluss (aber nie ist es zu Ende im Morgengrauen, sodass ich im Grauen alles sehen muss) aus der ganzen Fläche, aus dem bauchigen grauen Hals hervorströmt ... und wie ihr Hände jetzt ohne Ende, wie ihr jetzt, blutig geschuppten Fischen gleich, aus den blutschlüpfrig gewordenen Handschuhen und Panzern und Kissen hervorschießt ... toll! toll! ich kenne euch, weiß jetzt, was ihr wollt, was ihr seid, ihr öffnet euch und schließt euch wie ein blutgesättigter Rachen oder ein lustgesättigter Schoß.

Gut, einzig gut, wunderbar herrlich ist, von keiner Schuld wissen. Eher tot als schuldig sein. Ich will euch packen, wie? Womit packt man Hände voll von Blut und heiß noch von der Freude des Mordens? Die alte Frau war müde vom Leben; ihr Hals war grau, faltig, ausgeweitet von ihrem Laster, Leiden, Lachen und Tod. Ich möchte auf die Straße hinaus, die jetzt so selig und so friedlich daliegt, wie ich es nie war. Ich muss den nächsten Polizeisergeanten rufen und ihm sagen: Herr, guter, packen Sie diese Hände, die schwächere links und die stärkere rechts, denn beide haben gemordet. Morden Sie sie auch! Mich aber, den Vater dieser Hände, einer ist nicht immer Sohn, er wird auch Gatte und Vater, das Mädchen wird Frau, die Frau wird Mutter, mich, den Vater dieser Hände, mich, den Gatten der unseligsten Seele, die je geatmet hat, jetzt aber nicht mehr atmet, sondern nur stöhnt und wortlos heult, mich überwachen Sie gut, wie eine Mutter ihr ungeratenes Kind.

Ich lache, wenn ich dies dem Sergeanten sage, der vor Staunen die Feuchtigkeit seiner klobigen Nase nicht im Zaume zu halten vermag, ich lache, weil ich mich, ich, der Schlaflose, der Vaterlose, Mutterlose, sehr freue, mit meiner ganzen armen Seele freue, denn arm bin ich und bleibe ich, nicht des Geldes wegen habe ich Blut gerochen, und Blut riecht, riecht so streng, dass sich die letzte Faser und Krume der Seele schaudernd vor diesem strengen Geruch und strengsten Gericht verkriecht; unter hohen Kissen, dicken Matratzen, schweren Brettern verbirgt es sich gut, aber ich lache, von Mördergut blieb mir nichts. Große, aber gerechte Richter! Es gibt nur Todesrichter, keine sonst: Hört, weder bin ich Mörder, noch bin ich gut, arm bin ich, wie vor der Tat, die ich nicht tat ohne Arme, die mir die Gerechtigkeit abnehmen wird und soll und muss, die Gerechtigkeit wird wachen über mir, lange und immer, mich schlafen lassen, ruhig, tief, aber wohlbewacht, denn sonst könnten diese Hände, unbotmäßig nicht zum ersten Mal, sich um meinen Hals ranken, dort ihre mir nur zu gut bekannten Spiele treiben und nicht früher rasten noch ruhen, bis meine Seele, arm oder nicht, einem blutig geschuppten Fische gleich, das Gefängnis ihres Lebens zwischen zwei Kapuzinern verlässt. Denn zwischen zwei Kapuzinern, Geistlichen des Schafotts, wird es sein und muss es sein. Denn ich bin Tobias Albaran, der seine Mutter mordete.